रस्किन बॉन्ड

रस्किन बॉन्ड का जन्म 1934 में कसौली में हुआ था। उनका पालन–पोषण जामनगर, देहरादून, नई दिल्ली और शिमला में हुआ। युवावस्था में कुछ वर्ष उन्होंने लंदन में बिताए लेकिन वहाँ उनका मन नहीं लगा और 1955 में वह भारत लौट आए। उनके प्रथम उपन्यास *द रूम ऑन द रूफ़* के लिए उन्हें जॉन लेवेलीन राइस पुरस्कार प्रदान किया गया। यह पुरस्कार कॉमनवेल्थ के तीस वर्ष से कम आयु के साहित्यकार को उसकी उत्कृष्ट साहित्यिक कृति के लिए प्रदान किया जाता है। अब तक उनकी पैंतीस पुस्तकें प्रकाशित हो चुकी हैं। उनकी कई पुस्तकों का हिन्दी में अनुवाद हो चुका है। रस्किन बॉन्ड मसूरी के पास स्थित लैण्डोर में रहते हैं। उनका पूरा समय लेखन को समर्पित है।

1993 में उनको साहित्य अकादमी पुरस्कार, 1999 में पद्मश्री और 2014 में पद्मभूषण से अलंकृत किया गया।

रस्टी की घर वापसी

रस्किन बॉन्ड

अनुवाद
रचना भोला 'यामिनी'

ISBN : 9789386534910
प्रथम संस्करण : 2019
RUSTY KI GHAR WAPSI (Stories) by Ruskin Bond
(Hindi edition of *Rusty Comes Home* first published in English in 2003
by Penguin Random House India)

राजपाल एण्ड सन्ज़
1590, मदरसा रोड, कश्मीरी गेट, दिल्ली-110006
फोन : 011-23869812, 23865483, 23867791
e-mail : sales@rajpalpublishing.com
www.rajpalpublishing.com
www.facebook.com/rajpalandsons

क्रम

भूमिका

रस्टी की कहानियों की शृंखला में यह पाँचवीं और आख़िरी किताब है। लंदन से वापिस आने पर रस्टी ने कुछ दिनों तक देहरादून में फ्रीलांस लेखक के तौर पर काम किया, फिर दिल्ली में समय बिताया, और थोड़े दिन शाहगंज में भी रहा और आखिर मसूरी के पास लैण्डौर पहाड़ों में अपना घर बसाया। पहाड़ रस्टी को रास आये और उसकी कलम व पुराने टाइपराइटर से कहानियों की धारा बहने लगी। यदि आपकी अपने आस-पास के लोगों में रुचि है और प्रकृति से प्यार है तो आपके पास कहानियाँ लिखने के लिए कभी सामग्री की कमी नहीं होगी और न ही आप अपने को कभी अकेला पायेंगे।

— रस्किन बॉन्ड

लैण्डोर, मसूरी

अक्टूबर 2014

आपको बस कागज़ चाहिए

जब मैं यह लिख रहा हूँ, तो एक चमकीली पीली तितली खुली खिड़की से भीतर आकर मेरे लिखने के कागज़ पर बैठ जाती है। मैं एक पल के लिए ठहर कर प्रतीक्षा करता हूँ, वह मेरे पन्ने से उड़कर नोबल पुरस्कार विजेता लेखक टैगोर के उपन्यास *क्रीसेंट मून* की पतली किताब पर जा बैठती है, जिसे मैं पिछली रात पढ़ रहा था। मैं अपने जीवन के उस दौर में आ गया हूँ, जहाँ मैं पुरानी मनपसंद किताबों और पुरानी क्लासिक्स की ओर लौटने का आनंद ले रहा हूँ। जिस तरह हर रोज़ नए लेखक हमारा ध्यान अपनी ओर खींचते हैं, इसी तरह अभी बहुत से ऐसे पुराने लेखक हैं, जिन पर हमारा ध्यान नहीं गया। जीवन इतना छोटा है कि वे सब उसमें नहीं समा सकते। यह भाषा की खूबसूरती है जो मुझे बार-बार पुराने लेखकों व कवियों की ओर ले जाती है। *हार्ट ऑफ़ डार्कनेस* और *यूथ* में लेखक कोनार्ड का मंत्रमुग्ध कर देने वाला पद्य; *वुदरिंग हाइट्स* उपन्यास में एमिली ब्रान्ट की काव्यात्मक गहराई, उपन्यासकार स्टर्न का अद्भुत परित्याग; कवि वाइल्ड की सूक्ष्मता; डिकेंस, वेल्स और रोलिंग का स्थूल हास्यबोध; *द सेवन पिलर्स ऑफ़ विज़डम* में टी. ई. लॉरेंस का आर्केस्ट्रा में बँधा पद्य।

तितली पर वापिस आता हूँ तो मेरा ध्यान देहरा वाले नन्हे कमरे की ओर चला जाता है, जहाँ मुझ में लेखक बनने का रोमांच सचमुच प्रगति पर था।

मैं दूसरे लोगों के फ़ालतू बिस्तरों, कुर्सियों और मेज़ से सजे छोटे कमरों को उपयोग करता बड़ा हुआ। मैं दीवारों पर कांस्टेबल के 'ब्ल्यू ब्वॉय' के पोस्टर देखते हुए बड़ा हुआ, हालाँकि मैंने कभी उस लड़के की छवि की

इतनी परवाह नहीं की थी। पर लंदन के वे बेडसिटर (ऐसा कमरा जो सोने और बैठने के काम आए) निराले थे। हेम्पस्टीड हो या बेल्साइज़ पार्क, स्विस कॉटेज हो या टूटिंग; वे सभी अपने-आप में एक से तन्हा थे। साथ रहने वालों से मेरी कभी मुलाकात नहीं होती थी, बशर्ते वे मेरे रेडियो की तेज़ आवाज़ की शिकायत करने न आते; और मकानमालकिन के दर्शन भी तभी होते थे जब भाड़ा देने का समय आता। अगर आपको साथ की ज़रूरत होती तो आप रात को घर से बाहर जाते। अगर आपको भूख लगती तो पास के होटल या रेस्तराँ में जाना पड़ता। अगर समय काटना होता तो आप सिनेमा देखने चले जाते। अगर आप नहाना चाहते तो आपको पास के सार्वजनिक स्नानघर में जाना पड़ता जहाँ वे सीमित धनराशि में आपको साबुन की छोटी टिकिया, एक धुला तौलिया और तेज़ गर्म पानी से भरा टब दे दिया करते। उस टब को देखकर मुझे जामनगर में, पिता के साथ बीता बचपन याद आ जाता। जहाँ मेरी मनपसंद आया मुझे टब में बिठाकर, बड़े प्यार से मल-मल कर नहलाती थी; पर लंदन में ऐसी कोई प्यारी आया नहीं थी। और कमरों के साथ लगने वाले स्नानघर दुर्लभ और बहुत महँगे हुआ करते...

इसके विपरीत मेरा एस्टले हॉल वाला कमरा चहल-पहल वाली जगह पर बना था। जिसमें से मुझे आगे की बालकनी से दुकानों और सड़क की सारी हलचल दिखती थी। मैं उस पीपल के बड़े पेड़ को भी देख सकता था जिस पर बहुत सारे पक्षियों, गिलहरियों और कई छोटे जीवों का बसेरा था। मेरे दोनों ओर बहुत सारे घर थे, जिनकी सीढ़ियाँ कॉमन थीं—अक्सर रात को वहाँ कोई सोती हुई गाय, आवागमन का रास्ता रोक दिया करती, वह किसी के कहने से भी हिलती नहीं थी इसलिए उसे लाँघ कर ही आना-जाना करना पड़ता था। वहाँ पीछे की ओर बने क्वार्टर्स में नौकरों के परिवार या कम आय वाले किराएदार रहते थे।

शायद मिसेज़ सिंह मेरी सबसे रंगीनमिज़ाज पड़ोसनों में से थीं, वे करीब तीस साल की एक आकर्षक महिला थीं और हुक्का गुड़गुड़ाती थीं। वे मैनपुरी के पास किसी गाँव से थीं। उनके पति पुलिस में सब-इंस्पैक्टर थे। उनका सुमित नाम का बेटा था, वह निकम्मा लॉलीपॉप चूसने के सिवा किसी

काम का नहीं था। मिसेज़ सिंह अक्सर अपने गाँव के भूत-प्रेतों की कहानियाँ सुनातीं और मैं उन्हें बेहिचक अपनी कहानियों में शामिल कर लिया करता।

एक बार उन्होंने मुझे उस रात के बारे में बताया जब उनकी मुलाकात उनके पति की पहली पत्नी के भूत से हुई। तब सुमित कुछ ही महीने का था। भूत ने उसे पालने से उठाया, थोड़ी देर अपनी गोद में झुलाया और कहा कि उसे इस बात से खुशी हुई कि लड़का पैदा हुआ है—हालाँकि यह बात उन लोगों को हज़म नहीं होती थी जो उस ग्यारह साल के छोकरे की हरकतों को जानते थे।

मिसेज़ सिंह ने मुझे बहुत सारे मंत्र भी सिखाए थे, जिन्हें भूत या बुरी आत्मा के सामने आने पर पढ़ा जा सकता था। अगर मैं अपनी डेस्क पर काम कर रहा होता और सुमित आता दिखाई देता, तो मैं मन-ही-मन उनमें से एक मंत्र का जाप करने लगता। भले ही भूत-प्रेतों पर उनका असर होता हो, पर सुमित पर उनका कभी कोई असर नहीं दिखा।

उन दिनों देहरा में मेरा कोई दोस्त नहीं था। सीताराम, शिमला के किसी होटल में काम करने चला गया था। सोमी का परिवार कलकत्ता चला गया था और रनबीर बंबई में था। देहरा, अब वह जगह उन नौजवानों के लिए नहीं थी, जो रोज़गार की खोज में हों। ज्योंही वे स्कूल या कॉलेज की पढ़ाई पूरी करते तो उस शहर से उड़ान भर लेते। वह शहर एक उनींदा-सा खोखल बनता जा रहा था, पढ़ाई के लिहाज़ से जगह अच्छी थी पर रोज़गार पाने का कोई साधन नहीं था।

पर उनकी जगह लेने को दूसरे लोग आ जाते—अपनी मैट्रिक या इंटरमीडिएट की पढ़ाई के लिए संघर्ष करते किशोर, कला या विज्ञान में डिग्री लेने आए कॉलेज के छात्र। कॉलेज एक तरह का अंत था। पर जो लोग देहरा में स्कूल की पढ़ाई करके कहीं और चले गए थे, उन्होंने आगे चलकर नाम कमाया।

दिलाराम बाज़ार के दो लोगों को ही लें। गुरबचन औसत दर्जे का छात्र था पर वह इंटरमीडिएट करने के बाद अपने अंकल के पास हांग-कांग चला गया। दस साल बाद, वह आयकर विभाग में सुपरिंटेंडेंट था और नरेंद्र, उसे परीक्षा में पास होने के लिए ट्यूशन पढ़नी पड़ती थी। पर वह अच्छी अंग्रेज़ी

बोल लेता था और काम-धंधे की गहरी समझ थी। आज, वह यूके में वाइन का थोक व्यापारी है। वह खुद नहीं पीता, इस तरह और भी बचत हो जाती है।

ये लड़के, और इनके जैसे कई दूसरे मध्यमवर्गीय परिवारों से थे। तब यह देखना असंभव था कि जीवन ने इनके लिए क्या तय कर रखा था। और यह अंत हमेशा सुखद नहीं रहे। मेरा शुरुआती दिनों का दोस्त, सुधीर जलपाईगुड़ी के चाय बागानों में सहायक प्रबंधक के पद पर था; वह चाय बागान के मज़दूरों के हाथों ही मारा गया। किशन बचपन में बहादुर बच्चा नहीं था पर 27 वर्ष की आयु में उसने एक बच्चे को डूबने से बचाते हुए जान दे दी।

मेरा भविष्य जानना कुछ खास मुश्किल नहीं था। मैं तो पहले ही अपने लक्ष्य को पा चुका था। चौबीस साल की उम्र में जाना-माना लेखक हो गया था, हालाँकि बहुत से लोगों ने मेरा नाम तक नहीं सुना था! वैसे उस समय मैं बहुत पैसा नहीं कमा रहा था, और न ही कभी कमाने वाला था पर मेरे दोस्तों की राय थी कि मैं एक गैरज़िम्मेदार व्यक्ति हूँ! और एक काम करने में सदा माहिर रहा हूँ, जिसे मैं कर सकता था—कागज़ पर अपनी कलम से लिखना।

मैं कार नहीं चला सकता था। साइकिल से गिर जाता था। बिजली की छोटी-मोटी खराबी ठीक नहीं कर सकता था। मंडी में सब्ज़ी खरीदने का मेरा काम, सबके लिए अच्छा-खासा मनबहलाव हो जाता। और जब एक बार सब्ज़ी बनाई तो सबने खूब खिल्ली उड़ाई। यह सच है कि मैंने आलू-गोभी की सब्ज़ी पकाते हुए, उसमें एक बड़ा चम्मच चीनी मिला दी थी। मुझे लगा कि उससे स्वाद बढ़ेगा। गुजराती भले ही उसे खा लेते पर देहरा में, उसे मेरे सिवा खाने वाला कोई नहीं था।

अगर मेरी खूबी देखी जाए, तो मैं हर तरह की नौकरियों के आवेदन-पत्र टाइप कर लेता और प्रेम में डूबे छोकरों के लिए लड़कियों के नाम प्रेम-पत्र लिख देता, अपना बिस्तर लगा लेता (मैंने बोर्डिंग स्कूल के दौरान ऐसा करना सीखा था)। मैं लंबी दूरी तक चहलकदमी कर लेता था और घंटाघर के पास चाट और टिक्की की पार्टी के पैसे भी मैं ही दिया करता। एक बार मैंने टिक्की खाने का रिकॉर्ड बनाया था, तब मैं आलू की तीस स्वादिष्ट टिक्कियाँ एक साथ खा गया था। बेशक, बुरी तरह से अपच हो गया था और उसके कई

महीनों बाद ही कहीं जाकर टिक्की खाने का मन हुआ था।

मैं आपको अपने पहले और आखिरी व्यापार के बारे में भी बताना चाहूँगा।

अपनी मकानमालकिन बीबीजी के कहने पर मैंने सब्ज़ी की दुकान लगाई थी। उनका कहना था कि कहानियाँ बेचने की बजाय सब्ज़ी बेचकर ज़्यादा पैसा कमाया जा सकता था। मुझे लगा कि ऐसा भी करके देखना चाहिए। उन्होंने कहा कि अगर मैं उन्हें दस प्रतिशत कमीशन दूँ तो उनकी दुकान के बाहर सब्ज़ी की दुकान लगा सकता हूँ। मेरा साहित्यिक एजेंट भी इतना ही कमीशन लेता, यह जायज़ था।

मैंने सुबह पाँच बजे उठकर, मंडी का फेरा लगाया और मेहनत की कमाई के दो सौ रुपयों से फूलगोभी, गाजर और सर्दियों के मौसम में मिलने वाली दूसरी सब्ज़ियाँ खरीद लीं।

मिसेज़ सिंह के बेटे सुमित की मदद से, उन्हें बीबीजी की दुकान के बाहर, करीने से सजा दिया गया और पहले दिन हमारे पास कई ग्राहक भी आए। पर औरतें आसानी से अपनी सब्ज़ी लेने की पुरानी आदत बदलना नहीं चाहती थीं और उन्होंने मंडी या दूसरे सब्ज़ीवालों से सब्ज़ी लेना जारी रखा। तीसरे दिन मेरी सब्ज़ियाँ मुरझाई हुई दिखने लगीं। सुमित उन पर बार-बार पानी के छींटें मारता रहा पर उनमें जान नहीं आई। उसी शाम उन्हें दिलाराम बाज़ार में मेरे दोस्त को दे दिया गया और इस तरह सब्ज़ी बेचने का यह धंधा भी वहीं ठप्प हो गया।

दिल्ली में गर्मियों के दिन

अगले साल मैं देहरा छोड़ दिल्ली चला गया, और राजधानी में कुछ साल रहा बिना कोई पक्की नौकरी किए जब जैसा मिल जाए, लिखने का काम करता रहा और कुछ वक़्त एक इंटरनैशनल रिलीफ़ एजेंसी में काम किया। दिल्ली में रहते हुए मैं कोई बहुत खुश नहीं था, लेकिन देहरा से निकलने की भी ज़रूरत मैंने महसूस की थी, क्योंकि वहाँ अंग्रेज़ी में लिखने वाले नौजवान हिन्दुस्तानी कलमकार के लिए बहुत थोड़े मौके थे। दिल्ली को मैं दिल नहीं दे पाया, क्योंकि वह तो हमेशा पहाड़ों में और उत्तर भारत के छोटे शहरों में रमा रहता था।

लेकिन दिल्ली की कुछ बातें मुझे पसन्द आने लगीं, यहाँ तक कि गर्मियों में भी। हिन्दुस्तान में जैसी गर्मी पड़ती है, उसकी भी अपनी एक महक होती है जिसे कभी भुलाया नहीं जा सकता। वह सिर्फ़ प्यासी धरती से उठने वाली सुगंध ही नहीं, बल्कि मैदानी इलाकों की गर्मी के मौसम से जुड़ी तमाम सारी बातें होती हैं जो इस मौसम को ऐसा बनाती हैं कि एक तरफ़ तो इसे सहा नहीं जाता और दूसरी तरफ़ इसकी मिठास को भुलाया भी नहीं जा सकता। क्योंकि कौन भूल सकता है कि यही गर्मी का मौसम मोगरे की महक लेकर आता है, जो शाम के झोंकों में बसी आम की बौर, रात की रानी और गोबर के उपलों के धुएँ की महक के साथ हमें छूकर आगे बढ़ जाती है।

हालाँकि मैंने अपनी ज़िन्दगी का ज़्यादातर हिस्सा पहाड़ों में गुज़ारा है, लेकिन मैं कुछ गरम जगहों पर भी रहा हूँ—उमस से भरे काठियावाड़ के बन्दरगाह, गुज़रे ज़माने की धूल भरी नई दिल्ली और गर्म जावा—घमौरियों, मच्छरों के ददोड़ों, उतर-उतर कर चढ़ने वाले बुखार, पेचिश और गर्म आबोहवा

की दूसरी तकलीफ़ों से अनजान नहीं रहा। आज राजधानी दिल्ली के बाशिंदे प्रदूषण और ज़्यादा आबादी का दुखड़ा रोते हैं और मैं पहाड़ के अपने बसेरे के बदले में गर्मी में तपने को तैयार नहीं हूँ, लेकिन आज आधे दिल्ली वालों के पास एयर-कंडीशनर, कूलर, रेफ्रिजरेटर और गर्मी को दूर रखने के दूसरे तरीके हैं। 1940 का दौर ऐसा था कि अगर आपके पास एक छोटा सा टेबल-फ़ैन भी हो तो समझिए कि आप खुशनसीब हैं, वह भी तभी असरदार होता था जब भिश्ती अपनी मशक लेकर आए और आपके खिड़की-दरवाज़ों पर लगे खस के पर्दों को तर कर दे, क्योंकि इसके बिना तो पंखा भी गरम हवा ही फेंकता। चालीस के दशक की शुरुआत में मैं दिल्ली में, अपने पिता के साथ रह रहा था और नई दिल्ली के बंगलों (उन दिनों क़ुतुब मीनार ही इकलौती ऊँची इमारत थी) के कमरों और बरामदों को ठंडा रखने वाली गीली खस की खुशबू को कभी नहीं भूल सकता।

हुमायूं के मकबरे के पास झाड़-झंखाड़ के जंगल के एक सिरे पर रॉयल एयर फ़ोर्स के लोगों के लिए छोटी-छोटी कुटियाँ बनी थीं जिनमें से एक में पिताजी और मैं रहते थे। तब यह जगह दिल्ली का एक सिरा हुआ करती थी, जहाँ बगीचे में मोर और गुसलखाने में साँप मिलने की पूरी उम्मीद रहती थी। भिश्ती और खस की बदौलत हमारी गर्मियाँ पार होती थीं। इनके अलावा डिब्बे जैसा चाबी भरने से चलने वाला ग्रामोफ़ोन भी बड़े काम का था जिस पर मैं एक के बाद एक लगातार रिकॉर्ड बजाया करता था, जिन्हें सपाट रखना पड़ता था ताकि वह गर्मी से टेढ़े-मेढ़े न हो जाएँ। मेरे पिताजी को ऑपेरा पसन्द था, और वे अपनी छुट्टी के दिन तार सप्तक में गाने वाले इतालवी ऑपेरा गायक करूज़ों के रिकॉर्ड बजाया करते थे। बड़ा अजीब लगता था उनके साथ पसीने से तर-बतर बिस्तरों पर बैठकर करूज़ों का 'कि जलीदा मनीना' सुनना, जबकि उस इतालवी बोल के मायने कुछ यूँ निकलते थे—

नाज़ुक छोटे हाथ तुम्हारे हो रहे हैं बर्फ़ से
मुझे थमा दो इनमें गुनगुना दूँ, जान डाल दूँ!

मैं दस साल का था और गर्म इलाकों में रहकर बड़ा हो रहा था, इसलिए मुझे तो अन्दाज़ा भी नहीं था कि हाथ बर्फ़ से कैसे जम सकते हैं। इस एहसास के लिए

मैं ज़्यादा-से-ज़्यादा अपने हाथ आइसक्रीम में सान सकता था।

1959 में मैं अब और बड़ी हो चुकी नई दिल्ली के एक दूसरे सिरे पर रह रहा था। बँटवारे के बाद पंजाब से आने वाले शरणार्थियों की वजह से राजधानी के बाहरी इलाकों में नई-नई कॉलोनी खड़ी होने लगी थीं और उस समय सबसे दूर पड़ता था राजौरी गार्डन का इलाका। कहने की ज़रूरत नहीं है कि वहाँ गार्डन यानी बगीचे नहीं थे। बिना पेड़ों की कॉलोनी हरियाणा और राजस्थान से आने वाली गर्म हवाओं के थपेड़े झेलती थी। नजफ़गढ़ रोड के एक ओर मकान बने थे। दूसरी तरफ़ तब तक कोई शहरी बसावट नहीं थी। दूर तक गेहूँ और दूसरी फ़सलों के खेत थे जो वहीं के रहने वालों के थे। लगातार सताती रहने वाली शहर की ज़िन्दगी से बच निकलने की कोशिश में मैं सड़क पार करके खेतों में चला जाता था जहाँ पुराने कुएँ, ऊँट और भैंसों के अलावा वे परिंदे और छोटे-मोटे जानवर दिखाई दे जाया करते थे जो अब शहर में नहीं पाए जाते थे। अजीब-सी बात है, शहर की ज़िन्दगी से उकता जाने की वजह से ही मैं क़ुदरती चीज़ों में ज़्यादा दिलचस्पी लेने लगा था। उससे पहले मैंने किसी चीज़ की अहमियत ही नहीं समझी थी।

उस दौर में मैं जो नोटबुक अपने साथ रखता था, वह अब मेरे सामने रखी है और उसमें सबसे पहले इंडियन रोलर यानी नीलकंठ के बारे में लिखा हुआ मौजूद है, वह पक्षी जो उन दिनों खुले इलाकों में खूब दिखाई दिया करते थे। जब बैठी होती है, तब यह चिड़िया बेहद मामूली-सी लगती है लेकिन जैसे ही वह उड़ान भरती है, उसके डैनों के शानदार चटक नीले पंख और पूँछ के हल्के नीले पंख खुल कर छा जाते हैं। वह बिना हिले-डुले बैठी रहती है...लेकिन बड़ी-बड़ी काली आँखें घास में हर तरफ़ चौकसी रखती हैं। किसी टिड्डे या झींगुर की बस झलक भर दिखाई दे जाए, नीलकंठ सीधे अपने शिकार की तरफ़ तेज़ी से उड़ान भरते हैं। बसन्त और गर्मी के शुरुआती दिनों में यह अपने अंग्रेज़ी नाम को सही ठहराते हुए अपने साथी के साथ खूब तीखी आवाज़ें निकालते हुए हवा में ऊँचे जाकर कलाबाज़ी खाते हुए नीचे को गोते लगाते हैं। यह इनका हवा में सचमुच का रॉक-एंड-रोल करते हुए आपस में एक-दूसरे के लिए प्यार जताने का तरीका है।

नजफ़गढ़ रोड से कुछ दूर गाँव का एक बड़ा-सा पोखर था, जिसके किनारे था एक शानदार बरगद का पेड़। आज हमारे पास बरगद के पेड़ों के लिए जगह ही नहीं बची है क्योंकि उन्हें अपने हाथ-पाँव फैलाने और आराम से रहने के लिए बहुत ज़्यादा जगह की ज़रूरत होती है। उसकी हवाई जड़ें काट दो तो लहीम-शहीम पेड़ लड़खड़ा कर गिर पड़ेगा—और आमतौर पर ऐसा ही किया जाता है उसकी जगह बड़े-बड़े कमरों वाले रिहायशी अपार्टमेंट बनाने के लिए। उस पेड़ के यही कोई सौ-एक हवाई जड़ों से बने खंबे सरीखे सहारे तो होंगे। दूर तक फैली डालों को थामे रखने के लिए और डालों पर छाया पत्तों का साया, जैसे किसी महल का बहुत बड़ा कमरा। कहा गया है कि बरगद की छांव में पूरी फ़ौज के आराम करने लायक जगह होती है और शायद किसी ज़माने में ऐसा होता भी होगा। मैंने एक अलग ही किस्म की फ़ौज को गाँव के पोखर वाले उस बरगद पर आते देखा, तब जब उस पर गूलर होते थे। तोते, देसी मैना, गुलाबी मैना, कलगी वाली बुलबुल, बिना कलगी वाली बुलबुल, बसन्ते और कितने ही दूसरे परिंदे बड़े-बड़े सुर्ख गूलरों की दावत उड़ाने के लिए जमघट लगाते थे। ऋतुपर्व की मंगल ज्योनार!

नजफ़गढ़ रोड के और आगे एक बड़ी-सी झील थी, जो मछलियों के लिए मशहूर थी। पता नहीं झील का कोई टुकड़ा अब भी मौजूद होगा, या फिर भराई के बाद वह वृहत्तर दिल्ली का हिस्सा बन चुकी होगी। झील किनारे किसी बबूल या कीकर के नीचे सुस्ताते हुए मछलीखोर किंगफ़िशर यानी रामचिरैया को पानी की सतह के पास मंडराते और छपाक से डुबकी मार कर झिलमिलाती मछली के साथ बाहर निकलते देखा जा सकता था। हमारे यहाँ आमतौर पर पाया जाने वाला कॉमन इंडियन किंगफ़िशर यानी रामचिरैया छोटा-सा सुन्दर पक्षी होता है—नीली पीठ, गले पर सफ़ेदी और नीचे वाला हिस्सा नारंगी। जब मुझे कोई रामचिरैया पानी के ऊपर झूलती किसी झाड़ी या चट्टान पर बैठा दिखाई दे जाता तो फिर मैं उसे ताड़ता रहता था कि कब वह तीर की तरह पानी में जाकर वापस अपने अड्डे पर लौटता है अपने शिकार को खाने के लिए। चटक नीला रंग, बिजली सी तेज़ी से पानी पर आना और तीखी टिट-टिट-टिट की आवाज़ में शोर मचाना।

रामचिरैया को लेकर ढेरों पौराणिक कहानियाँ-कहावतें हैं—उनमें से एक जो मुझे सबसे अच्छी तरह याद है, वह महान फ्रांसीसी लेखक रोमाँ रोलां ने बयाँ की थी, जिसमें बताया गया है कि रामचिरैया पहले सादा सा बेरंगा परिंदा था और उसके पंखों को दमकते हुए रंग तब मिले जब नूह ने उसे अपनी कश्ती से छोड़ा और वह सीधे सूरज की ओर उड़ चला। उसके ऊपर वाले पंखों पर आसमान का रंग चढ़ गया, जबकि नीचे के पंख डूबते हुए सूरज की किरणों से झुलस कर लाल-गेरुए से हो गए।

गर्मी हो या सर्दी, मुझे धूल और गाड़ियों की भीड़भाड़ से बड़ी चिढ़ मचती थी और मैं पैदल ही सारी दिल्ली में घूमता था—राजौरी गार्डन से कनॉट प्लेस, जो कि पाँच या छह मील होगा, तो कभी दरियागंज से चाँदनी चौक और अजमेरी गेट से इंडिया गेट! किसी शहर को जानने का यही सबसे अच्छा तरीका होता है। मैं सारे लन्दन में घूमा हूँ। अब मैं वही काम दिल्ली में कर रहा था। पुराने मकबरों और यादगार इमारतों, ऐतिहासिक सड़कों और पुराने मकानों को देखता-समझता, या फिर इंडिया गेट के पास घास में बैठ कर जामुन खाता। मुझे जामुन का खट्टा-कसैला स्वाद खूब भाता था, जिसे अगर थोड़ा-सा नमक लगा कर खाया जाए तो बहुत मज़ा आता है और उसका गहरा बैंगनी रंग भी मुझे पसन्द है। दिल्ली की अच्छी चीज़ों में से एक था जामुन।

भाभीजी का घर

(1960 के दौरान राजौरी गार्डन में मेरा पड़ोसी कमल परिवार हुआ करता था। मेरे जर्नल का यह अंश, जो मैंने उनके घर की एक यात्रा के दौरान लिखा था, वह उस घर में बिताये एक सामान्य दिन के बारे में है।)

सूरज की पहली किरण के साथ ही उस घर के छोटे से बगीचे में लगे अमरूद के पेड़ से चिड़ियों की चहचहाहट की गूँज उठती है। कम-से-कम 100 की संख्या के आस-पास चिड़ियाँ आपस में वह सब कहने-सुनने लगती हैं, जो एक सर्द, कोहरे से भरी सुबह को दिल्ली में कहा जा सकता है।

उस छोटे से घर में लगभग हर कोई सोया हुआ है; मतलब हर कोई, सिर्फ़ भाभीजी—दादी—उस मध्यवर्गीय पंजाबी परिवार की मुखिया को छोड़कर जिनके साथ मैं हमेशा अपनी दिल्ली यात्रा के दौरान रहता हूँ।

वह खाँसती हैं, हिलती-डुलती हैं, दर्द से कराहती हैं, बड़बड़ाती हैं और फिर बिस्तर से उठ जाती हैं। घर में चूल्हा जलाना है क्योंकि उनके दो बेटों के लिए, जो काम पर जायेंगे, खाना बनाना ज़रूरी है। उनकी मदद करने लिए एक बहू भी है शोभा, लेकिन वह लड़की इतनी होशियार नहीं है कि सुबह उठ जाये। असल में यह कुछ इस तरह से है—भाभीजी अपनी बहू को शर्मिंदा करना चाहती हैं; इसलिए इस बात से कोई फ़र्क नहीं पड़ता है कि शोभा सुबह चाहे कितनी भी जल्दी क्यों न उठ जाये, भाभीजी उसे पहले ही रोक देती हैं। वह बूढ़ी औरत किसी भी हाल में रात में अच्छी नींद नहीं सोती है; उनकी आँखें सुबह जगकर चहचहाने वाली पहली चिड़िया से भी काफ़ी पहले खुल जाती हैं, और जैसे ही वह अपनी बहू को हरकत में आते देखती हैं, तो वह जल्दी से अपने बिस्तर से

बाहर आती हैं और जल्दी-जल्दी रसोई की तरफ़ बढ़ जाती हैं। इससे उनको यह कहने का मौका मिलता है—एक बहू के होने का भला क्या फ़ायदा? जब मुझे सुबह-सुबह उठकर उसके पति के लिए खाना बनाना पड़ता है?

सच्चाई यह है कि भाभीजी को यह पसन्द ही नहीं कि उनके बेटे का खाना कोई और पकाए।

मैंने दस साल पहले, जब उनको पहली बार देखा था, अब भी उससे वह ज़्यादा बड़ी नहीं दिखती थीं। उनका अपने बड़े से परिवार पर पूरा नियन्त्रण है, और वह पूरे जोशो-खरोश से अपने तीन बेटों, एक बेटी, दो बहुओं और चौदह पोते-पोतियों के जीवन का संचालन करती हैं। यह एक संयुक्त परिवार है (हालाँकि दिल्ली जैसे महानगर में अब ऐसे परिवार कम ही बचे हैं), जिनमें उनके बेटे और उनका परिवार सब एक साथ एक ही छत के नीचे अपनी माँ की परोपकारी (कभी-कभी दुष्ट) तानाशाही में रहते हों। जब उनके पति जीवित थे, भाभीजी तब भी घर पर राज करती थीं।

सबसे बड़े बेटे शिव की रसोई अलग थी, लेकिन उनकी बीवी और बच्चे घर के सभी त्यौहारों और लड़ाई-झगड़ों में हिस्सा लेते थे। यह एक चमत्कार ही था कि कैसे हर कोई (जिसमें मैं भी शामिल था) इस घर में अपने लिए जगह बना लेता है; और अगर कोई अजनबी आ जाये तो उसका पूरा वक्त यह सोचने में लग जायेगा कि घर के सारे लोग आखिर सोते कहाँ हैं। क्योंकि दिन के वक्त उस घर में एक भी बिस्तर नज़र नहीं आता है। ऐसा इसलिए क्योंकि उनके यहाँ की चारपाइयाँ—जो बेहद पतली लकड़ियों के खाँचे में बुनी गयीं खुरदरी रस्सियों से बनी हैं—सिर्फ़ रात के वक्त घर के भीतर लायी जाती हैं, और उन्हें सुबह होते ही बगीचे की छाँह में रख दिया जाता है।

जैसे ही भाभीजी रसोईघर में चूल्हा जलाती हैं, पूरे घर में हरकत तेज़ हो जाती है, और शोभा अपनी सास के साथ रसोई में लग जाती है। एक मेहमान के तौर पर मुझे थोड़ी छूट मिलती है और मैं सबसे आखिर में जगता हूँ। लेकिन मेरा बेड जल्द ही एक ऐसे टापू में तब्दील हो जाता है, जिसके चारों तरफ़ बच्चे चीख-चिल्ला रहे होते हैं, वे नहाने-धोने, खाने, स्कूल के लिए तैयार होने और अपनी किताबें समेटने में लग जाते हैं। मेरे जगने से पहले कोई मुझे एक

गिलास में गर्म और मीठी चाय लाकर देता है। वह गिलास अक्सर पीतल का होता है जिसे पकड़ने में मेरी उँगलियाँ जल जाती हैं; मुझे अभी भी इस तरह के गिलास को पकड़ना नहीं आया है। पंजाबी लोग अपनी चाय में खूब सारी चीनी और दूध डालते हैं—इतना ज़्यादा कि मैं कभी-कभी सोचता हूँ कि वह उसमें चायपत्ती डालते ही क्यों हैं।

10 साल पहले, भाभीजी के घर में किसी को 'बेड-टी' के बारे में पता नहीं था। फिर पहली बार जब मैं उनके घर रहने आया तो, कमल (उनके सबसे छोटे बेटे) ने उन्हें कहा, "मेरा दोस्त अंग्रेज़ है। उसे बिस्तर पर चाय ज़रूर मिलनी चाहिए।" वह यह बताना भूल गया कि मैं अपनी सुबह की चाय 7 बजे पीता हूँ; उन्होंने मुझे पाँच बजे ही चाय देनी शुरू कर दी। मैं चाय गटकने के बाद दोबारा सोने चला गया। फिर, धीरे-धीरे घर के बाकी लोग भी सुबह की चाय पीने के आदी हो गये। अब घर में हर कोई जिनमें घर के बड़े बच्चे भी शामिल हैं, 'बेड टी' पीने लग गये हैं। वे मेरे अंग्रेज़ पूर्वजों को इसे शुरू करने के लिए दुआएँ देते हैं और मैं उस परम्परा को आगे बढ़ाने के लिए पंजाबियों को।

रसोईघर में नाश्ता बारी-बारी से होता है। वह एक छोटा-सा कमरा है और उसमें एक समय पर चार से ज़्यादा लोग नहीं जा सकते हैं। घर के बच्चे सबसे पहले नाश्ता कर लेते हैं; लेकिन घर के छोटे बच्चे जिनमें शोभा के बच्चे शामिल हैं वे बार-बार आते रहते हैं और हमारे ऊपर चढ़ते रहते हैं। भाभीजी सबसे छोटे और सबसे शरारती बच्चे के लिए हमेशा कहती हैं—वह सिर्फ़ इस वजह से है क्योंकि भगवान का उस पर विशेष आशीर्वाद है।

कमल, उसका बड़ा भाई अरुण और मैं नंगे पाँव ज़मीन पर पालथी मार कर बैठते हैं, और भाभीजी हमें गर्म-गर्म आलू और प्याज़ के परांठे देती हैं, साथ में आमलेट भी होता है, जो खाने में बेहद स्वादिष्ट होता है। अरुण फिर स्कूटर से अपने काम पर जाता है और कमल बस पकड़ कर शहर की तरफ़ जाता है, जहाँ वह एक आर्ट कॉलेज में पढ़ता है। सभी के काम पर चले जाने के बाद भाभीजी और शोभा नाश्ता करती हैं।

9 बजते-बजते घर के सभी लोग कुछ-न-कुछ करने में लग जाते हैं। शोभा कपड़े धो रही होती है। भाभीजी एक खाट पर बैठकर पालक चुन रही

होती हैं, जिसे वह बाद में काटती भी हैं। उनकी 14 साल की पोती मधु जो दोपहर के स्कूल में जाती है, वह बैठक के फ़र्श को साफ़ कर रही होती है। मधु की माँ दिल्ली के एक प्राइमरी स्कूल में टीचर है जहाँ उसे सिर्फ़ 150 रुपये पगार मिलती है। उसका पति करीब 10 साल पहले इंग्लैंड गया था पर आज तक लौटकर नहीं आया। वह घर पैसे भी नहीं भेजता।

मधु अपने चेहरे की गम्भीर अभिव्यक्ति के कारण काफ़ी आकर्षक लगती है। वह हमेशा कुछ-न-कुछ सोचती रहती है, विचारों में मगन रहती है, बहुत कम बोलती है और कभी-कभार ही मुस्कुराती है (लेकिन जब मुस्कुराती है तो बहुत सुंदर लगती है)। मैं हमेशा सोचता हूँ कि फ़र्श पर पोंछा लगाते हुए, भाभीजी के साथ खाना बनाते हुए और बर्तन साफ़ करते हुए वह क्या सोचती है। इन सबके बीच वह अपने स्कूल का काम करने का भी समय निकाल लेती है। वह पूरे घर की सिंड्रेला है। ऐसा कुछ नहीं है कि उसे एक क्रूर सौतेली माँ को झेलना पड़ रहा है, वह भाभीजी की लाडली है। उसने अपने आपको इतना उपयोगी बना लिया है कि कोई भी उसे उलाहना नहीं दे सकता। उसके बाद भी उसमें एक अलग किस्म की उदासीनता है—वह घर की छोटी-छोटी नोकझोंक में शामिल नहीं होती—और यह उस घर के लिए बहुत अजीब-सी बात है जहाँ हर किसी के पास अपने लिए कहने को कुछ-न-कुछ होता है। उसके दोनों छोटे भाइयों को हर समय डाँट मिलती रहती है; लेकिन मधु को कोई भी कुछ नहीं कहता। अभी कल ही की तो बात है जब घर में कपड़े धोये जा रहे थे, तब यह बातचीत चल रही थी।

मधु की माँ ने गलियारे से एक स्कूल की किताब उठाते हुए पूछा—वह लड़का पोपट कहाँ है? देखो वह अपनी किताबों को लेकर कितना लापरवाह है! पोपट! वह भाग गया। आने दो उसे इधर, अच्छे से पिटाई करूँगी उसकी।

विनोद की माँ—वह पोपट की किताब नहीं है। वह विनोद की किताब है। विनोद कहाँ है?

विनोद (चिड़चिड़ाते हुए)—यह मधु की किताब है।

दो मिनट तक सब शान्त हो जाते हैं। मधु फ़र्श साफ़ करने में लगी रहती है; वह नज़र उठाकर ऊपर भी नहीं देखती। विनोद किताब उठाता है और घर के

अंदर ले जाता है। महिलाएँ वापस अपने काम पर लग जाती हैं।

शिव की बेटी और विनोद की बहन मंजू का घर के कामकाज में मन नहीं लगता, वह हमेशा काम से भागती है, जिस कारण उसे हमेशा—अपने माता-पिता, दादी, चाचा और चाची से डाँट सुनने को मिलती है।

अब वह घर के आगे के अहाते में झाड़ू लगाने में व्यस्त है। ऐसा करते हुए उसके चेहरे पर उदासी नज़र आ रही है, और इस दौरान मैं जो भी हँसी-मज़ाक की बातें कर रहा हूँ वह उसे भी नज़रअन्दाज़ कर रही है। मैं अमरूद के पेड़ के नीचे बैठा हुआ हूँ लेकिन मंजू जल्दी ही मुझे वहाँ से हटा देती है। वह वहाँ धूल-मिट्टी के बादल बना रही है, और उसे तब तक सन्तुष्टि नहीं मिलती है जब तक वह धूल-मिट्टी तुरन्त धोकर धूप में डाले गये कपड़ों पर न बैठ जाये। मंजू एक कामुक लड़की है और अन्य कामुक लोगों की तरह वह भी आलसी है। उसे झाड़ू लगाना पसन्द नहीं है क्योंकि ऐसा करते वक्त उसे बगल के घर का लड़का देख लेगा और वह नहीं चाहती कि वह उसे झाड़ू लगाते हुए देखे। वह उसके सामने ज़्यादा आकर्षक रूप में जाना चाहती है। हर सुबह उसकी पहली चेष्टा अख़बार के पन्नों में फ़िल्मों के विज्ञापन देखने की होती है। बॉम्बे में बैठे फ़िल्मों के बादशाह मंजू जैसी लड़कियों को खूब सपने बेचते हैं जिनका एक ही सपना होता, हीरोइन बनना। दिल्ली के मध्यवर्गीय किशोरों का जीवन इतना बेरंग होता है कि उनका इस तरह पलायनवादी होना बहुत ही आम बात है। यहाँ हर रिहायशी इलाके में एक सिनेमा हॉल है, लेकिन इस उपनगर में एक भी किताबों की दुकान नहीं है, जबकि यहाँ की साक्षर आबादी 20 हज़ार की है। बहुत कम बच्चे हैं जो यहाँ किताबें पढ़ते हैं लेकिन वे सब परीक्षा 'गाइड' रटने में पारंगत हो गये हैं, और विद्यार्थी हार्डी और डिकेंस के उपन्यास नहीं परीक्षा गाइड पढ़ते हैं।

भाभीजी अब खरल में प्याज़ और मिर्च कूट रही थीं। उनकी आँखों से पानी बह रहा था पर वह अच्छे मूड में थीं। शोभा चुपचाप रसोई में बैठी हुई है, थोड़ी देर पहले वह मुझसे पीठ दर्द की शिकायत कर रही थी। यहाँ मैं ही वह एकमात्र सदस्य हूँ जो दर्द और पीड़ा की शिकायतों को पूरी हमदर्दी से सुनता हूँ। लेकिन पिछली एक रात से मेरी सारी हमदर्दी खत्म हो गयी है। रात को

करीब 10 बजे जब मैं अपने बिस्तर पर गया तो मैंने देखा कि मेरे बिस्तर की चादर गीली है। यह स्पष्ट था कि शोभा ने अपने छोटे बच्चे को दोपहर में मेरे बिस्तर पर सुलाया था।

घर का काम अपनी पूरी तेज़ी पर है, तभी उनका चचेरा भाई किशोर आता है। वह एक चलता-फिरता संगीतकार है जो अपनी आजीविका कमाने के लिए शादियों में संगीत सुनाता है। वह हमेशा भाभीजी के घर आता रहता है और अक्सर बेवक्त। उस दौरान वह ज़्यादातर नशे में मस्त होता और उसके पास भविष्य को लेकर बहुत सारी बड़ी-बड़ी योजनाएँ होतीं। एक बार उसका ध्येय था कि वह फ़िल्म निर्माता बने, और कुछ साल पहले उसने भाभीजी का बहुत सारा पैसा एक फ़िल्म बनाने में बर्बाद भी कर दिया था, वह फ़िल्म कभी बनकर तैयार नहीं हुई। हालाँकि वह अभी भी उसे पूरा करने की बात कहता है।

''भाईसाहब,'' मुझे पूरे विश्वास में लेते हुए वह सौवीं बार कहता, ''क्या आप किसी ऐसे व्यक्ति को जानते हो जिसके पास फ़िल्म शूट करने का कैमरा हो?''

''नहीं,'' मैंने कहा, अच्छी तरह से जानते हुए कि अगर मैं हाँ बोल दूँगा तो न जाने कितनी तरह की चालबाज़ियों के दलदल में फँस जाऊँगा। लेकिन किशोर आसानी से मानने वालों में से नहीं था, खासकर तब जब वह देसी शराब के नशे में था।

''लेकिन आप ऐसे व्यक्ति को जानते थे, जिसके पास फ़िल्म बनाने का कैमरा है?'' उसने पूछा।

''बहुत समय पहले।''

''कितने समय पहले?'' (अब मुझे उसे भेजना होगा।)

''करीब पाँच साल पहले।''

''सिर्फ़ पाँच साल? ढूँढो, उसे ढूँढो!''

''उसका कोई फ़ायदा नहीं है। उसके पास वह कैमरा अब नहीं है। उसने उसे बेच दिया है।''

''बेच दिया!'' किशोर ने मुझे ऐसे देखा जैसे मैंने उसे कोई चोट पहुँचायी हो। ''लेकिन तुमने उसे खरीदा क्यों नहीं? जिस एक चीज़ की हमें ज़रूरत है

वह है एक मूवी कैमरा, और फिर हमारी किस्मत,बस चमकी। मैं फ़िल्म का निर्माण कर लूँगा, उसका निर्देशन भी और उसे संगीत भी दे दूँगा। टू-इन-वन। चार्ली चैपलिन और राज कपूर। तुमने आखिर कैमरा खरीदा क्यों नहीं?''

''क्योंकि मेरे पास पैसे नहीं थे।''

''लेकिन हम पैसे किसी से माँग भी सकते थे।''

''अगर तुम पैसे माँगने की स्थिति में हो तो हम जाकर दूसरा मूवी कैमरा भी खरीद सकते हैं।''

''हम मूवी कैमरा माँग सकते हैं। क्या आप ऐसे किसी और व्यक्ति को जानते हो जिसके पास मूवी कैमरा हो?''

''नहीं, एक भी नहीं।'' मैं इस बार तैयार था कि फिर से किसी पचड़े में नहीं पड़ूँगा।

''बहुत बुरा, बहुत बुरा,'' वह बड़बड़ाते हुए बोला। उसके चेहरे पर कुत्ते जैसी हताशा जैसे भाव थे, जिसका मकसद मुझे यह एहसास कराना था कि उसकी इस नाकामी के लिए सिर्फ़ मैं ज़िम्मेदार हूँ, और वह चला जाता है।

भाभीजी उसके आने से थोड़ा नाराज़ हुई थीं, लेकिन वह उनका गुस्सा शाम को एक शादी की पार्टी के न्यौते का कार्ड देकर शान्त कर देता है। घर में कोई भी लड़की या लड़के वालों को नहीं जानता लेकिन इससे कोई फ़र्क नहीं पड़ता। वहाँ संगीत बजाने वालों में से किसी एक को जानना ही काफ़ी है। घर का हर सदस्य उस पार्टी में जायेगा।

जब भाभीजी, शोभा और मधु दोपहर का खाना बनाने में लगी हैं, तब भाभीजी मेरे साथ अपने पसन्दीदा विषय पर गप्पें मारने में लग जाती हैं, कमल की शादी की, जिसका उन्हें भरोसा है कि वे जल्दी ही कर पायेंगी। वह बहुत आसानी से स्वीकार करती हैं कि अपने दोनों बेटों के लिए बहू चुनने में उन्होंने काफ़ी बड़ी गलतियाँ की हैं—उनका इशारा शोभा की तरफ़ होता है—और खुद से वादा करती हैं कि वह गलतियाँ दोबारा नहीं दोहराएँगी। भाभीजी के मुताबिक कमल की पत्नी को न सिर्फ़ पढ़ी-लिखी बल्कि घर के कामकाज में भी निपुण होना चाहिए, और हाँ गोरा होना तो बेहद ज़रूरी है।

''अगर उसे कोई काली लड़की पसन्द आ जाये तो?'' मैंने उन्हें चिढ़ाते हुए पूछा।

भाभीजी बहुत डर गयीं। ''वह एक काली लड़की से कतई शादी नहीं कर सकता,'' उन्होंने ऐलान किया।

''लेकिन साँवली लड़कियाँ सुंदर होती हैं,'' मैंने कहा।

''नामुमकिन!''

''क्या आप चाहती हैं कि वह किसी यूरोपियन लड़की से शादी करे?''

''नहीं विदेशी लड़कियाँ नहीं! मैं उन्हें अच्छी तरह से जानती हूँ, वे मेरे बेटे को अपने साथ ले जायेंगी। उसको एक सुंदर सी पंजाबी लड़की से शादी करनी चाहिए, जिसका रंग गेहुँआ हो।''

दोपहर का वक़्त है। परछाईं ने अपनी जगह बदल ली है और सड़क के पार पहुँच गयी है। मैं अमरूद के पेड़ के नीचे बैठकर औरतों को काम करते हुए देख रहा हूँ। वे मुझे कुछ करने नहीं देंगी, पर उन्हें मेरा उनसे बात करना बेहद पसन्द है और मेरी टूटी-फूटी पंजाबी से उन्हें प्यार है। चिड़िया आस-पास फुदक रही है और अपने पैर से जितना अनाज ले सकती है वह ले लेती है। एक कौवा बड़ी उम्मीद से खाली रसोई की तरफ़ देखता है और उसके खुले दरवाज़े की तरफ़ बढ़ता है; लेकिन भाभीजी की एक नज़र ऊपर हुई नहीं कि वह अनुभवी कौवा उड़ जाता है। उसे पता है कि उसे इस घर से कुछ भी नहीं मिलने वाला।

एक-एक करके घर के बच्चे खाना माँगने आने लगते हैं, अब मधु की बारी है स्कूल जाने की। उसका छोटा भाई पोपट, जो एक तेज़-तर्रार लेकिन 13 साल का नाटा लड़का है, गलियारे में नज़र आता है और खाना माँगता है।

''अभी जाओ!'' भाभीजी ने कहा। ''खाना अभी बना नहीं है।''

असल में खाना तैयार है, सिर्फ़ रोटियाँ बनानी बाकी हैं। शोभा उन्हें बनाएगी। भाभीजी धूप में ही खाट पर लेट जाती हैं और कमर में दर्द और कान के बजने की शिकायत करती हैं।

''मैं आपकी पीठ दबा दूँगा,'' पोपट बोला। पिछले कुछ समय से भाभीजी उससे नाराज़ चल रही हैं, इसलिए वह इस फिराक में है कि कैसे अपनी दादी को मनाए।

नंगे पाँव वह भाभीजी की पीठ पर चढ़ जाता है और पग-पग चलकर उनके शरीर की माँसपेशियों और हड्डियों को आराम से दबाता है। भाभीजी राहत पाकर घुरघुराती हैं। उन्हें हर दिन शरीर के किसी नई जगह में दर्द का एहसास होता है। उनकी उम्र और रोज़ की व्यस्त दिनचर्या का असर अब उनकी सेहत पर हो रहा है लेकिन वह मरना पसन्द करेंगी लेकिन अपने साम्राज्य को किसी और को देना उन्हें स्वीकार नहीं। उनके कमाऊ बेटे आज भी अपनी पगार उनके हाथ में रखते हैं जिसे वे अपने हिसाब से घर में देती हैं।

पोपट के पाँव से मिली कुटाई से उनका मूड काफ़ी अच्छा हो गया, और अब वे अपने दूसरे पसन्दीदा विषय पर बात करने को तैयार हो गयीं, वह है उनके घर आयी दहेज के विभिन्न सामानों की खासियत। भाभीजी के अनुसार शिव की पत्नी अपने साथ दहेज में एक तारों से बुनी हुई खाट के अलावा कुछ भी लेकर नहीं आयी; किशोर की पत्नी अपनी तेज़ ज़बान लेकर आयी है और शोभा एक बहुत सुंदर स्टील की अलमारी लेकर आयी है, जिससे घर का पूरा काम-काज किया जा सकता है।

इसमें से जो अन्तिम बात भाभीजी ने कही उससे शोभा का मन खराब हो गया और थोड़ी देर बाद मैंने उसे अमरूद के पेड़ के नीचे बैठे हुए रोते देखा। मैंने उसे सांत्वना के दो शब्द कहे जिसकी वह उम्मीद कर रही थी; लेकिन उसके इस गुस्से का सामना उसके पति अरुण को शाम को घर लौटने के बाद करना पड़ेगा। असल में अरुण अपनी पत्नी से डरता है। पिछली रात वह खाना बाहर रेस्तराँ में खाना चाहता था, लेकिन उसे डर था कि ऐसा करने से शोभा उस पर पैसा बर्बाद करने का आरोप लगाएगी; इसलिए उसने मेरी जेब में 15 रुपये डाले और कहा कि मैं उसे और शोभा को रात के खाने का न्यौता दूँ, जो मैंने किया। हम लोगों ने काफ़ी अच्छा खाना खाया। मेरी तरफ़ से इस तरह की अप्रत्याशित आवभगत से भी शोभा और मेरे बीच अच्छा सामंजस्य बैठ गया। अब, घर में अन्य कामों के अलावा वह इस बात का भी ध्यान रखती है कि मुझे मौके-बेमौके चाय और कॉफ़ी मिलती रहे।

भाभीजी को पता है कि अरुण अपनी पत्नी के साथ थोड़ा नर्म है और वह इसके लिए उस पर ताने भी कसती हैं। वह आज सुबह ही कह रही थीं कि जब

भी घर में कुछ काम करने को होता है तो शोभा सिरदर्द का बहाना कर बिस्तर में घुस जाती है। (जो आधा सच है)। वह कहती हैं कि मंजू भी घर में शोभा से ज़्यादा काम करती है, (बिलकुल झूठ)। भाभीजी के पास एक अदाकारा के गुण हैं, और इसका इस्तेमाल वह शोभा पर खूब करती हैं। उधर शोभा हमेशा इस बात का रोना रोती है कि उसे बहुत सारा काम करना पड़ता है।

इधर भाभीजी बातें करती हैं, उधर पोपट साइकिल की सवारी करने निकल पड़ता है। वह एक बेहद पुरानी साइकिल है जो हमेशा ठीक होने के लिए जाती रहती है। "इसकी आत्मा जा चुकी है," विनोद बड़े ही दार्शनिक भाव से कहता है और छत पर चढ़ जाता है, जहाँ उसने बहुत सारी अश्लील किताबें छिपा रखी हैं। उतनी ऊँचाई पर न तो उसे कोई देख सकता है, न ही कोई उसे याद कर पाता है, जिससे उसे किसी भी छोटे-मोटे काम के लिए बुलाया नहीं जाता।

घर का एक बच्चा हैंडपंप के पास नहा रहा है। मंजू जिसे मधु के साथ स्कूल जाना चाहिए था वह खाट पर लेटी हुई है और बुखार की शिकायत कर रही है। लेकिन वह शाम को शादी की पार्टी में जाने के वक्त बिलकुल ठीक हो जायेगी...

शाम के वक्त जब चिड़ियाँ अमरूद के पेड़ पर अपने घोंसलों की तरफ़ लौट कर आयीं, तब उनकी चहचहाहट को घर में शादी की पार्टी में जाने के लिए तैयार होते लोगों के हंगामे की चुनौती मिली।

मंजू अपने टाइट पायजामे को दाबती है लेकिन उसे बाँधना भूल जाती है। वह एक ढीला-ढाला पारदर्शी कुर्ता पहनती है। वह बार-बार कमरे से अन्दर-बाहर होती है ताकि मैं उसकी प्रशंसा कर सकूँ। शोभा ने हद से ज़्यादा लिपस्टिक और पाउडर लगा रखा है ताकि वह एक खतरनाक तरीके से सुंदर दिखे, जो वह किसी हाल में नहीं है। शिव की रूढ़ीवादी पत्नी बहुत ही पुराने स्टाइल के पायजामे में घर में घूम रही है। भाभीजी शालीन दिख रही हैं उन्होंने सफ़ेद रंग की साड़ी पहन रखी है। मधु साफ़-सुथरी दिख रही है। सभी पुरुषों ने सूट पहन रखा है।

पोपट ने बाल सँवारते अपने चाचा किशोर के लिए आईना पकड़ रखा है। (किशोर के बाल काफ़ी लम्बे हैं जैसे अकबर के ज़माने में उनके दरबार के संगीतकार रखा करते थे, हिप्पियों के आने से पहले)। वह खुशी में अपना सिर

हिला रहा है, वह पूरी तरह से एक बोतल सोमरस की गिरफ़्त में आ चुका है, जिसे उसने एक सस्ती सी दुकान से लिया है।

किशोर—बच्चे आईने को मत हिलाओ!

पोपट—हिल आईना नहीं आपका सिर रहा है।

शोभा बहुत खुश है, उसे शादी-ब्याह की पार्टियों में जाना बहुत पसन्द है। वह अपने साथ अपने दोनों बेटों को लेकर जाती है, हालाँकि वे दोनों वहाँ कालीन को खराब कर देते हैं।

घर में सिर्फ़ मैं, कमल और पोपट रह जाते हैं। मैं अपने जीवन में बहुत सारी शादी की पार्टियों में शामिल हो चुका हूँ।

यह घर अचानक से शान्त हो गया। सिर्फ़ तीन लोगों के होने के कारण अब वह छोटा भी नहीं दिख रहा था। घर की रसोई में ताला लगा था, भाभीजी (पोपट के घर में रहते) रसोई को कभी भी खुला नहीं छोड़ेंगी, इसलिए हम तीनों मुख्य सड़क के किनारे बने ढाबे पर जाते हैं और वहाँ मेरे पैसों से कबाब और चिकन कोरमा खाते हैं।

कल, मैंने और कमल ने बुद्ध जयंती पार्क की घास पर बैठकर खाना खाया। कल कमल का कॉलेज नहीं था क्योंकि दिल्ली यूनिवर्सिटी के छात्र बहुत सारी डीटीसी की बसों को अगवा कर पाकिस्तान हाई कमीशन के खिलाफ़ प्रदर्शन करने गये थे। ये लोग श्रीनगर से लाहौर जाने वाले एक भारतीय विमान के अपहरण के खिलाफ़ विरोध-प्रदर्शन कर रहे थे। इन छात्रों को दिल्ली पुलिस की तरफ़ से खूब चुनौती मिली, और दोनों के बीच काफ़ी देर तक झड़प चलती रही, जिसमें छात्रों की पत्थरबाज़ी का जवाब पुलिस ने आँसू गैस से दिया। एक अख़बार के अनुसार दिल्ली पुलिस हर मिनट दो गोलियों से जवाब दे रही थी। यह सब कुछ पूरा दिन चला, जिसमें बहुत सारे छात्र और पुलिसवाले ज़ख्मी हुए लेकिन किसी की भी मौत नहीं हुई जो किसी चमत्कार से कम नहीं था। पुलिस पूरी मुस्तैदी से मैदान में डटी रही जिससे पाकिस्तान हाई कमीशन को कोई नुकसान नहीं पहुँचा, लेकिन आँसू गैस के ज़्यादातर गोले बगल में स्थित ऑस्ट्रेलियाई हाई कमीशन की इमारत पर गिरने के कारण उसे भी पूरे दिन के लिए बन्द कर दिया गया था।

कमल और मैंने इस घेराबंदी का तकरीबन एक घंटे तक सामना किया, फिर हम दोनों पार्क चले आये और नॉनवेज सैंडविच खाने लगे। एक-दो गिलहरियाँ हमें देखने आयीं और अगले ही पल हम उन्हें सैंडविच खिला रहे थे। हमें दूर से छात्रों की नारेबाज़ी सुनाई पड़ रही थी। मैं वहीं घास पर लेट गया और बारचेस्टर टॉवर की प्रति निकाल कर पढ़ने लग गया। जब भी दिल्ली या भाभीजी के घर या कहीं भी ज़िन्दगी बहुत अशान्त हो जाती है तब मैं ट्रोलोप (Trollope) की शरण में चला जाता हूँ। हमारे समय की जटिलताओं को 19वीं सदी के सबसे बड़े गिरिजाघर के अलावा कोई भी दूर नहीं कर सकता है।

रात के 10 बजे तक घर के सभी लोग वापस आ गये थे। (वे लोग खाना खाने गये थे ना कि शादी के रीति-रिवाजों को देखने, जो सुबह तक चलते हैं।) शोभा दूल्हे की सुन्दरता और उसके गोरे रंग की खूब तारीफ़ कर रही है। उसके अनुसार वह काफ़ी 'गोरा-चिट्टा'—बिलकुल सफ़ेद है। उसे दुल्हन कोई ख़ास पसन्द नहीं आयी थी।

इस खुशनुमा माहौल में शिव को पुरानी बातें याद आने लगती हैं, वह अपनी पत्नी के गुणों का बखान करने लगता है और उसे बंदूक की नल कहता है। वह हमें बताता है कि कैसे, शादी के थोड़े दिनों के बाद ही उसकी पत्नी ने पड़ोस में रहने वाली एक लड़की को ईंट मारने की धमकी दी थी। वह छोटी-सी घटना शिव को शादी के 18 सालों के बाद भी याद है।

उसने कहा—जब पड़ोसियों ने मेरे पास आकर शिकायत की, तब मैंने उनसे कहा, ''मुमकिन है कि मेरी पत्नी तुम्हारी बेटी को ईंट मार दे। उसे ऐसा करने की आदत है।'' उसके बाद वे पड़ोसी शान्त हो गये।

मेरे ख़याल से शिव को पड़ोसियों से लड़ने के मामले में अपनी पत्नी की आक्रामकता पर काफ़ी नाज़ है; हाल ही में उसने पड़ोस में रहने वाली एक सिख महिला को तीन घंटे तक चले वाक्युद्ध में परास्त कर दिया था। लेकिन जब भाभीजी से किसी तरह की बहस या झगड़ा होता है तब शिव की पत्नी अक्सर हार जाती है, क्योंकि शिव अपनी माँ यानी भाभीजी का साथ देता है।

अरुण अपनी माँ और पत्नी दोनों से ही डरता है, और जब भी दोनों के बीच कोई झगड़ा होता है तो वह वहाँ से गायब हो जाता है। या फिर वह अपनी

माँ को कहता है कि वह सही है और शोभा का गुस्सा शान्त करने के लिए बाद में उसे फ़िल्म दिखाने ले जाता है।

जब सभी लोग सोने की तैयारी कर रहे होते हैं तो उसी वक्त वहाँ किशोर आता है, उसे देखकर पहले तो भाभीजी काफ़ी नाराज़ होती हैं, क्योंकि वह बहुत ज़्यादा पिये हुए था; लेकिन जब वह दर्जन भर सिनेमा की टिकटें सामने रखता है तो वह भी नर्म पड़ जाती हैं और उसे रात में वहीं रहने को कहती हैं। भाभीजी को भी कोई नई पिक्चर छोड़ना पसन्द नहीं है।

किशोर मुझ पर दबाव डाल रहा है कि मैं उसकी जीवनी लिखूँ।

''तुम्हारी ज़िन्दगी पर बहुत ही दिलचस्प कहानी लिखी जा सकती है,'' मैंने कहा। ''लेकिन वह दिलचस्प तभी होगी जब मैं उसमें सब कुछ लिखूँ—तुम्हारी सफलताएँ और असफलताएँ।''

''नहीं, नहीं, सिर्फ़ सफलताएँ,'' किशोर ने उपदेश देते हुए कहा। ''मैं चाहता हूँ कि आप मुझे एक लोकप्रिय संगीतकार के रूप में पेश करें।''

''लेकिन तुम्हें तो अभी लोकप्रिय संगीतकार बनना है।''

''जब आप मेरे बारे में लिखोगे तो मैं अपने आप लोकप्रिय हो जाऊँगा।''

खुशकिस्मती से तभी वहाँ खाटें लाये जाने की आवाज़ों के साथ हमारी बातचीत टूट जाती है। फिर भाभीजी और शिव इस बात की योजना बनाने लगते हैं कि उन्हें घर में और कमरे बनवा लेने चाहिए। आखिरकार कमल की जल्द ही शादी हो जायेगी।

एक-एक करके सभी बच्चे रज़ाई के भीतर जाने लगते हैं। पोपट भाभीजी की पीठ पर मसाज करना शुरू कर देता है। वह उसे अपना सबसे पसन्दीदा आशीर्वाद देती हैं, ''भगवान तुम्हारी रक्षा करे और तुम्हारे ढेर सारे बच्चे हों।'' अगर भगवान भाभीजी की सारी विनतियों को सुनने और मानने लगे तो हमारे देश की आबादी कभी भी कम नहीं होगी।

बत्तियों के बुझने के साथ ही भाभीजी भी सोने चली जाती हैं। वह लगभग नींद में होती हैं कि एक धीमी सी आवाज़ सुनाई पड़ती है—भाभीजी हमें एक कहानी सुनाएँ।

शुरू में भाभीजी दिखाती हैं कि उन्हें कुछ सुनाई नहीं दिया; लेकिन जब

वह निवेदन दोहराया जाता है, तब कहती हैं—तुम लोग अपनी शोभा चाची को जगा दोगी, और उसे सुबह फिर देर से जगने का बहाना मिल जाएगा। लेकिन बच्चे भाभीजी की सबसे बड़ी कमज़ोरी को जानते थे, इसलिए वे फिर से आग्रह करते हैं।

"तुम लोगों की दादीजी थकी हुई हैं," अरुण ने कहा। "इन्हें आराम करने दो।"

लेकिन भाभीजी की आँखें खुली हुई हैं। उनका दिमाग सालों पहले की यादों में खो जाता है, फिर उन्हें एक दिलचस्प घटना की याद आती है, जब उनके छोटे भाई की साली ने उनके दूर के चचेरे भाई से शादी कर ली थी...

थोड़ी देर में सभी बच्चे नींद में समा गये, और मैं सोच रहा हूँ कि क्या मैं कभी सो भी पाऊँगा, क्योंकि भाभीजी की आवाज़ रात के अँधेरे में लगातार सुनाई ही देती रहती है।

झुका हुआ पेड़

मैं एक बार फिर से बदलाव के लिए बेचैन था—यह बेचैनी दिल्ली में एक से दूसरे फ़्लैट के बदलाव जैसी नहीं थी, मैं किसी अनजान शहर की ओर निकलना चाहता था। पिछले दो साल के दिल्ली प्रवास के दौरान मैं चाह कर भी बड़े शहर वाली सोच अपनाने में सफल नहीं रहा। मैं उन स्थानीय लोगों के बीच खुद को बिलकुल अलग-थलग पाता, हालाँकि काम के सिलसिले में सब ठीक चल रहा था, कुछ अच्छे दोस्त भी बन गए थे, पर मुझे तो ग्रामीण परिवेश की ताज़ी हवा की ज़रूरत थी, मैं कुदरती दुनिया की खूबसूरती और आनंद के बीच मग्न रहना चाहता था। मुझसे शहर के सीमेंटनुमा जंगल और भीड़ सहन नहीं हो पा रहे थे, इसलिए मैं उत्तर प्रदेश के एक शहर—शाहगंज में रहने लगा।

शाहगंज का मेरा कमरा बहुत छोटा था। मैं उसमें इतना टहलता था कि उसकी पूरी लंबाई और चौड़ाई भी अच्छी तरह याद हो गई थी—बारह बाई दस फुट। मेरी चारपाई के बान, पायताने की रस्सी को कसने की ज़रूरत थी। उसके बीच का गड्ढा इतना गहरा था कि मैं अक्सर पीठ में दर्द के साथ ही सुबह जगता; पर इस मामले में हमेशा अनाड़ी ही रहा।

चारपाई के नीचे मेरा संदूक धरा था। उसमें पुरानी, परित्यक्त पांडुलिपियाँ, कपड़े, कुछ खत और तस्वीरें रखी थीं। किराया नाममात्र का था और खिड़की से बस-स्टैंड और रिक्शा-स्टैंड दिखाई देता था। मैं किसी भी हाल में, अपने माहौल में आए इस बदलाव से खुश था।

मैं कभी पूरी तरह से अकेला नहीं रहा। कई बार बालकनी में कोई

भिखारी रात बिताता; और ठंडे या बारिश वाले मौसम में, चाय की दुकान वाले छोकरे कमरे में सोने आ जाते, जो अक्सर फुटपाथ पर अपनी रातें बिताया करते थे।

अक्सर मैं सुबह जल्दी उठ जाया करता क्योंकि नींद अक्सर सपनों से भरी और बेचैन हुआ करती। जब पहली बस शेड से बाहर आती तो पाँच बजने का अंदाज़ा हो जाता। तब मैं उठ कर, रेल की पटरियों के पीछे खेतों में सैर करने निकल जाता।

एक सुबह, जब मैं खेतों की सैर कर रहा था, तो मुझे राह में कुछ पड़ा दिखाई दिया, सिर और कंधे गन्ने के खेतों के झुरमुट में छिपे हुए थे। जब मैं पास गया, तो देखा कि वह एक लड़का था, जिसकी उम्र अठारह वर्ष के करीब रही होगी। उसका शरीर बुरी तरह से ऐंठ रहा था, चेहरा फ़क्क पड़ गया था पर चिबुक के पास हल्का-सा लहू छलक आया था। उसकी टाँगें लगातार हिल रही थीं और वह बेचैनी से हाथ पटक रहा था।

''तुम्हें क्या हुआ है?'' मैं घुटनों के बल वहीं बैठ गया और उससे पूछा।

पर वह बेसुध होने की वजह से मेरी बात का जवाब नहीं दे सका।

मैं भाग कर फुटपाथ की तरफ़ बने कुएँ के पास गया, अपनी कमीज़ को पानी से भिगोया और वापस आकर लड़के के चेहरे पर पानी छिड़का। शरीर की ऐंठन जाती रही पर वह अब भी गहरी साँसें भर रहा था। उसका चेहरा और हाथ अब स्थिर हो गए थे। उसने अपनी आँखें खोलीं और मुझे घूरने लगा, वह मुझे एकटक ताक रहा था।

''तुमने अपनी ज़ुबान काट ली।'' मैंने उसके चेहरे पर लगा लहू पोंछते हुए कहा। ''चिंता मत करो। तुम्हारी तबीयत सँभलने तक मैं तुम्हारे पास यहीं हूँ।''

अब वह उठ बैठा और बोला, ''मैं ठीक हूँ। आपकी मेहरबानी।''

''क्या हो गया था?'' मैंने उसके पास बैठकर पूछा।

''ओह, कुछ नहीं। ऐसा अक्सर होता है। मुझे नहीं पता कि ये क्यों होता है पर मैं इसे काबू नहीं कर पाता।''

“क्या डॉक्टर को दिखाया?”

“मैं शुरुआत में अस्पताल गया था। उन्होंने कुछ गोलियाँ दीं जिन्हें मुझे रोज़ खाना होता था। पर उनकी वजह से इतनी नींद आती थी और थकान महसूस होती थी कि मैं कोई काम नहीं कर पाता था। इसलिए मैंने उन्हें लेना बंद कर दिया। अब ऐसा माह में एक या दो बार हो जाता है, पर इससे क्या अंतर पड़ता है? जब ये खत्म होता है तो मैं ठीक हो जाता हूँ और फिर अगली बार तक कुछ अजीब महसूस नहीं होता।”

वह अपने पैरों पर उठ खड़ा हुआ, कपड़ों की धूल झाड़ी और मुझे देख कर मुस्कुराने लगा। वह छरहरा, लंबे हाथ-पैरों वाला दुबला-सा छोकरा था। गालों पर हल्की-सी फुलावट और पतली मूँछें झलक रही थीं।

“कहाँ रहते हो? मैं तुम्हें घर तक छोड़ आता हूँ,” मैंने कहा।

“मैं तो कहीं नहीं रहता। कभी किसी मंदिर या फिर गुरुद्वारे में सो जाता हूँ। गर्मियों में नगरपालिका के बगीचों में रातें कटती हैं,” वह बोला।

“अच्छा, तो चलो मैं तुम्हें तुम्हारे बगीचे तक छोड़ देता हूँ।”

उसने मुझे बताया कि उसका नाम केतन है और वह शाहगंज हाई स्कूल में पढ़ाई कर रहा है। उसे उम्मीद थी कि वह कुछ ही महीनों में अपनी परीक्षा पास कर लेगा। वह कड़ी मेहनत कर रहा था, अगर वह अच्छे अंकों से पास हुआ तो कॉलेज भी जाना चाहता था। अगर फ़ेल हुआ तो उस नगर पालिका के बगीचे में रहने की संभावना बढ़ जायेगी...। वह शहर की एक कपड़ों की दुकान में सेल्समैन के तौर पर काम करता था। उसे दुकान पर केवल शाम को ही जाना होता था, इसलिए वह दिन में स्कूल जाता और नौकरी के वेतन से स्कूल की फ़ीस और खाने-पीने का खर्च निकाल लेता।

हम बस स्टैंड की ओर वापिस आ रहे थे तो उसने मुझे यह सब बताया। मैं अपने कमरे में वापिस आकर कुछ लिखने की कोशिश करने लगा और केतन स्कूल जाने के लिए तैयार होने चला गया।

केतन के अनाथ और शरणार्थी होने के बारे में कुछ भी अटपटा नहीं था। 1947 के सांप्रदायिक दंगों के दौरान, हज़ारों लोग घर से बेघर हुए।

महिलाओं और बच्चों का कत्ल कर दिया गया। उसने मुझे मेरे देहरा के एक मित्र देवेंद्र की याद दिला दी। वह भी ऐसे ही हालात का शिकार हुआ था। केतन की संवेदनशीलता अपने-आप में निराली थी, कोई पंजाबी युवक जो हिंसा और घृणा के बीच, फ्रंटियर इलाके में पला-बढ़ा हो, मुझे उसका ऐसा शालीन बर्ताव थोड़ा अचंभित करता था। जीवन के प्रति सकारात्मक नज़रिए ने ही मुझे उसकी ओर आकर्षित किया। (शाहगंज में रहने वाले अधिकतर लोग अपने भाग्य के आगे घुटने टेक चुके थे) क्योंकि उसके सौम्य मुख पर खुशी और गम में सदा एक-सी मुस्कान सजी रहती।

अगली सुबह, दरवाज़ा खोला तो केतन को सीढ़ियों के पास सोते पाया। उसका स्कूल का बस्ता भी वहीं धरा था। मैंने उसे प्यार से हिला कर जगाया तो वह झट से उठ गया।

"अरे, तुम सारी रात यहीं सोते रहे, भीतर क्यों नहीं आए?" मैंने कहा।

"रात बहुत हो गई थी। आपको परेशान नहीं करना चाहता था," उसने जवाब दिया।

"अगर कोई स्कूल का बस्ता तुम्हारे सोते समय चुरा कर ले जाता तो?"

"ओह, पर मुझे नींद बड़ी प्यारी आई। वैसे भी मेरे पास ऐसा क्या है, जो कोई ले जाएगा। मैं आपसे कुछ पूछने आया था।"

"क्या कुछ पैसा चाहिए?"

"नहीं। मैं आज रात आपको अपने साथ खाने पर ले जाना चाहता हूँ।"

"पर कहाँ? तुम्हारे पास तो रहने की कोई जगह नहीं। रेस्तराँ में बहुत पैसे लगेंगे।"

"आपके कमरे में। मैं यहीं खाना तैयार करूँगा। क्या आपके पास स्टोव है?" केतन बोला

"शायद है तो पर ज़रा खोजना होगा," मैंने कहा।

"मैं सात बजे तक आऊँगा। रस्टी चिंता मत करना। मुझे खाना पकाना आता है," वह बस्ता उठाता हुआ बोला।

वह सीढ़ियाँ उतरा और बाज़ार की ओर निकल गया। मैंने अपने स्टोव

की खोज की तो वह मुझे टिन के ट्रंक में सबसे नीचे रखा मिल गया। फिर पाया कि मेरे पास खाना पकाने और खाना खाने के बर्तन नहीं थे। आखिरकार, मैंने नाई दीप चंद से यह सब सामान उधार ले लिया।

केतन हमारे डिनर के लिए चिकन लाया था। यह तो शाहगंज के हिसाब से आलीशान डिनर था, जो साल में दो या तीन बार ही होता था। वह तीन रुपए का मुर्गा लाया था जो सस्ता था और ज़्यादा तंदुरुस्त मुर्गा नहीं था। जब केतन उस मुर्गे को भून रहा था तो मैं बाज़ार से उधारी पर एक बीयर खरीद लाया ताकि उसे पीकर हमारी भूख खुल जाए।

''हम बड़ा ही महँगा खाना खा रहे हैं। तीन रुपए का मुर्गा और तीन रुपए की ही बीयर पर मैं चाहता हूँ कि हम ऐसा कई बार आगे भी कर सकें,'' मैंने कहा।

''हमें महीने में एक बार ऐसा खाना खाना ही चाहिए। अगर हम कड़ी मेहनत करें तो ऐसा हो सकता है,'' केतन ने कहा।

''तुम्हें काम करना आता है। तुम स्कूल से आते ही काम पर लग जाते हो,'' मैंने कहा।

''पर तुम एक लेखक हो, रस्टी। यह एक अलग बात है। तुम्हें लिखने के लिए मूड देखना होता है।''

''ओह, मैं इतना जीनियस भी नहीं कि मूड की परवाह करूँ। बस थोड़ा आलसी हूँ, यही बात है।''

''शायद तुम गलत चीज़ें लिख रहे हो।''

''हो सकता है कि ऐसा हो, पर मैं इसके अलावा कुछ नहीं लिख सकता।''

''क्या तुमने कोशिश की थी?''

''हम्म, पर उस काम में पैसा नहीं है। काश! मैं और तरह से चार पैसे कमा सकता। यहाँ तक कि अगर साइकिलों की मरम्मत भी करता तो इससे ज़्यादा पैसा कमा सकता था।''

''तो फिर यही काम क्यों नहीं कर लेते?''

"नहीं, मैं साइकिलों की मरम्मत नहीं करने वाला। एक अच्छा कारीगर होने से बेहतर होगा कि मैं एक बुरा लेखक ही रहूँ। चलो, काम की बातें न करें। हमेशा यही सब तो करते हैं। मैं तुम्हारे बारे में और जानना चाहता हूँ।"

केतन को नहीं पता था कि उसके माँ-बाप ज़िंदा थे या मर गए। वह उन्हें तीन साल की उम्र में खो चुका था। यह सब अमृतसर रेलरोड स्टेशन पर हुआ, जब बॉर्डर से आने वाली रेल से हज़ारों शरणार्थियों का रेला उतरा और आधे से ज़्यादा स्टेशन खून और लाशों से पट गया।

केतन और उसके माँ-बाप इस हिंसा से बच निकले। अगर वे पहले वाली गाड़ी में आए होते तो मारे जाते, पर हालात उनके पक्ष में थे और वह गाड़ी उन्हें नहीं मिली थी। वे बाद वाली गाड़ी में आए।

केतन ने माँ की साड़ी थाम रखी थी। वह अपने पति को कसकर पकड़े हुए थीं। जो लोगों की भारी भीड़ को धकेलते हुए रास्ता बना रहा था। अचानक उन्हें एक शरणार्थी महिला दिखी जो वहीं बैठी, छाती पीट-पीट कर विलाप कर रही थी। केतन अचानक एक लंबे-तगड़े सरदार से टकरा गया और उसके हाथ से माँ की साड़ी का छोर छूट गया।

सिक्ख की कमर में एक लंबी कृपाण बँधी थी, केतन उसके खुले बालों को हैरत से देखता रहा। उसने उसकी काली दाढ़ी और खून के छींटों से भरी कमीज़ को गौर से देखा। सिक्ख ने उसे राह से धकेल दिया और जब केतन अपनी माँ को ढूँढ़ने लगा, तो वह कहीं नहीं दिखी। असंख्य लाशें छितरी हुई थीं और वह उनके बीच कहीं अलोप हो गई थी या किसी अन्य दिशा की ओर खदेड़ दी गई थी। वह उसकी पुकार सुन सकता था। 'केतन, तू कहाँ है केतन?' उसने आवाज़ की दिशा में जाना चाहा पर भीड़ ने बच्चे को ऐसा करने का मौका ही नहीं दिया। वह उन्हें हटाने में असफल रहा।

रात को जब प्लेटफ़ॉर्म खाली हो गया तो वह तब भी माँ की तलाश में था। कुछ सैनिक उसे अपने साथ ले गए। उन्होंने उसके माँ-बाप को खोजने का असफल प्रयास किया और फिर उसे शरणार्थी कैंप भेज दिया गया। वहीं से वह अनाथालय भेजा गया पर आठ साल की उम्र में, जब उसे लगने लगा

कि वह बड़ा हो गया है, तो वह वहाँ से भाग निकला।

उसने कुछ समय तक चाय की दुकान पर काम किया पर जब उसे मिरगी के दौरे आने लगे तो दुकानदार ने जाने को कह दिया। जल्द ही उसने खुद को पेट भरने के लिए सड़कों पर भीख माँगते हुए पाया। उसने एक साल तक भीख माँगी और यहाँ से वहाँ डोलता रहा। फिर आखिर में शाहगंज आ गया। तब तक वह बारह साल का हो गया था और भीख माँगने के लिए भी बड़ा हो चुका था पर इस दौरान उसने थोड़ा पैसा जोड़ लिया था। जिससे उसने वहाँ के एकमात्र स्कूल में नाम लिखवा कर वर्दी और किताबें ले लीं। जल्दी ही अपना खर्च निकालने के लिए कपड़े की दुकान पर काम भी मिल गया।

मैं केतन के आने की राह देखने लगा था। वह मेरी तन्हाई का साथी था। मैंने पाया कि अगर मुझे एहसास हो कि अकेले काम नहीं करना तो मैं कहीं बेहतर तरीके से काम कर सकता था। और केतन मेरे पास इसलिए आता था, क्योंकि शायद उसके जीवन में मैं ही सबसे पहला व्यक्ति था जिसने उसमें दिलचस्पी ली और मुझे उसकी बीमारी से भी कोई भय नहीं हुआ। ज़्यादातर शाहगंजवासियों को मिरगी छूत का रोग लगता था और कुछ लोगों का तो यह भी मानना था कि मिरगी रोग के ज़रिए, भगवान पिछले जन्म के बुरे कर्मों का दंड देते हैं। इस सूची में वे बालकों को शामिल नहीं करते।

केतन में युवा जोश और मासूमियत का मेल था। उसके पीले और छरहरे शरीर को देख मेरा मन उदास हो जाता। मैं उसकी आँखों में देखता तो मुझे दुख होता। जीवन और मौत के बीच हमेशा जंग जारी रहती है।

''क्या मुझे दिल्ली जाकर कोई नौकरी करनी चाहिए?'' एक दिन मैंने पूछा। मैं बहुत जल्दी वापस दिल्ली नहीं जाना चाहता था पर मैं, केतन के लिए कुछ करना चाहता था और यह बात भी थी कि दिल्ली जैसे बड़े शहर में केतन के रोग का इलाज हो सकता था।''

''क्यों नहीं, तुम तो हमेशा दिल्ली जाने की बात किया करते हो?''

''तो तुम भी साथ क्यों नहीं आते? शायद वे तुम्हारे रोग के लिए कुछ कर सकें।''

''हमें इसके लिए पैसों की ज़रूरत होगी। जब मैं परीक्षा पास कर लूँगा, तो मैं भी दिल्ली आ जाऊँगा।''

''तब मैं तुम्हारे चलने का इंतज़ार करूँगा,'' मैंने कहा। मैं नहीं चाहता था कि किसी तरह की हड़बड़ी हो। हमारे पास तो वक्त ही वक्त था।

हमने तय किया कि हम उसकी आय और मेरी कभी-कभार आने वाली आय में से पैसे बचा लेंगे। हमें दिल्ली जाने और वहाँ ठिकाना मिलने तक रहने-खाने के लिए पैसों की ज़रूरत पड़ने वाली थी जब तक कि हमें वहाँ कमाई का कोई ज़रिया नहीं मिलता। हमने एक सप्ताह में बीस रुपये बचा लिए पर अगले ही सप्ताह इन्हें गंवा दिया जब अपने एक साइकिल रिक्शा चलाने वाले दोस्त को पैसों की ज़रूरत पड़ गई। इस तरह हमें कभी-कभी उसका रिक्शा इस्तेमाल करने का मौका मिल गया और एक दिन सुबह, मैंने केतन को रिक्शे के आगे वाले डंडे पर बिठाया और हम दोनों शाहगंज से बाहर चल दिए।

दो मील तक रिक्शा चलाने के बाद, हम नीचे उतरे और रिक्शे को धान के खेत की ओर जाने वाली पगडंडी की ओर मोड़ दिया और फिर मक्का के खेत से होकर निकले, इसके बाद हमें दूर से ही एक झुका हुआ, पुराना-सा पेड़ दिखा, जो पुराने कुएँ के पास ही खड़ा था।

मुझे पेड़ का नाम नहीं पता था। मैंने वह पेड़ पहले कभी देखा भी नहीं था। तना और शाखाएँ टेढ़े-मेढ़े थे और पत्ते उतने ही बड़े और चौड़े थे जिन पर बाज़ार में खाने का सामान मिला करता था।

उस पेड़ के तने में एक कोटर था और जब हमने रिक्शा रोका तो तोतों का जोड़ा फुर्र से निकल कर उड़ा और मैदान को पार करता आकाश की ओर चला गया। कुएँ के पास उगी घास को मवेशियों ने चर कर छोटा कर दिया था।

हम पेड़ की छाँह में जा बैठे और केतन ने लाल रंग का कपड़ा खोला, जिसमें वह घर से खाना तैयार कर लाया था। जब हमने खाना खा लिया तो हम वहीं घास में लेटकर सुस्ताने लगे। मैंने अपनी आँखें बंद कर लीं ताकि आस-पास के माहौल में रम सकूँ। मैंने पेड़ पर एक झींगुर की आवाज़ सुनी, पुराने कुएँ की दीवारों से कबूतरों की गुटर-गूँ सुनाई दे रही

थी। केतन हौले से साँस ले रहा था। तोते पेड़ पर वापिस आ गए थे। कहीं दूर से किसी विमान की आवाज़ सुनाई दे रही थी। मैंने घास और कुएँ की पुरानी ईंटों की गंध को सूँघा और पाया कि बारिश आने के आसार थे। मैंने केतन की उँगलियों को अपनी बाँह पर और गालों पर धूप की चिनचिनाहट को महसूस किया। जब मैंने आँखें खोलीं तो क्षितिज पर बादल दिख रहे थे और केतन सोया हुआ था। उसने रौशनी से बचने के लिए अपने मुँह पर एक हाथ रखा हुआ था।

मैं कुएँ के पास गया और रहट चला कर ताज़ा पानी निकाला। मैं भी किसी खेत को पानी दे सकता था, मेरे भीतर भी कुछ उगाने की ताकत थी, यह सोच कर मुझे बड़ा संतोष मिला; मानो मुझे कोई सच्ची कहानी लिखने का स्रोत मिल गया हो। मैंने वहीं से पानी पीया, पानी वाकई बड़ा मीठा था।

केतन उठ कर आकाश की ओर देख रहा था।

''अरे बारिश होने वाली है,'' वह बोला।

हम घर की ओर चल दिए पर शाहगंज आने से ठीक पहले बारिश होने लगी। हवा के थपेड़ों के साथ बारिश हमारे चेहरों पर पड़ रही थी पर हम शाहगंज बस स्टैंड आने तक, गला फाड़-फाड़ कर गाते रहे और बारिश का आनंद लेते रहे।

रेल की पटरियों से परे, नदी का सूखा किनारा था और दूर-दूर तक मक्का के खेत पसरे थे, उसके बाद से कँटीली और फूलदार झाड़ियों वाला सूखा इलाका आ जाता जहाँ धरती किसी जिग्सॉ पज़ल की तरह कटी-फटी, आड़े-तिरछे नमूनों में दिखाई देती। उसी जगह पर ईंटों के पुराने खाली भट्टे भी थे। जब भी ज़ोरों की बरसात होती, तो खाली जगह में पानी भर जाता।

केतन और मैं ऐसे ही एक पानी भरे हुए जोहड़ में नहाने और तैरने जाते। इसके बीच एक टापू था और इसी छोटे से टीले पर एक खाली कुटिया थी जिसमें कभी पहरेदार रहता था, वही ईंट भट्ठे की रखवाली किया करता था। वह उस जोहड़ के किनारे से कुछ ही दूरी पर था इसलिए हम तैर कर उस टापू पर चले जाते। कुटिया के बाहर घास लगी हुई थी। सुबह-सुबह, धूप चढ़ने से पहले, हम अक्सर वहाँ कुश्ती लड़ा करते।

जब हम नई मानसूनी घास पर कुश्ती लड़ रहे थे तो मैंने अचानक उसकी देह में ऐंठन को महसूस किया। उसका शरीर जकड़ने लगा और उसने अपनी दोनों टाँगों में मुझे कस लिया, उसके पूरे शरीर में झुरझुरी-सी दौड़ गई। मैं जानता था कि उसे दौरा पड़ रहा था पर मैं खुद को उससे अलग नहीं कर पा रहा था।

दौरा तेज़ हुआ तो उसने मुझे कसकर बाँहों में जकड़ लिया। हाथ-पैर मारने की बजाय मैं चित्त लेट गया और केतन को दबाते हुए, उसके कान में दिलासा देने लगा। जब अचानक उसका मुँह हिलता दिखा तो मैं समझ गया कि अब उसकी ज़ुबां भी कट सकती है। मैंने झट से उसके मुँह में अपनी हथेली घुसा दी। दौरा इतना तेज़ था कि उसके दाँतों ने मेरी हथेली को बुरी तरह से काट खाया और मैं दर्द के मारे चिल्ला उठा। मैंने अपने हाथ को झटक कर छुड़ाना चाहा पर उसके जबड़ों की जकड़न से खुद को छुड़ाना आसान नहीं था। मैंने आँखें बंद कीं और सात तक गिना, तभी उसकी सुध लौटी और माँसपेशियाँ ढीली पड़ने लगीं।

मेरा हाथ बुरी तरह से लहूलुहान होकर काँप रहा था। मैंने उसे रूमाल से ढका और केतन से छिपा लिया।

हम ज़्यादा बात किए बिना कमरे में वापिस आ गए। केतन निढाल और कमज़ोर लग रहा था। मैंने अपने हाथ को कमीज़ के अंदर रखा और वह कुछ भी देखने की हालत में नहीं था। रात को जब वह दुकान से लौटा और मेरा हाथ देखा तो मैंने उससे कहा कि मैं सड़क पर गिर गया था और काँच लगने से हाथ कट गया।

शाहगंज में भारी बरसात और बरसात जाते ही पूरा शहर जैसे नया, ताज़ा और ज़िंदादिल हो जाता। बच्चे कपड़े उतार कर सड़कों पर निकल आते। गटर जाम हो जाते। संकरी सड़कों पर पानी भरता और बस अड्डे तक आ जाता। यह शहर के पेड़ों और छतों पर चक्कर काटता हुआ धरती की प्यास बुझाता और ऐसी गंध छोड़ देता जो साल में केवल एक बार ही आती थी, बारिश में भीगी माटी की सोंधी गंध!

बारिश दरवाज़े से अंदर आकर पलंग भिगोने लगी। जब मैं दरवाज़ा

बंद करके हटा तो देखा कि छत से पानी टपक रहा था और दीवार के प्लस्तर पर पानी ने कई नए नमूने बना दिए थे। दरवाज़ा फिर से खुल गया। इस बार केतन बाहर खड़ा था। वह बुरी तरह से भीग गया था। वह भीतर आकर कपड़े उतार कर खुद को सुखाने लगा और पलंग पर बैठ ठिठुरने लगा। मैं इस दौरान दरवाज़े को बंद करने की दोबारा कोशिश करने लगा।

''तुम चाय पियोगे?'' मैंने पूछा।

उसने हामी भर दी। वह जवाब देने के बाद मुस्कुराना भूल गया था और मैं जानता था कि वह अपने सैंकड़ों सपनों में से, किसी एक सपने में खोया होगा।

जब हम तेज़ी से बढ़ते धुँधलके में बैठे तेज़ पत्ती वाली चाय पी रहे थे तो मैंने कहा, ''एक दिन मैं किताब लिखूँगा। असली लोगों के बारे में एक असली किताब। शायद यह मेरे, तुम्हारे और शाहगंज के बारे में होगी। और फिर हम शाहगंज से दूर भाग जाएँगे। हम गरुड़ के पंखों पर सवार होंगे। हमारी सारी पुरानी परेशानियों का अंत होगा और हम नई परेशानियों में घिरेंगे। हम परेशानियों से भला कब हारने वाले हैं। हमारे पास तो नई-नई मुसीबतें आती ही रहती हैं।''

''पहले मुझे परीक्षा पास करनी होगी, वरना मैं कुछ नहीं कर सकता। कहीं नहीं जा सकता,'' केतन ने कहा।

''परीक्षा को इतनी संजीदगी से मत लो। मैं जानता हूँ कि इसे भारत में किसी भी तरह की नौकरी के लिए पासपोर्ट माना जाता है। तुम डिग्री लिए बिना क्लर्क तक नहीं बन सकते पर यह न भूलो कि तुम ज्ञान पाने के लिए पढ़ते हो, क्लर्क बनने के लिए नहीं। तुम एक क्लर्क या बस कंडक्टर तो नहीं बनना चाहोगे, ना? तुम्हें परीक्षा पास करके कॉलेज जाना चाहिए पर अगर परीक्षा में पास न हुए तो यह मत मानना कि तुम किसी काम के नहीं रहे। ऐसा कभी मत सोचना, तुम दूसरों के कपड़े बेचने की बजाय अपने बटन बनाने शुरू कर सकते हो।''

''तुमने सही कहा, पर एक पढ़ा-लिखा बटन निर्माता बनना कहीं बेहतर होगा,'' केतन बोला।

"क्यों नहीं, बेशक। मैं भी यही कहना चाहता था। तुम अपनी परीक्षा के लिए पढ़ना। मैं अपनी किताब लिखूँगा। मैं आज से ही आरंभ करूँगा! आज की रात शुभ है। मानसून का आरंभ हुआ है।"

लाइट नहीं आई। शायद तारों पर कोई पेड़ गिर गया होगा। मैंने मोमबत्ती जलाकर खिड़की के पास रखी। लौ टिमटिमाने लगी। उसने अपनी किताबें खोल लीं। एक हाथ किताब पर था और दूसरा हाथ पैर की उँगलियों से खेल रहा था। इस तरह उसे अपना ध्यान रमाने में मदद मिलती थी—उसने बीजगणित पढ़ने में मन लगाया।

मैंने ताक से स्याही की बोतल उठाई तो वह खाली थी। मैंने उसमें बारिश का पानी मिला कर हिलाया और फिर केतन के पास लिखने बैठा पर पैन बेकार था और सारे कागज़ पर धब्बे छोड़ने लगा, मुझे समझ नहीं आ रहा था कि क्या लिखूँ पर यह तो तय था कि मैं कुछ लिखना चाहता था। इसलिए मैं केतन को देखने लगा; उसकी आँखें, परछाईं में छिपी हुईं, उसके हाथ, मोमबत्ती की थिर रोशनी और मैंने उसकी श्वास और पढ़ने से हिलते होंठों की जुंबिश पर ध्यान दिया।

कई बार केतन रात को बाँसुरी बजाया करता। मैं लेटकर सुनता और कई बार सोने के बाद भी मेरे सपनों में वही बाँसुरी बजती सुनाई देती। कई बार वह उसे उस तिरछे खड़े पेड़ के नीचे बैठ कर बजाता ताकि पंछी बाँसुरी की धुन सुन सकें पर तोते टें-टें करके शोर मचाते हुए वहाँ से उड़ जाते।

एक बार केतन बच्चों के बीच बाँसुरी बजा रहा था कि उसे मिरगी का दौरा पड़ गया। बाँसुरी हाथों से छूटी और वह वहीं सड़क के किनारे धूल में लोटने लगा। सारे बच्चे मारे डर के भाग गए। पर अगली बार जब उन्होंने केतन को बाँसुरी बजाते सुना तो सारे बाँसुरी सुनने के लिए पहले की तरह जमा हो गए।

जब हम पुराने ईंट भट्ठे के पास कुश्ती के लिए जाते तो मुझे केतन की बढ़ती ताकत का एहसास होता। अब वह मुझे आसानी से चित्त करने लगा था। अब मेरे लिए यह ज़रूरी नहीं था कि उससे जान कर हारा जाए। हालाँकि उसे दौरे अब भी पड़ते थे और हम जानते थे कि दौरे पड़ते रहेंगे—वह भी

दौरा पड़ने के बाद बहुत मायूस नहीं दिखता था। उसकी आँखों से कातरता और मृत्यु ओझल होने लगी थी।

उसकी परीक्षाएँ पास थीं और वह कड़ी मेहनत कर रहा था। (मैंने अपनी किताब का पहला अध्याय तक नहीं लिखा था।) त्योहारों का मौसम था और उसे दुकान में अतिरिक्त समय तक काम करना पड़ रहा था इसलिए पढ़ने के लिए पूरा समय नहीं मिल पा रहा था; वह आधी-आधी रात तक किताबों में सिर दिए रहता और अब बाँसुरी भी नहीं बजाता था। पंद्रह दिन बाद यह सब खत्म हुआ और हम सामान्य जीवन में लौट आए। रचनात्मकता की लहर आई और मैंने एक लघु कथा लिखी।

जिस दिन केतन की परीक्षा का नतीजा आना था। मैं उससे भी पहले उठकर न्यूज़ एजेंसी चला गया। सुबह के 5 बजे थे और न्यूज़ पेपर अभी एजेंसी पर आये ही थे। मैंने शाहगंज वाले कॉलम में देखा पर सफल छात्रों की सूची में केतन का रोल नंबर नहीं दिखा। मेरे पास एक कागज़ पर उसका रोल नंबर लिखा था। मैंने फिर से नंबर देखा और दोबारा सारा अखबार खंगाला।

जब मैं कमरे पर लौटा तो वह दहलीज़ पर बैठा था। मुझे उसे बताना नहीं पड़ा कि वह पास नहीं हो सका। वह मेरा चेहरा देखकर जान गया था। मैं उसके पास बैठ गया और कुछ देर चुप रहा।

केतन ही बोला, ''कोई बात नहीं, मैं अगले साल परीक्षा दूँगा और पास हो जाऊँगा।''

मुझे एहसास हुआ कि उससे ज़्यादा मायूसी तो मुझे हो रही थी और वह मुझे दिलासा दे रहा था।

''काश तुम्हारे पास पढ़ने को भरपूर समय होता,'' मैंने कहा।

''अब मेरे पास बहुत समय है। पूरा एक साल पड़ा है। और तुम इस दौरान अच्छी किताब लिखो ताकि हम एक साथ यहाँ से जा सकें। शाहगंज में एक साल और बिताना इतना बुरा भी नहीं है। जब तक तुम मेरे साथ हो, मैं सब कुछ सहन कर सकता हूँ, फिर चाहे यह मेरी बीमारी ही क्यों न हो।''

और फिर गहरी प्रसन्नता के बीच मेरी ओर मुड़ते हुए बोला, ''कल मैं उदास था, हो सकता है कि आने वाला कल भी मुझे उदास करे पर मैं जानता

हूँ कि आज मैं खुश हूँ। मैं जीना चाहता हूँ, भरपूर जीना चाहता हूँ। ऐसा लगता है कि मेरी संतुष्टी के लिए यह एक जीवन छोटा होगा।''

फिर वह उठ खड़ा हुआ, ''चलता हूँ, दुकान पर बहुत-सा पैसा कमाना है।''

सीढ़ियों से नीचे पहुँचकर वह मुड़ा और मुझे देखकर मुस्कुराया। मैं जानता था कि मेरी अगली कहानी लिखी जा चुकी थी।

एक भुतहा साइकिल

उन दिनों मैं पूर्वी उत्तरप्रदेश के एक ज़िले शाहगंज से लगभग पाँच मील दूर बसे एक गाँव में रह रहा था और मेरे पास आवागमन का एकमात्र साधन एक साइकिल थी। हालाँकि मैं किसी भी किसान से सहायता माँग कर उसकी बैलगाड़ी पर शाहगंज जा सकता था, लेकिन खराब रास्ते और अपने अनाड़ीपन के कारण मुझे साइकिल की सवारी तेज़ लगती थी। मैं लगभग हर दिन शाहगंज जाता, अपनी चिट्ठियाँ लेता, अखबार खरीदता, चाय के अनगिनत कप पीता और स्थानीय व्यापारियों से गप्पें लड़ाता। शाम के लगभग छह बजे मैं एक निर्जन, सुनसान जंगल के रास्ते से गाँव की ओर लौटता। जाड़े के महीनों में छह बजते ही अँधेरा हो जाता और मुझे साइकिल पर एक लालटेन रखकर चलना होता था।

एक शाम जब मैं गाँव की ओर जाने वाले रास्ते में आधा रास्ता तय कर चुका था तो अचानक बीच रास्ते पर खड़े एक छोटे लड़के को देखकर रुक गया। उस पहर में जंगल छोटे बच्चों के लिए सही जगह नहीं था—भेड़िये और लकड़बग्घे इस ज़िले में आम थे। मैं साइकिल से नीचे उतरा और लड़के के पास पहुँचा, लेकिन उसने मुझ पर कोई खास ध्यान नहीं दिया।

"तुम यहाँ अकेले क्या कर रहे हो?" मैंने कहा।

"मैं इन्तज़ार कर रहा हूँ," उसने बिना मेरी ओर देखे कहा।

"किसका इन्तज़ार कर रहे हो? अपने माता-पिता का?"

"नहीं, मैं अपनी बहन का इन्तज़ार कर रहा हूँ।"

"अच्छा, मैंने उसे रास्ते में नहीं देखा," मैंने कहा। "वह शायद आगे

होगी। अच्छा होगा तुम मेरे साथ चलो, वह तुम्हें रास्ते में मिल जायेगी।''

लड़के ने सिर हिलाया और चुपचाप साइकिल के आगे वाले डंडे पर बैठ गया। मैं कभी भी उसके नैन-नक्श याद नहीं कर पाया। एक तो अँधेरा था, साथ ही उसने अपना चेहरा आगे की ओर कर रखा था।

हवा हमारे विपरीत थी और साइकिल चलाते हुए मैं ठंड से काँप रहा था, लेकिन उस लड़के पर ठंड का कोई असर नहीं था। हम बहुत दूर नहीं गये थे, जब मेरे लैम्प की रोशनी एक और बच्चे पर पड़ी जो सड़क के किनारे खड़ा था। इस बार यह एक लड़की थी। वह लड़के से थोड़ी बड़ी थी और उसके बाल हवा में बिखरे थे, जिससे उसका चेहरा लगभग छुपा हुआ था।

''यह रही तुम्हारी बहन,'' मैंने कहा। ''इसे अपने साथ ले चलते हैं।''

लड़की ने मेरी मुस्कान का कोई प्रत्युत्तर नहीं दिया, और लड़के की ओर देखकर भी उसने बस गम्भीरता से सिर हिलाया। लेकिन वह मेरी साइकिल के पीछे कैरियर पर बैठ गयी और मुझे साइकिल चलाने के लिए कहा। मेरे आत्मीय सवालों के उत्तर वे हाँ-न में दे रहे थे और मुझे महसूस हुआ कि वे अजनबियों से सावधान थे। कोई बात नहीं, गाँव पहुँचकर मैं इन्हें मुखिया के हवाले कर दूँगा और वह इनके माता-पिता का पता लगा लेंगे।

सड़क बिलकुल समतल थी, लेकिन मुझे लगा कि मैं किसी पहाड़ी पर साइकिल चला रहा था। और फिर मैंने ध्यान दिया कि लड़के का सिर मेरे चेहरे के बहुत करीब है, और लड़की की साँसें बहुत ही तेज़ और भारी हैं, जैसे कि वह खुद साइकिल चला रही हो। ठंडी हवा के बाद भी मैं बहुत गर्मी और घुटन महसूस कर रहा था।

''मुझे लगता है हमें थोड़ा रुक जाना चाहिए,'' मैंने सुझाव दिया।

''नहीं,'' लड़का और लड़की दोनों एक साथ चिल्लाये, ''रुको नहीं!''

मैं इतना चकित था कि बिना कोई बहस किये साइकिल चलाता रहा, और तभी जब मैं उनकी माँग को अनदेखा कर रुकने की सोच रहा था, मैंने साइकिल के हैंडल पर टिके लड़के के हाथ की ओर ध्यान दिया। उसके हाथ लम्बे हो गये थे, काले और बालों से भरे।

मेरे हाथ काँपे और साइकिल रास्ते पर डगमगा गयी।

“ध्यान रखो!” बच्चे एक साथ चिल्लाये। “देखो, तुम कहाँ जा रहे हो!”

उनका स्वर अब धमकी भरा था और उसमें बच्चों वाली कोई बात नहीं थी। मैंने कनखियों से अपने कन्धे के ऊपर देखा और मेरा सबसे भयानक डर साकार हो आया। लड़की का चेहरा विशाल और फूला हुआ था। उसके पैर, काले और बालों से भरे ज़मीन पर घिसट रहे थे।

“रुको,” भयानक बच्चों ने आदेश दिया। “नदी के पास रुको!”

लेकिन इससे पहले कि मैं कुछ कर पाता, मेरी साइकिल के आगे का चक्का एक पत्थर से टकराया और साइकिल मुझे नीचे गिराते हुए मेरे ऊपर गिर पड़ी। जब मैं धूल से लथपथ था, मैंने किसी कड़ी चीज़ का आघात अपने सिर के पीछे महसूस किया, जैसे कोई खुर हो और मेरी आँखों के आगे अँधेरा छा गया।

जब मुझे होश आया, मैंने देखा कि चाँद आसमान में निकल चुका था और उसका प्रतिबिम्ब नदी के पानी पर चमक रहा था। दोनों बच्चे कहीं नज़र नहीं आ रहे थे। मैं उठा और अपने कपड़ों से धूल झाड़ने लगा। तभी मैंने पानी उलीचने और छपछपाहट की आवाज़ सुनी और ऊपर देखा। दो छोटी काली भैंसें कीचड़ सनी चाँदनी में चमकते पानी में खड़ी मुझे घूर रही थीं।

मधु की कहानी

नन्ही-सी मधु से मैं बहुत साल पहले मिला था, जब मैं हिमालय की तलहटी में एक ऐसे शहर में रहता था जो बहुत मशहूर नहीं है। मैं तब तीस से कुछ कम का था और तब ज़िंदगी को लेकर मेरा नज़रिया सपनों जैसा रंगीन था। तीस के बाद जो कड़ुवाहट और निराशा आयी, तब तक उसका नामो-निशां नहीं था।

शहरों में जिस तरह के सामाजिक मेलजोल वाली ज़िंदगी मुझे मिल जाती, उसके मुक़ाबले ज़िले के छोटे से कस्बे का एकांत का माहौल मैं ज़्यादा पसंद करता था। मुझे अपनी किताबों, लेखन और आस-पास की पहाड़ियों में अपनी ख़ुशी और रोज़ी-रोज़गार के लिए काफ़ी कुछ मिल जाता था।

गर्मी के दिनों में सुबह के समय मैं अक्सर नोटबुक या स्केच पैड लेकर एक पुराने आम के पेड़ के नीचे बैठ जाता था। मामूली से किराये पर मैंने जो घर ले रखा था वह कस्बे के बाहरी इलाके में था। घर की चारदीवारी के पार ग़रीबों की छोटी-सी बस्ती और एक बड़ा-सा पक्का तालाब दिखायी देता था। बग़ीचे की नीची दीवार से सटा एक संकरा-सा आम रास्ता था।

एक सुबह जब मैं आम के पेड़ के नीचे बैठा था, मैंने क़रीब नौ साल की छोटी सी बच्ची को उस रास्ते पर और तालाब के ऊँचे किनारों पर कुलांचे भरते देखा।

कभी-कभी वह रुक कर मुझे देखती थी और जब मैंने यह ज़ाहिर होने दिया कि मैंने उसे देख लिया, तो उसका हौसला बढ़ा और वह शर्माते हुए पल भर के लिए मुस्कुरायी। अगले दिन मैंने देखा कि वह बग़ीचे की दीवार के सहारे खड़ी होकर मुझे अंदर बग़ीचे की घास में इधर से उधर तेज़ क़दमों से चलते देख रही थी।

कुछ ही दिनों में हमारे बीच एक तरह की जान-पहचान हो गयी। मैं भी उसकी मौजूदगी को नज़रअंदाज़ करने लगा। कभी-कभी तो उसकी ओर देखता भी नहीं था। वह तब तक रास्ते में मंडराती रहती थी जब तक कि मुझे घर से बाहर निकलते नहीं देख लेती थी।

एक दिन जब वह फाटक के सामने से निकल रही थी, तो मैंने उसे अपने पास बुलाया।

''तुम्हारा नाम क्या है?'' मैंने पूछा। ''और तुम कहाँ रहती हो?''

''मधु,'' उसने मेरी तरफ़ देख अपनी बड़ी-बड़ी काली आँखों से मुस्कुराते और अपने उलझे से लंबे, काले बालों को समेटते हुए कहा और सड़क के पार इशारा किया, ''मैं वहाँ अपनी दादी के साथ रहती हूँ।''

''क्या वह बहुत बूढ़ी हैं?'' मैंने पूछा।

मधु ने हामी भरते हुए सिर हिलाया और फुसफुसाते हुए बोली, ''सौ साल की...''

बाद में मुझे पता चला कि वह बूढ़ी उसकी दादी नहीं थी, बल्कि उसकी अपनी कोई औलाद नहीं थी और उसे नवजात बच्ची यानी मधु तालाब के किनारे मिली थी। मधु के असली माँ-बाप का कोई अता-पता नहीं था, लेकिन उस सिकुड़ी-सी झुर्रियों वाली बुढ़िया ने उसे अपने बच्चे की तरह पाला था।

एक बार मेरे फाटक के अंदर घुसने के बाद से मधु ने मेरे बगीचे में भी धड़ल्ले से आना-जाना शुरू कर दिया। वह रोज़ सुबह आ जाती। तितलियों को पकड़ने की कोशिश करती और वह छरहरी-सी लड़की पेड़ों के बीच कभी इस गिलहरी को पकड़ने दौड़ती तो कभी उस मैना को। जब देखो उसकी हँसी छलकती रहती थी।

कभी-कभी मैं उसके लिए कोई खिलौना या कोई फ्रॉक वगैराह ले आता था, लेकिन बस कभी-कभी। एक दिन, अपना सारा शर्मीलापन ताख पर रख वह मेरे लिए गेंदे और छोटे-छोटे नीले बनफूलों का एक छोटा-सा गुच्छा लेकर आयी।

''आपके लिए,'' वह बोली और फूल मेरी गोद में रख दिये।

''बहुत सुंदर हैं,'' मैंने कहा। ''लेकिन तुमसे ज़्यादा नहीं।'' और इसके साथ ही उनमें से सबसे चटख गेंदा निकालकर उसके बालों में लगा दिया।

एक साल से ज़्यादा बीत गया, तब कहीं हल्के-फुल्के तौर पर दिलचस्पी से आगे बढ़कर, मैंने मधु पर ज़्यादा ध्यान देना शुरू किया।

कुछ समय बाद मुझे इस बात का एहसास हुआ कि उसे पढ़ना और लिखना सिखाया जाना चाहिए और तब मैंने पास ही रहने वाले एक टीचर से उसको बग़ीचे में आकर पढ़ाने के लिए कहा। जब उसे पता चला तो उसने ताली बजाई क्योंकि उसे यह भी किसी मज़ेदार नये खेल से कम नहीं लग रहा था।

अगले कुछ हफ़्तों में ही मधु ने अपनी सीखने की ख़ूबी से हमें हैरत में डाल दिया। टीचर से जो कुछ पढ़ती थी, उसे दोहराने के लिए वह हर रोज़ एक घंटे के लिए मेरे पास आ जाती थी। मुझसे कई विषयों पर तमाम सवाल किया करती थी। दुनिया कितनी बड़ी है? और क्या सितारे हमारी दुनिया जैसे हैं? या फिर, क्या वह सूरज और चाँद की संतान हैं?

मधु में मेरी दिलचस्पी बढ़ती गयी और मेरी ज़िंदगी में अब तक जो खालीपन था, उसकी जगह एक नये मकसद ने ले ली। जब वह घास पर मेरे बगल में बैठ कर ज़ोर-ज़ोर से पढ़ रही होती थी, या मेरी हर बात का यकीन करके पूरे भरोसे के साथ मेरी बातें सुन रही होती थी, तब मनमर्ज़ी से अकेले रहने के दौरान मेरे अंदर जितना प्यार छुपा पड़ा था, वह उसके लिए अचानक उमड़े लाड़ की शक्ल में उभरकर सामने आने लगा था।

तीन साल चुपके से कहाँ चले गये, पता भी नहीं चला और तेरह साल की हो रही मधु बचपन की दहलीज़ को पार करने की कगार पर पहुँच गयी। मुझे उसे लेकर एक ज़िम्मेदारी-सी महसूस होने लगी।

मुझे मालूम था कि इतनी सलोनी सी बच्ची को इस तरह बिना कड़ी देखरेख के छोड़ देना और उसे अकेले बेरोकटोक इधर-उधर घूमने देना ख़तरे से ख़ाली नहीं था। बाल की खाल निकालने वाले समाज में अगर उसका ज़्यादा समय मेरे साथ बीतता तो उसे इसका खामियाज़ा भुगतना पड़ता।

उसे नहीं लग रहा था कि उसे कहीं जाने की ज़रूरत थी, लेकिन मैंने उसे साथ लगे ज़िले के एक मिशनरी स्कूल में भेजने का फ़ैसला किया, जहाँ मैं समय-समय पर उससे मिलने जा सकता था।

"लेकिन क्यों?" मधु बोली। "मैं आप से और जो टीचर आते हैं उनसे

पढ़ सकती हूँ। मैं यहाँ इतनी ख़ुश तो हूँ।''

''वहाँ और लड़कियाँ मिलेंगी, तुम्हारी सहेली बनेंगी,'' मैंने उसे बताया। ''और मैं तुमसे मिलने आया करूँगा। फिर जब तुम घर आया करोगी तो और भी ज़्यादा मज़ा आएगा। तुम्हें जाना चाहिए और यही अच्छा है।''

जून का पहला पखवाड़ा बीतने को था—शिवालिक के इलाके में बेहाल कर देने वाला गर्म और दमघोंटू मौसम। मधु ने कह दिया था कि वह स्कूल जाने को तैयार है। फिर एक शाम वह रोज़ की तरह बग़ीचे में नहीं दिखाई दी तो मैंने इस बात पर ज़्यादा ध्यान नहीं दिया। लेकिन अगले ही दिन मुझे पता चला कि उसे बुख़ार था और वह घर से निकलने की हालत में नहीं थी।

बीमारी क्या होती है, इससे मधु बिलकुल अनजान थी और इसी वजह से मुझे डर-सा लग रहा था। उस पगडंडी पर जल्दी-जल्दी चलकर मैं बुढ़िया की कुटिया तक पहुँचा। अजीब-सा लग रहा था कि इतने दिनों मधु से जुड़े रहने के बावजूद मैं वहाँ एक बार भी नहीं गया था।

बेहद मामूली-सा मिट्टी का मंडुआ था उसका घर, जिसकी छत बस इतनी ऊँची थी कि मैं सीधा खड़ा भर हो सकता था। लेकिन अंदर जगह साफ़-सुथरी थी। बुख़ार से पस्त मधु मूंझ की बान से बुनी खाट पर आँखें बंद किये पड़ी थी। उसके लंबे बाल बिखरे और एक हाथ खाट से नीचे लटका था।

तब पहली बार मैंने सोचा कि इतने लंबे समय में मैंने उसकी ज़रूरत पर कितना कम ध्यान दिया था—वहाँ एक कुर्सी तक नहीं थी। मैंने घुटने ज़मीन पर टिकाये और उसका हाथ अपने हाथ में ले लिया। उसके शरीर की तेज़ तपन से पता चल रहा था कि वह बहुत बीमार थी।

छूने से ही उसने मुझे पहचान लिया और आँखें खुलने से पहले ही उसके चेहरे पर एक मुस्कान दौड़ गयी। उसने मेरा हाथ पकड़ लिया और उसे अपने गाल पर रख लिया।

मेरी आँखें उस कमरे का मुआयना कर रही थीं, जहाँ वह बड़ी हुई थी। बान की दो खाटों के अलावा—एक पर मधु और दूसरी पर बैठी बूढ़ी हमें देख रही थी। उसका झुर्रियों से भरा सफ़ेद सिर कठपुतली की तरह लगातार हिल रहा था।

एक कोने में मधु का खज़ाना था। मैं पहचान रहा था उन चीज़ों को जो मैंने पिछले चार साल के दौरान समय-समय पर उसे दी थीं। उसने सबको सँभाल कर रखा था। उसकी साँवली बाजू पर अब भी वह लाल फ़ीता बँधा था, जो मैंने करीब साल भर पहले यूँ ही खेल-खेल में बाँध दिया था। उसके अंदर दिल नाम की भी कोई चीज़ है, यह जानने से पहले ही वह एक ऐसे अजनबी को दिल से चाहने लगी थी, जो इतने बड़े तोहफ़े के क़ाबिल नहीं था।

जब शाम ढलने लगी, तब हवा के एक झोंके से अंधेरी कोठरी का दरवाज़ा खुल गया और धूप की एक किरन अंदर आकर दीवार के एक हिस्से पर पड़ने लगी। यह वह समय था जब हर शाम वह आम के पेड़ के नीचे मेरे पास आ जाया करती थी। क़रीब एक घंटा हो गया था और वह अब तक चुप पड़ी थी। फिर मेरे हाथ पर उसके हाथ का हल्का-सा दबाव महसूस हुआ तो मेरी नज़रें उसके चेहरे की ओर लौटीं।

''अब हम क्या करेंगे ?'' वह बोली। ''आप मुझे स्कूल कब भेजोगे ?''

''अभी नहीं भेजूँगा। पहले तुम ठीक हो जाओ, तंदुरुस्त हो जाओ। इसके अलावा और कुछ ज़रूरी नहीं है।''

वह मेरी बात सुन नहीं पायी, ऐसा लगा। मुझे लगता है कि उसे पता चल गया था कि वह जी नहीं पाएगी और उसने इसके लिए कोशिश भी नहीं की।

''पेड़ के नीचे तुम्हें कौन किताब पढ़ कर सुनाएगा ?'' वह बोलती गयी। ''कौन तुम्हारी देखभाल करेगा ?'' एक ज़िम्मेदार औरत की तरह उसने कहा।

''तुम, मधु। तुम अब बड़ी हो गयी हो। मेरी देखभाल और कोई नहीं कर सकता।''

बूढ़ी बिलकुल मेरे पास आकर खड़ी हो गयी थी। सौ साल की...और नन्ही-सी मधु हाथ से निकली जा रही थी। बूढ़ी ने मधु का हाथ मेरे हाथ से लेकर धीरे से नीचे रख दिया। मैं कुछ देर खाट के बगल में बैठा रहा, फिर जाने के लिए उठा, दुनिया के सारे अकेलेपन का बोझ अपने दिल पर लिये।

सबसे सुंदर

एक दिन मैंने देखा कि बाज़ार में कुछ बच्चे एक अपंग और मंदबुद्धि बालक को सता रहे थे।

आठ से चौदह साल के लगभग एक दर्ज़न बच्चे, उस लड़के के आस-पास जमघट लगाए थे और उस लड़के ने दुष्ट गैंग से जमकर बदला लेने के चक्कर में मामले को और भी उलझा दिया था। वह उन्हें ललकार कर गंदी गालियाँ बके जा रहा था। वह लड़का चेहरे से दिखने में बारह-तेरह साल का लगता था पर उसकी लंबाई किसी आठ या नौ साल के बच्चे से ज़्यादा नहीं थी। उसकी टाँगें मोटी, ठिगनी और मुड़ी हुई थीं। उसकी छाती छोटी पर बाज़ु लंबी थीं जिन्हें देखकर उसके बंदर जैसा होने का भ्रम होता था। उसके माथे और गालों पर चेचक के बदनुमा दाग थे। अगर सामान्य मापदंड से देखें तो वह खासा बदसूरत था और जो भी अंट-शंट बोल रहा था, उससे वे लड़के बिलकुल नहीं घबरा रहे थे। वे उससे दूरी रखते हुए, उस पर कीचड़ और पत्थर फेंक रहे थे। उद्दंड स्कूली बच्चों का दल अक्सर इसी तरह ज़ालिम हो जाया करता है।

मेरे लिए इस दृश्य को देखना मुश्किल हो रहा था। ऐसा लगा कि वह सब रोकने के लिए मुझे कुछ करना चाहिए, पर इतना साहस नहीं था कि मैं उनके बीच दखल दे सकूँ। तभी एक पत्थर लड़के के गाल पर आकर लगा और उसके गाल से लहू बहने लगा, मैं अपना आपा खोकर उन लड़कों के पीछे भागा, मैंने उन पर चिल्लाते हुए, उन्हें धर पकड़ने की पूरी कोशिश की पर वे किसी हारी हुई सेना की तरह छितरा गए।

मैं अपने ही साहस को देख दंग था पर जब वे लड़के वापिस नहीं लौटे तो मुझे दुगुना सुकून मिला। मैंने उस डरे हुए, गुस्साए बच्चे का हाथ थामा और पूछा कि उसका घर कहाँ है। वह मुझसे दूर छिटक गया, पर मैंने उसकी मोटी उँगली थामे रखी और कहा कि मैं उसे उसके घर छोड़कर आ सकता हूँ। उसने जाने क्या कहा और एक संकरी गली की ओर इशारा किया। मैं उसे बाज़ार से उस ओर ले चला।

मैंने उससे बहुत कम बात की, क्योंकि साफ़ दिख रहा था कि उसे बोलने में दिक्कत होती थी। जब वह ऊँची दीवारों वाले घर के पास रुका तो मैंने अंदाज़ लगाया कि वह उसका ही घर होगा।

घर का दरवाज़ा एक युवती ने खोला। बच्चा झट से उसके गले जा लगा और रोने लगा। मैं तो लड़के की माँ से मिलने के लिए तैयार नहीं था। वह न केवल पूरी तरह से ठीक लग रही थी, बल्कि बेहद खूबसूरत भी थी। वह पैंतीस के करीब रही होगी।

उसने मुझे शुक्रिया कहा कि मैं उसके बेटे को घर ले आया। उसने मुझे घर के भीतर आने को कहा। वह लड़का कमरे के एक कोने में जा बैठा और सिसकियाँ भरने के बाद शांत हो गया, उस बैठी हुई मुद्रा में उसकी मुड़ी हुई टाँगें और भी भयानक दिख रही थीं। उसकी माँ ने चाय के लिए पूछा तो मैंने एक गिलास पानी के लिए कहा। उसने अपने बेटे से पानी लाने को कहा। वह पानी लाया और मुझे देखे बिना ही गिलास मेरे हाथों में रख दिया।

''सुरेश मेरा इकलौता बच्चा है। मेरे पति भले ही इससे मायूस हो गए पर मैं इससे बहुत प्यार करती हूँ। क्या आपको भी यही लगता है कि यह बहुत बदसूरत है?'' उसने कहा।

''बदसूरत, तो एक शब्द है। जैसे सुंदरता एक शब्द है। अलग-अलग लोगों के लिए इसके अलग-अलग मायने हो सकते हैं। कवि ने कहा है—'सुंदरता ही सत्य है, सत्य ही सुंदर है।' पर अगर सुंदर और सत्य एक ही हैं तो इनके लिए अलग शब्द क्यों। केवल जीवन और मृत्यु ही परम है, इनके अतिरिक्त और कुछ परम नहीं है।''

वह लड़का उकड़ूँ होकर घुटनों के बल बैठा और अपना सिर माँ की

गोद में रख लिया। वह अपने पल्लू से उसका मुख पोंछने लगी।

''क्या आपने इसे सही तरह से बोलना सिखाने की कोशिश की?'' मैंने पूछा।

''यह बच्चा बचपन से ही ऐसा है। डॉक्टर भी कुछ नहीं कर सके।''

जब हम बात कर रहे थे तो उसके पिता भीतर आए और लड़का रसोई की ओर चला गया। उस आदमी ने मुझे दोटूक शब्दों में बच्चे को घर पहुँचाने के लिए शुक्रिया कहा और ऐसा लगा कि उसे पल भर में यह घटना भूल गई हो। वह अपने ही काम में उलझा था। मुझे लगा कि उसने बहुत पहले ही अपने मंदबुद्धि बालक के भाग्य के आगे हथियार डाल दिए थे और वही निराशा अब उदासीनता में बदल गई थी। जब मैं जाने के लिए उठा तो उसकी पत्नी मुझे बाहर तक छोड़ने आई।

''मेरे पति के रूखेपन को माफ़ कीजिएगा। उनका व्यापार सही नहीं चल रहा, इसलिए परेशान रहते हैं। अगर आप फिर से आना चाहें तो ज़रूर आइएगा। सुरेश बहुत कम लोगों से मिलता है, जो उससे सामान्य तौर पर पेश आते हैं।''

मैं जानता था कि मैं दोबारा उनके घर जल्दी ही आने वाला था—माँ के लिए मन में सहानुभूति और बच्चे के लिए तरस से कुछ ज़्यादा महसूस हो रहा था पर यह भी एहसास था कि वह निजी तौर पर मुझमें कोई दिलचस्पी नहीं रखती थी, बस उसे लगा कि मैं उसके बच्चे के लिए एक मार्गदर्शक बन सकता था।

करीबन एक सप्ताह बाद, मैं फिर से उनके घर गया।

सुरेश के पिता काम-काज के सिलसिले में दूसरे शहर गए हुए थे और मैं उस दिन दोपहर के भोजन के लिए वहीं ठहरा। सुरेश की माँ ने मूली के भरवाँ परांठे बनाए और अचार और दही के साथ उन्हें खाने को परोसा। अगर सुरेश जानवरों की तरह ठूँस-ठूँस कर खा रहा था तो मैं भी उससे कुछ कम नहीं लग रहा था। उसकी माँ ने उसे बार-बार भरपेट खाने को कहा। वह खाते समय शांत और उदास रहा, पर जब मैंने खाने के बाद सैर पर जाने का प्रस्ताव रखा तो वह झट से मान गया। इसके साथ ही उसकी माँ के चेहरे पर भय-सा दिखा।

''क्या यह ठीक रहेगा? आपने देखा ही है कि दूसरे बच्चे इससे कैसे पेश आते हैं। उस दिन तो यह किसी को बिना बताए घर से निकल गया था,'' उसकी माँ बोली।

''हम बाज़ार की ओर नहीं जाएँगे। मैं तो खेतों की ओर जाने की सोच रहा था,'' मैंने कहा।

सुरेश ने अपनी ओर से कुछ जोशीली आवाज़ें निकालीं और मारे खुशी के, मेज़ पर दोहत्थड़ बरसाने लगा। वह अपनी ओर से यही जताना चाह रहा था कि उसे घूमने जाना है। हार कर उसकी माँ को हामी भरनी पड़ी और हम दोनों घर से निकल पड़े।

वह अपनी टाँगों की परेशानी के चलते तेज़ नहीं चल सकता था, पर इससे मुझे उसे रास्ते में ऐसी चीज़ें दिखाने का मौका मिल गया, जो उसके लिए दिलचस्प हो सकती थीं—बरगद की कोटर में बैठे तोते, दलदली ताल में पगुराती भैंसें, सड़क पर गाते-बजाते किन्नरों का दल जिन्हें हिजड़े भी कहा जाता था। सुरेश को उन्हें देखने में बहुत मज़ा आया, शायद इसलिए कि वे भी उसकी तरह बदसूरत दिख रहे थे। लंबे-तगड़े मर्दों ने औरतों के कपड़े पहने थे, उनके भारी-भरकम पैरों में घुँघरू बँधे थे और उनके मर्दाना चेहरों पर मेकअप से लीपापोती की हुई थी। मैंने पहली बार सुरेश को हँसते सुना। शायद उसने जान लिया था कि दुनिया में उससे भी अजीब दिखने वाले लोग मौजूद हैं। और किसी भी इंसान की तरह, उसने उनका मज़ाक बनाने में देर नहीं की।

''ऐसे मत हँसो। वे जैसे हैं, भगवान ने उन्हें वैसा ही बनाया है, जैसे तुम जो हो, तुम्हें भगवान ने जैसा बनाया है,'' मैंने कहा।

पर उसने मेरी बात को गंभीरता से नहीं लिया और दाँत फाड़कर हँसने लगा। उसके चौड़े मुँह से मज़बूत दाँत बाहर दिखने लगे।

हम शहर के बाहर सूखी नदी के किनारे तक गए और उसे पार कर, पीली सरसों के खेतों के भीतर चले गए। पीली सरसों का खेत दूर जंगल के छोर तक फैला था। कुछ ही दूरी पर पेड़ों को देख सुरेश उनकी ओर दौड़ने लगा। वह दोनों हाथों से ताली बजाता हुआ चिल्ला रहा था। वह पहले कभी शहर से बाहर नहीं आया था। उसके घर का आँगन या फिर कभी-कभार बाज़ार

वाली सड़क ही उसकी दुनिया थी। अब वे पेड़ उसे अपनी ओर बुला रहे थे।

हमें वहीं एक छोटी-सी नदी दिखी और मैंने कपड़े उतार कर उसमें छलाँग लगा दी। मैंने सुरेश को भी ठंडे पानी में आने का न्यौता दिया। उसे कपड़े उतारने में हिचक हो रही थी पर जल्द ही मेरे साथ पानी में आने की इच्छा ने उस झिझक को दबा दिया और उसने वसंत की गुनगुनी धूप में अपने बदसूरत नन्हे शरीर को निर्वस्त्र कर दिया।

वह ज़ोर-ज़ोर से हाथ-पैर पटकते हुए मेरे पास आने लगा। पानी मेरे घुटनों तक और उसकी छाती तक आ रहा था।

''आओ, मैं तुम्हें तैरना सिखा दूँगा,'' मैंने कहा। फिर मैंने उसे कमर से उठा लिया और उसे तैराने लगा। पहले तो उसने खूब हाथ-पैर झटके पर जब उसे यह पता लगा कि वह तैर सकता था तो वह शांत हो गया।

इसके बाद, जब हम नदी के किनारे बैठे थे तो अचानक उसे एक छोटा-सा कछुआ दिखा जो ज़मीन में बने अपने बिल में रखे अंडों पर बैठा था। उसने पहले कभी कछुआ नहीं देखा था, इसलिए वह उसे बड़ी हैरत से देखने लगा। जब कछुए ने अपना मुँह अपने खोल से बाहर निकाला और उसे देख कर झट से अपने खोल में छिपा लिया तो वह और भी हैरान हो गया। बेशक उसे वह कछुआ अपने जैसा ही लगा होगा, वह भी तो अपने टेढ़े पैरों, मुड़ी कमर और दुनिया से मुँह छिपाए फिरने की प्रवृत्ति के कारण वैसा ही लगता था।

इसके बाद मैं सप्ताह में दो बार सुरेश के घर गया और हर बार हम नदी की ओर सैर करने गए। सुरेश ने जल्दी ही थोड़ी दूरी तक तैरना सीख लिया। बाज़ार वाले लड़कों ने तैरना नहीं सीखा था—उसका आत्मविश्वास बढ़ा और उसके एक आयामी अस्तित्व में कुछ नया जुड़ा।

मैं सुरेश को जितना देखता, उसकी विकलांगता या कुरूपता उतनी ही घटती जाती। मेरे लिए वह तेज़ी से सामान्य हो रहा था, जबकि उसके मुकाबले बाज़ार के वे लड़के मुझे असामान्य दिखने लगे थे। उसे अब भी अपनी बदसूरती का एहसास था और वह इससे उबर भी कैसे सकता था—इस बात का पता मुझे हमारी मुलाकात के दो महीने बाद पता चला।

हम सरसों के खेतों से घर की ओर आ रहे थे जो अब पीले से हरे हो

गए थे, तभी मैंने देखा कि बकरी का एक बच्चा यानी छोटा-सा मेमना हमारे पीछे आ रहा था। शायद माँ से बिछुड़ गया था और अब हमारे साथ आना चाहता था। हालाँकि मैंने उसे परे करना चाहा पर वह बार-बार हमारे पैरों से लिपटने लगा। जब सुरेश ने उसे इस तरह करते देखा तो वह उसे गोद में उठा कर घर ले आया।

अगले कुछ दिनों के लिए वह मेमना ही उसका जुनूँ रहा। वह उसे अपने हाथों से खाना खिलाता और उसे अपने पलँग के पास सुलाता। वह एक नन्हा-सा बच्चा था। नन्हे सींगों वाला मेमना पूरे घर में उछलता-कूदता, कुलाँचे भरता फिरता था। सभी उस मेमने की तारीफ़ करते। सुरेश की माँ और मैंने भी कहा कि वह कितना सुंदर दिख रहा था।

जब दूसरे लोग मेमने को सराहने लगे तो मेमने के प्रति सुरेश की नाराज़गी दिखाई देने लगी। उसे लगता था कि लोगों को मेमना उसके मालिक से कहीं सुंदर दिखता है। एक दिन मैंने देखा कि वह निचाई पर रखे एक शीशे के सामने मेमने को गोद में लिए बैठा, अपने और मेमने दोनों के प्रतिबिंब को ध्यान से देख रहा था। कुछ ही मिनटों में उसने मेमने को दूर भगा दिया। जब उसने देखा कि मैं उसे देख रहा था तो वह मुझसे नज़रें मिलाए बिना कमरे से बाहर निकल गया।

दो दिन बाद, मुझे उसके घर से बुलावा आया। उसकी माँ बहुत परेशान थी। मैं देख सकता था कि वह रो कर हटी थी पर मुझे देखते ही वह सहज हो गई और मुझे कमरे में बिठाया। जब सुरेश ने मुझे देखा तो झट से बरामदे में भाग गया।

''क्या हो गया?'' मैंने पूछा।

''वह नन्हा मेमना। सुरेश ने उसे मार दिया,'' माँ ने बताया।

उसने बताया कि अचानक ही सुरेश को इतना ताव आया कि उसने एक ईंट उठाकर मेमने के सिर पर दे मारी और उसका सिर फट गया। माँ को जानवर की मौत से ज़्यादा दुख इस बात का था कि सुरेश को अपने किए पर कोई पछतावा भी नहीं हो रहा था।

''मैं उससे बात करता हूँ,'' मैंने कहा और बरामदे की ओर चल दिया, जहाँ जाकर वह अलोप हो गया था।

''वह बाज़ार न निकल गया हो। जब नाराज़ होता है तो चुपके से ऐसा ही करता है,'' उसकी माँ ने कहा। ''लगता है कि कई बार उसे दूसरों के हाथों परेशान होने में भी आनंद आता है।''

वह बाज़ार में नहीं मिला। मैं उसे नदी के पास मिला, वह दलदल में पेट के बल लेटा, छड़ी से नन्हे मेंढक दूर भगा रहा था।

''तुमने मेमने को क्यों मारा?'' मैंने पूछा।

उसने कंधे झटक दिए।

''क्या तुम्हें उसे मारने में बड़ा मज़ा आया?'' मैंने पूछा।

उसने मुझे देखकर एक मुस्कान दी और अपनी गर्दन हिला दी।

''ओह, कैसे ज़ालिम हो तुम।'' मैंने कह तो दिया पर मेरा यह मतलब नहीं था। मैं जानता था कि उसकी यह निर्दयता मेरी या किसी दूसरे की निर्दयता से अलग नहीं थी। बस अंतर इतना था कि यह बिलकुल आदिम और जंगली थी और हम उसे सभ्यता के मुखौटे में छिपाए फिरते हैं।

उसने अपनी कमीज़ की जेब से जेबी चाकू निकालकर खोला और मेरे हाथ में देकर इशारा किया कि मैं वह चाकू उसके पेट में घोंप दूँ। उसके चेहरे पर बेचारगी टपक रही थी। शायद उसे अब भी मेमने के जाने का दुख नहीं था, उसे यही लगा कि उसने मुझे नीचा दिखाया था। मैं अचानक खिलखिला उठा।

''तुम भी मज़ेदार हो,'' मैंने उसके हाथ का वह चाकू नदी में फेंका और कहा, ''चलो तैरने चलते हैं।''

हम दोपहर तक तैरते रहे और लौटते समय सुरेश के चेहरे पर मुस्कान थी। उसकी माँ और मैंने तय किया कि सारी बात उसके पिता से छिपा कर रखी जाए—उन्हें मेमने की आमद का कुछ पता नहीं था।

सुरेश आने वाले सप्ताहों में बहुत सँभल गया। फिर मुझे दिल्ली से कमल का खत आया। उसने मुझे अपनी शादी में आने का न्यौता भेजा था। मैंने उसमें शामिल होने का फ़ैसला किया और मैं शाहगंज से देहरा वापिस आ गया क्योंकि कुछ समय से देहरा की बहुत याद आ रही थी और ऐसा लगने लगा था कि शाहगंज रहते-रहते अरसा हो गया। अब चलने का समय हो गया था और मेरे प्यारे देहरा से बेहतर जगह कौन-सी हो सकती थी?

सुरेश की माँ यह सुनकर बहुत उदास और मायूस हुई कि मैं शहर छोड़ कर जाने वाला था। शायद वह मुझे पसंद करने लगी थी, पर सुरेश के चेहरे पर मेरे लिए पसंदगी के कोई भाव नहीं दिखे। उसकी उदासीनता से मेरे दिल को ठेस भी लगी। क्या हमारी दोस्ती उसके लिए कोई मायने नहीं रखती थी? मैंने खुद को समझाया कि शायद उसे एहसास नहीं हुआ कि अब वह मुझसे दोबारा कभी नहीं मिल सकेगा।

जिस शाम मेरी गाड़ी थी, मैं उस घर से विदा लेने गया। केतन मेरे साथ दिल्ली जा रहा था, क्योंकि वह पहले कभी दिल्ली नहीं गया था। वह कमल की शादी के बाद शाहगंज लौटने वाला था। सुरेश की माँ ने वादा लिया कि मैं उन्हें खत लिखूँगा, पर सुरेश खोया-खोया सा रहा, उसने मेरा हाथ थामने या मेरे पास आने से भी मना कर दिया। ऐसा लगा कि मानो उसने मुझे पल भर में बेगाना कर दिया हो—मानो मैं भी उसे पत्थर मारने और डराने वाली भीड़ का हिस्सा हो गया था।

उस रात आठ बजे के करीब, मैं और केतन थर्ड क्लास के डिब्बे में चढ़े और अन्य साथी यात्रियों के साथ थोड़ी धक्का-मुक्की के बाद खिड़की वाली सीट कब्ज़ाने में कामयाब रहे। जिससे हमें सारा प्लेटफ़ॉर्म दिखाई दे रहा था।

गार्ड ने सीटी दी और गाड़ी चलने को तैयार हो गई, ठीक उसी समय, मुझे प्लेटफ़ॉर्म के एक कोने में खड़ा सुरेश दिखा जो यहाँ-वहाँ ताक रहा था।

''सुरेश!'' मैं उसे देखते ही चिल्लाया तो वह झट से मेरी ओर लपका। लड़का बाज़ार की सारी भीड़ को पार कर अकेला ही आ पहुँचा था।

''मैं अगले साल वापिस आ जाऊँगा,'' मैंने कहा।

गाड़ी स्टेशन से बाहर निकल चुकी थी। मैंने उसे देखकर हाथ हिलाया तो वह दोनों हाथों से मुझे न जाने का संकेत करते हुए, हड़बड़ा कर दौड़ने लगा।

मैंने उसे किसी के लपेटे हुए बिस्तर से उलझ कर गिरते देखा, वह मुँह के बल ज़मीन पर गिरा। इंजन ने गति पकड़ी और प्लेटफ़ॉर्म पीछे छूट गया।

भीड़ से भरे प्लेटफ़ॉर्म पर गिरा हुआ सुरेश, यह उसकी और मेरी आखिरी मुलाकात थी। अपनी गहरी अंधेरी दुनिया में अकेला, विकलांग और अपाहिज़—संसार का सबसे सुंदर लड़का।

नाइट ट्रेन ऐट देओली

जब मैं कॉलेज में था, तब गर्मी की छुट्टियाँ बिताने के लिए अपनी नानी के पास देहरा (देहरादून) चला जाता था। मैं मई में ही पहाड़ों के करीब चला जाता था और जुलाई के आख़िर तक वहीं रहता था। देहरा से करीब तीस मील दूर एक छोटा-सा स्टेशन पड़ता था देओली। उस स्टेशन से भारत के तराई वाले घने जंगल शुरू होते थे। गाड़ी सुबह के करीब पाँच बजे देओली के स्टेशन पर पहुँचती थी, जब स्टेशन पर बिजली के बल्ब और तेल के लैम्प की मंद रोशनी रहती थी। सुबह के झुटपुटे की हल्की रोशनी में स्टेशन के पार का जंगल कुछ-कुछ नज़र आता था। देओली के स्टेशन का एक ही प्लेटफ़ॉर्म था और उसी पर स्टेशन मास्टर का दफ़्तर और वेटिंग रूम भी था। प्लेटफ़ॉर्म पर एक चाय की दुकान के अलावा, एक फलवाला और कुछ आवारा कुत्तों के अलावा ज़्यादा कुछ नहीं था, क्योंकि जंगल की तरफ़ अपना सफ़र जारी रखने से पहले गाड़ी वहाँ दस मिनट रुकती थी।

लेकिन वहाँ गाड़ी रुकती क्यों थी, यह मुझे नहीं समझ में आता था। वहाँ कुछ भी नहीं होता था—न तो वहाँ से कोई गाड़ी में चढ़ता था और न ही वहाँ कोई उतरता था। प्लेटफ़ॉर्म पर न कुली होते थे। लेकिन गाड़ी वहाँ पूरे दस मिनट रुकती थी। फिर घंटा बजता था, गार्ड सीटी देता था और फिर देओली पीछे छूट जाता था—बिसर जाता था।

मैं सोचा करता था कि स्टेशन की दीवारों के पार देओली में क्या-क्या होता होगा। मुझे उस इकलौते प्लेटफ़ॉर्म पर तरस आता था, उस जगह जहाँ कोई आना नहीं चाहता था। तब एक दिन मैंने तय किया कि मैं इस स्टेशन पर उतरूँगा

और यहाँ पूरा दिन बिताऊँगा, सिर्फ़ इस शहर की ख़ातिर।

तब मैं अट्ठारह साल का था, जब अपनी नानी के पास जा रहा था और गाड़ी अंधेरे में देओली स्टेशन पर रुकी। एक लड़की प्लेटफ़ॉर्म पर टोकरियाँ बेचती हुई आयी। तब तक उजाला नहीं हुआ था और ख़ूब सर्दी थी। लड़की ने कंधों पर एक शॉल डाल रखा था। वह नंगे पैर थी और उसके कपड़े भी पुराने थे, लेकिन वह छोटी-सी उम्र की लड़की बड़ों जैसी सधी चाल से चल रही थी। मेरी खिड़की पर आकर वह ठहर गयी। उसने देखा कि मैं उसी को ध्यान से देख रहा हूँ, लेकिन पहले उसने अनजान बनने की कोशिश की। उसके काले बालों और काली उलझन भरी आँखों के साथ उसकी रंगत और भी गोरी लग रही थी। और फिर उसकी आँखें, खोई-खोई और बोलती सी आँखें, मेरी आँखों से टकराईं।

वह मेरी खिड़की पर कुछ देर यूँ ही खड़ी रही, लेकिन हम दोनों में से कोई कुछ नहीं बोला। जब वह वहाँ से आगे बढ़ गयी, तब मैं अपनी सीट पर बैठा नहीं रह सका और उठकर डिब्बे के दरवाज़े की तरफ़ चल पड़ा और स्टेशन पर उतरकर दूसरी ओर देखने लगा। मैं चाय की दुकान तक गया। एक छोटी-सी भट्ठी पर केतली में उबाल आ रहे थे, लेकिन दुकानवाला गाड़ी में किसी सवारी को चाय पहुँचाने गया था। लड़की दुकान तक मेरे पीछे-पीछे आ गयी थी।

''टोकरी लोगे?'' वह बोली, ''बड़ी मज़बूत हैं ये, बढ़िया बेंत की बनी हैं?''

''नहीं, मुझे टोकरी नहीं चाहिए।''

हम एक-दूसरे को ताकते रहे, जैसे युगों से ऐसे ही देख रहे हों।

वह फिर बोली, ''क्या तुम्हें वाकई टोकरी नहीं चाहिए?''

''चलो, एक दे दो,'' मैंने कहा और ऊपर से ही एक टोकरी लेकर एक रुपया उसके हाथ में थमा दिया, लेकिन बचते-बचते भी उसकी उँगलियाँ मेरे हाथ से छू गयीं।

वह कुछ बोलने ही वाली थी कि गार्ड ने सीटी बजा दी। उसने कुछ कहा भी, लेकिन उसकी बात घंटे और इंजन की सीटी के आगे दब गयी। मुझे भी अपने वाले डिब्बे की ओर दौड़ना पड़ा। डिब्बे घड़घड़ाये और आगे को चल पड़े।

प्लेटफ़ॉर्म पीछे छूट रहा था और मैं लगातार उसे देखे जा रहा था। प्लेटफ़ॉर्म पर वह अकेली खड़ी, अपनी जगह पर खड़े-खड़े मुझे देखकर मुस्कुरा रही थी।

मैं उसे सिग्नल बॉक्स की आड़ में आने तक देखता रहा और फिर गाड़ी जंगल में जा पहुँची।

आगे के बाकी सफ़र में जागता रहा, बैठा रहा। उस लड़की का चेहरा और उसकी चमकीली काली आँखें मेरे ज़ेहन से नहीं हट रही थीं। लेकिन जब मैं देहरा पहुँच गया, तब कहीं उस मुलाक़ात की बात धुँधली पड़ी, क्योंकि अब दूसरी तमाम बातें दिमाग़ पर हावी हो गयीं।

दो महीने बाद जब मैं वापस लौट रहा था, तब उस लड़की का फिर ख़याल आया। जब गाड़ी स्टेशन पर पहुँची तो रुकने के पहले से ही मेरी नज़रें उसे तलाश रही थीं और जब मैंने उसे प्लेटफ़ॉर्म पर चलते देखा तो मेरे मन में एक ऐसी तरंग दौड़ गयी, जिसके बारे में मैंने पहले सोचा भी नहीं था। मैं पायदान से प्लेटफ़ॉर्म पर कूद गया और उसे देखकर हाथ हिलाया।

उसने मुझे देखा तो मुस्कुरा दी। उसे इस बात की ख़ुशी थी कि मैं उसे भूला नहीं था और मैं भी ख़ुश था कि वह मुझे भूली नहीं थी। हम दोनों ऐसे ख़ुश थे जैसे पुराने दोस्त फिर से मिले हों। वह मुसाफ़िरों को अपनी टोकरियाँ बेचने के लिए गाड़ी की ओर जाने के बजाय चाय की दुकान पर ठहर गयी। उसकी काली आँखों में अचानक चमक आ गयी थी। हम दोंनों ही कुछ देर तक कुछ भी नहीं बोले, लेकिन इस दौरान हमारे बीच बहुत सारी बातें हो गयीं। मेरे मन ने ज़ोर मारा कि अभी इसी वक़्त इसे गाड़ी में चढ़ा लूँ और अपने साथ ले जाऊँ। मुझे यह बात गवारा नहीं थी कि मैं इसे यहीं देओली स्टेशन पर खड़े-खड़े देखता गाड़ी के साथ चला जाऊँगा।

मैंने उसके हाथ से सारी टोकरियाँ लीं और ज़मीन पर रख दीं। उसने उनमें से एक को उठाने के लिए हाथ बढ़ाया लेकिन इससे पहले कि वह टोकरी उठाती, मैंने उसका हाथ पकड़ लिया।

"मुझे दिल्ली जाना है," मैंने कहा।

"लेकिन मुझे कहीं नहीं जाना," न में सिर हिलाते हुए वह बोली।

तभी गार्ड ने गाड़ी को चलने के लिए सीटी दे दी और मैं ही जानता हूँ कि इस बात पर मुझे गार्ड पर कितना गुस्सा आया।

''मैं फिर आऊँगा,'' मैंने कहा। ''तुम यहीं रहोगी ना?''

उसने सिर हिलाकर हामी भरी और तभी गाड़ी चल पड़ी। मुझे झटके से उसका हाथ छोड़कर गाड़ी पकड़ने के लिए दौड़ना पड़ा।

इस बार मैं उसे नहीं भूला। बाकी के सारे सफ़र में वह मेरे साथ रही और उसके बाद भी काफ़ी समय तक। उस पूरे साल वह मेरे अंदर जीती-जागती रही। और जब कॉलेज बंद हुआ तो मैंने फटाफट सारा सामान समेटा और पहले के मुकाबले कुछ ज़्यादा ही जल्दी देहरा का रुख़ किया। उसे देखने की मेरी इस ललक से सबसे ज़्यादा ख़ुशी मेरी नानी के हिस्से में जाती।

जब गाड़ी देओली के क़रीब पहुँचने वाली थी, तब मेरी बेचैनी और घबराहट बढ़ गयी थी, क्योंकि मैं समझ नहीं पा रहा था कि मुझे उस लड़की से क्या कहना चाहिए और क्या करना चाहिए। मैंने तय कर रखा था कि उसके सामने चुपचाप बेबस-सा खड़ा न रहकर अपनी भावनाओं की ख़ातिर ज़रूर कुछ करूँगा।

गाड़ी देओली पहुँची तो मैंने पूरे प्लेटफ़ॉर्म पर इधर से उधर निगाह दौड़ायी, लेकिन वह लड़की मुझे कहीं नज़र नहीं आयी। मैंने दरवाज़ा खोला और पायदान से नीचे उतर गया। मेरे दिल को गहरा धक्का लगा था और पहले से ही ऐसा लग रहा था जैसे कुछ बहुत बुरा होने वाला हो। मैंने सोचा कि मुझे कुछ तो ज़रूर करना होगा और दौड़कर स्टेशन मास्टर के पास गया और पूछा, ''क्या आप उस लड़की को जानते हैं, जो यहाँ टोकरी बेचा करती थी?''

''नहीं,'' स्टेशन मास्टर ने कहा, ''मुझे नहीं मालूम और अच्छा होगा कि तुम गाड़ी पर चढ़ जाओ, वरना यहीं छूट जाओगे।''

लेकिन मैं तेज़ी से प्लेटफ़ॉर्म के एक सिरे से दूसरे सिरे तक गया और वहाँ लोहे की बाड़ के पार दूर तक देखता रहा। मुझे बस जंगल की तरफ़ जाती एक सड़क और एक आम का पेड़ दिखा। सड़क कहाँ तक जाती होगी? इस बीच गाड़ी चल दी थी और मुझे प्लेटफ़ॉर्म पर दौड़ कर अपने डिब्बे के दरवाज़े में छलांग लगानी पड़ी। फिर जब गाड़ी ने रफ़्तार पकड़ ली और जंगल से होकर

तेज़ी से आगे बढ़ने लगी, तब मैं खिड़की पर बैठकर सोच में डूब गया।

उसे ढूँढने के लिए मैं क्या कर सकता हूँ, जिस लड़की को मैंने सिर्फ़ दो बार ही देखा है, जिसने मुझसे शायद ही कुछ कहा हो और जिसके बारे में मुझे कुछ पता न हो—कुछ भी नहीं—लेकिन जिसके लिए मेरे मन में एक लगाव पैदा हुआ और ऐसी ज़िम्मेदारी महसूस की जैसी पहले कभी नहीं की थी।

लेकिन नानी को मेरा आना अच्छा नहीं लगा क्योंकि मैं उनके यहाँ दो हफ़्ते से ज़्यादा नहीं रुका। मैं बहुत बेचैनी और उलझन महसूस कर रहा था। इसलिए मैंने वापस जाने के लिए गाड़ी पकड़ी और मन-ही-मन में तय किया कि स्टेशन मास्टर से ठीक से पूछताछ करूँगा।

लेकिन देओली के स्टेशन पर नया स्टेशन मास्टर आ गया था। पिछले वाले का पिछले हफ़्ते के दौरान ही किसी और जगह तबादला हो गया था। नये वाले को टोकरी बेचने वाली लड़की के बारे में कुछ भी नहीं पता था। चाय की दुकान चलाने वाला मिला—चमकीले कपड़ों में वह छोटा-सा, सिकुड़ा-सा आदमी—उससे मैंने पड़ताल की कि क्या वह टोकरी बेचने वाली लड़की के बारे में कुछ जानता है।

''हाँ, ऐसी एक लड़की थी तो यहाँ, मुझे अच्छी तरह याद है,'' वह बोला, ''लेकिन अब उसने आना बंद कर दिया है।''

''क्यों?'' मैंने पूछा, ''क्या हुआ उसे?''

''मुझे क्या पता?'' वह बोला, ''वह मेरी तो कुछ लगती नहीं थी?''

और एक बार फिर मुझे दौड़ कर गाड़ी पकड़नी पड़ी।

जैसे ही देओली का प्लेटफ़ॉर्म पीछे छूटा मैंने तय किया कि एक दिन मैं गाड़ी से वहीं उतर जाऊँगा और पूरा दिन शहर के लोगों से पूछताछ करके उस लड़की का पता करूँगा जो कुछ किये बिना सिर्फ़ अपनी काली-काली उतावली आँखों की एक नज़र से मेरा दिल चुरा कर ले गयी।

इसी बात से ख़ुद को दिलासा देते हुए मैंने किसी तरह कॉलेज में अपनी आखिरी छमाही बितायी। गर्मियों में मैं फ़िर देहरा गया और जब रात वाली गाड़ी बड़े सवेरे उजाला होने से पहले देओली पहुँची तो मैंने लड़की की तलाश में पूरे प्लेटफ़ॉर्म पर इधर से उधर नज़रें दौड़ाईं, जबकि मुझे पता था कि वह मुझे नहीं

मिलेगी, लेकिन कहीं-न-कहीं एक उम्मीद भी थी उसके मिलने की।

जो भी हो, मैं इस सफ़र में एक दिन देओली रुकने के लिए ख़ुद को तैयार नहीं कर पाया। अगर यह कोई मनगढ़ंत कहानी या फ़िल्म होती तो मैं पूरे रहस्य को सुलझाने और इसकी तह तक जाने के लिए ज़रूर वहाँ ठहरता और इस माजरे को वाजिब अंजाम तक पहुँचाता। लेकिन मुझे लगता है कि मैं ऐसा करने से डर गया था। मुझे यह पता लगाने में डर लग रहा था कि उस लड़की के साथ क्या हुआ होगा। हो सकता है कि वह अब देओली में ही न हो, हो सकता है कि उसकी शादी हो गयी हो, हो सकता है कि वह बीमार पड़ गयी हो...

पिछले कुछ सालों के दौरान मैं कई बार देओली से होकर गुज़रा और हर बार मैं खिड़की के बाहर ज़रूर देखता था, कहीं-न-कहीं कुछ उम्मीद बची थी, वही चेहरा दिखाई देने की—मुझे देखकर मुस्कुराता चेहरा।

मैं अब भी सोचता हूँ कि देओली के स्टेशन की दीवार के पार क्या चल रहा होगा, लेकिन मैं अपना सफ़र जारी रखूँगा, वहाँ ठहरूँगा नहीं। अगर मैं लड़की की तलाश में वहाँ उतरा तो सारा खेल ही बिगड़ जाएगा। मुझे उम्मीद करते रहना, सपने देखते रहना और उस सुनसान प्लेटफ़ॉर्म से गुज़रते हुए खिड़की के बाहर उस टोकरी वाली लड़की को अपनी नज़रों से तलाशना और उसका इंतज़ार करना ही बेहतर लगता है।

देओली से आगे मेरा सफ़र जारी रहता है। वह मेरी मंज़िल नहीं। वहाँ कभी ठहरता नहीं। लेकिन जितना हो सकता है, देओली होकर आता-जाता रहता हूँ।

आर्सेनिक से मौत

क्या दुनिया में ऐसा कोई आदमी हुआ है जो जन्मजात हत्यारा हो मतलब कुछ लोग जन्मजात लेखक, संगीतज्ञ, विजेता और असफल तो होते हैं ना?

अब कोई भी इसके बारे में पक्के तौर पर कुछ कह नहीं सकता। लेकिन हममें से हर कोई उन लोगों से पीछा छुड़ाना चाहता है जो हमारे लिए मुसीबत खड़ी करते हैं, लेकिन कुछ ही होते हैं जो इसकी चपेट में आ जाते हैं। अगर कोई इन्सान जन्मजात हत्यारा हो सकता है तो वह विलियम जोंस ही हो सकता है। किसी को जान से मार देना उसके लिए बायें हाथ का खेल जो था। किसी को मारने का उसका तरीका आखिर इतना सामान्य जो था, कोई हिंसा नहीं, गोली मारना भी नहीं, गला घोंटना या अगवा करना भी नहीं, बस बिलकुल सही मात्रा में अपने शिकार को ज़हर का सेवन कराना, पूरी सावधानी और विवेक के साथ।

मिस्टर जोंस एक बेहद ही विनम्र और तमीज़दार इन्सान थे। वे तितलियों को पकड़कर काँच के जार में बड़े ही करीने से कैद करते थे। वे कभी भी उन तितलियों को सूई नहीं चुभाते थे और उनकी ईथर (ज्वलनशील द्रव्य) की बोतल काफ़ी असरदार हुआ करती थी, इतनी कि इस्तेमाल किये जाने वालों को दर्द का एहसास भी नहीं होता था।

क्या आपने कभी आगरा में हुए दोहरे हत्याकांड के बारे में सुना है?

हालाँकि, यह काफ़ी साल पहले की घटना है जब आगरा ब्रितानी हुकूमत का हिस्सा हुआ करता था। उन दिनों विलियम जोंस आगरा के एक अस्पताल में पुरुष नर्स हुआ करता था। मरीज़ जो ख़ास कर मरणासन्न रोगी हुआ करते

थे— वे जोंस द्वारा किये गये सेवा-सत्कार और देखभाल की बहुत तारीफ़ किया करते थे। जब अस्पताल के तकरीबन सभी नर्स चाहे वे पुरुष हों या महिला, ठीक होने की सम्भावना वाले मरीज़ों की देखभाल करते थे तब विलियम जोंस हमेशा एक मरणासन्न मरीज़ की देखभाल के लिए तत्पर रहता।

वह कहीं-न-कहीं मरने वाले लोगों के प्रति संवेदना महसूस किया करता था। यह उसके व्यक्तित्व का एक अच्छा पहलू था, इससे इनकार नहीं किया जा सकता है।

एक बार मेरठ की यात्रा के दौरान विलियम जोंस को मिसेज़ ब्राउनिंग से प्यार हो गया, जो वहाँ के स्टेशन मास्टर की पत्नी थीं। दोनों के बीच उत्कट प्रेम में पत्रों का आदान-प्रदान शुरू हुआ जो कहीं-न-कहीं आगरा-मेरठ डाक सेवा का भार बढ़ा रहा था। धीरे-धीरे आनेवाले लिफ़ाफ़ों का वज़न बढ़ने लगा इसलिए नहीं कि उनमें रखी चिट्ठियों की संख्या या पन्ने बढ़ने लगे बल्कि इसलिए कि अब इन लिफ़ाफों के भीतर छोटे-छोटे पैकेट में सफ़ेद पाउडर जैसी कोई चीज़ आने लगी थी। इस ताकीद के साथ कि उनका सही मात्रा में कैसे इस्तेमाल किया जाये।

मिस्टर ब्राउनिंग बहुत ही विनम्र थे और वे सब पर भरोसा कर लेते थे। यहाँ तक कि वह अपनी पत्नी की चिट्ठियाँ पढ़ने का भी नहीं सोच सकते थे। जब उन्हें लगातार पेट दर्द और दस्त की शिकायत होने लगी तो उन्होंने मान लिया कि ऐसा अशुद्ध जल की सप्लाई के कारण हो रहा है। वे उल्टी और दस्त से निजात पाते और दोबारा उसके शिकार हो जाते।

डॉक्टरी जाँच में पाया गया कि उन्हें गैस्ट्रोएन्ट्राइटिस की तकलीफ़ है और पत्नी से मुक्त कर उन्हें अस्पताल में भर्ती कराया गया, जहाँ से वे पूरी तरह से ठीक होकर लौटे। लेकिन घर लौटते ही उनका खूब ध्यान रखने वाली पत्नी ने उनसे नीबू-पानी पीने का आग्रह किया, जिसके बाद वे कभी ठीक नहीं हो पाये।

उन दिनों भारत में हैज़ा जैसी बीमारियों से लोगों का मर जाना बेहद आम हुआ करता था और ऐसी मौतों के लिए मृत्यु प्रमाण-पत्र हासिल करना, कुत्ते के लिए लाइसेंस प्राप्त करने से भी ज़्यादा आसान होता था।

थोड़े समय के शोक के बाद (क्योंकि गर्मी के दिनों में आप ज़्यादा समय

तक काले कपड़े नहीं पहन सकते हैं) मिसेज़ ब्राउनिंग आगरा चली आयीं और विलियम जोंस के घर के ठीक बगलवाले घर में किराये पर रहने लगीं।

मैं यह बताना भूल गया कि मिस्टर जोंस भी शादीशुदा थे। उनकी पत्नी एक मामूली-सी औरत थी जो जोंस जैसे जीनियस के सामने बिलकुल तुच्छ थी, वह किसी भी तरह से विलियम जोंस के लायक नहीं थी। गर्मी का मौसम खत्म होते-होते वह भी हैज़ा के कारण मौत की नींद सो चुकी थी। इस तरह से दोनों प्रेमियों के मिलन का रास्ता साफ़ हो चुका था।

लेकिन कहते हैं ना कि दीवारों के भी कान होते हैं या फिर जहाँ आग होती है, वहाँ धुआँ उठता ही है। जोंस और मिसेज़ ब्राउनिंग के साथ भी कुछ वैसा ही हुआ। जल्दी ही उनके और विलियम के सम्बन्धों के बारे में बातें बनने लगीं और शहर के पुलिस अधीक्षक को अनाम के ख़त मिलने लगे। जाँच शुरू की जा चुकी थी। जैसा कि आम तौर पर प्रेम में आसक्त प्रेमी करते हैं ठीक वैसे ही मिसेज़ ब्राउनिंग ने भी अपने प्रेमी विलियम जोंस के प्रेम पत्रों को सँभाल कर एक बक्से में रखा था। उस बेवकूफ़ औरत ने वह बक्सा अपने बिस्तर के नीचे रखा था।

आगरा और मेरठ दोनों ही जगहों पर ज़मीन में गड़े शव को निकालने का आदेश दिया गया।

आर्सेनिक/संखिया नामक विष/बहुत तेज़ गर्मी के मौसम में भी खराब नहीं होता है और दोनों ही शवों के कंकाल में प्रचुर मात्रा में आर्सेनिक पाया गया।

मिस्टर जोंस और मिसेज़ ब्राउनिंग को हत्या के आरोप में गिरफ़्तार कर लिया गया।

"क्या अंकल बिल* सच में एक हत्यारे हैं?" देहरादून में नानी के घर के ड्रॉइंग रूम के सोफ़े पर बैठे-बैठे मैंने यह सवाल किया। (वैसे अब समय आ गया है कि मैं आप लोगों को बता दूँ कि विलियम जोंस मेरे मामा थे, मेरी माँ के सौतेले भाई)।

---

*विलियम नाम का छोटा रूप बिल है इसलिए आगे विलियम को बिल कह कर सम्बोधित किया गया है।

मैं तब शायद आठ या नौ साल का था। अंकल बिल ने गर्मी की छुट्टियाँ हमारे साथ देहरादून में बिताई थीं और मुझे खूब सारी मिठाइयाँ और पेस्ट्री खिलाई थीं, और मैंने वे सब मिठाइयाँ और पेस्ट्री अकेले खत्म की थीं, बगैर किसी दुष्प्रभाव के।

''तुम्हें अंकल बिल के बारे में ये सारी बातें किसने बताई हैं?'' नानी ने पूछा।

''मैंने इस बारे में स्कूल में सुना। सभी लड़के मुझसे इसी के बारे में पूछ रहे थे—क्या तुम्हारे अंकल एक खूनी हैं? वे लोग कह रहे थे कि उन्होंने अपनी दोनों पत्नियों को ज़हर देकर मार डाला।''

''उनकी सिर्फ़ एक पत्नी थी,'' आंटी मेबल ने बीच में ही टोकते हुए कहा।

''क्या उन्होंने उसे ज़हर दिया था?''

''नहीं, बिलकुल नहीं। तुम ऐसा कैसे कह सकते हो!''

''फिर अंकल बिल जेल में क्यों हैं?''

''कौन कहता है कि वह जेल में हैं?''

''स्कूल के लड़के कह रहे हैं। उन्होंने यह सब अपने माता-पिता से सुना है। अंकल बिल पर आगरा किले में मुकदमा चलने वाला है।''

अचानक से ड्रॉइंग रूम में एक अजीब किस्म की शान्ति पसर गयी, फिर अचानक से आंटी मेबल फट पड़ीं, ''यह सब उस घटिया औरत की वजह से हुआ।''

''तुम्हारा आशय मिसेज़ ब्राउनिंग से है?'' नानी ने पूछा।

''बिलकुल, और क्या। उसी ने बिल को यह सब करने के लिए प्रेरित किया होगा। वरना बिल इस तरह का पैशाचिक काम करने के बारे में कभी सोच भी नहीं सकता है!''

''लेकिन उसने उसे वह पाउडर भेजा था। और मत भूलो कि—उसके बाद मिसेज़ ब्राउनिंग ने तब...''

नानी अपना वाक्य पूरा करते-करते रह गयीं, फिर उन्होंने और आंटी मेबल ने एक साथ मेरी तरफ़ चुपके से चोर नज़र से देखा।

''आत्महत्या कर ली,'' मैंने उनके अधूरे वाक्य को पूरा किया। ''उनके पास उसके बाद भी थोड़ा पाउडर बचा था।''

आंटी मेबल ने अपनी आँखें आकाश की तरफ़ गोल-गोल नचायीं। ''इस लड़के को समझाना असम्भव है। समझ में नहीं आता कि यह बड़े होने पर क्या-क्या करेगा।''

''मैं कम-से-कम अंकल बिल की तरह नहीं बनूँगा,'' मैंने कहा। ''लोगों को ज़हर देने के बारे में सोचूँ! अगर मुझे किसी को मारना होगा तो मैं एक न्याययुक्त लड़ाई लड़कर उसे मारूँगा। मेरे ख़याल से वे लोग अंकल को फाँसी पर चढ़ा देंगे?''

''भगवान करे ऐसा न हो।''

नानी चुप थीं। अंकल बिल उनके सौतेले बेटे थे लेकिन उनके मन में उनके लिए प्यार था। आंटी मेबल, उनकी बहन के अनुसार वे एक लाजवाब इन्सान थे। मैंने उन्हें हमेशा थोड़ा-सा नम्र पाया था लेकिन मुझे यह मानने में भी ज़रा-सा गुरेज़ नहीं है कि वे काफ़ी उदार थे। मैंने हमेशा अपनी कल्पनाओं में उन्हें जल्लाद की रस्सी पर झूलते हुए देखने की कोशिश की, लेकिन यह कल्पना कुछ ठीक नहीं लगती।

और जैसा कि अपेक्षित था, अंकल बिल को फाँसी की सज़ा नहीं हुई। अंग्रेज़ी राज के दौरान ऐसा बहुत कम होता था कि किसी गोरे को फाँसी पर लटका दिया जाये, जबकि जल्लाद के पास ऐसे मामलों की कमी नहीं थी जहाँ वे डकैतों और राजनैतिक उग्रवादियों को सूली पर लटका रहा था। अंकल बिल को उम्र कैद की सज़ा सुनायी गयी और उन्हें इलाहाबाद के पास नैनी सेंट्रल जेल में एक सुस्त काम में लगा दिया गया। एक पुरुष नर्स के तौर पर वे जो कुछ भी करने की कोशिश करते उसे पूरी तरह से नज़रअन्दाज कर दिया जाता, क्योंकि वहाँ अस्पताल में कोई भी उनका यकीन नहीं करता था।

उन्हें भारत की आज़ादी के तुरन्त बाद, तकरीबन सात-आठ साल जेल में कैदी की तरह बिताने के बाद जेल से रिहा किया गया। जेल से बाहर आने के बाद उन्होंने देखा कि अंग्रेज़ भारत छोड़ कर जा रहे हैं, या तो वापस इंग्लैंड या फिर उन देशों की तरफ़ जहाँ अब भी अंग्रेज़ों का शासन था। नानी की मृत्यु

हो चुकी थी। आंटी मेबल और उनके पति दक्षिण अफ्रीका में बस चुके थे। अंकल बिल को यह समझ में आ गया था कि भारत में रहने के लिए उनके पास कुछ भी नहीं बचा है और वे अपनी बहन के साथ जोहान्सबर्ग चले गये। मैं तब बोर्डिंग स्कूल के अन्तिम वर्ष में था। मेरे पिता की मृत्यु के बाद, मेरी माँ ने एक भारतीय से शादी कर ली थी, इस तरह से मेरा भविष्य भी भारत से जुड़ गया था।

मैंने अंकल बिल को जेल से छूटने के बाद कभी नहीं देखा था, न ही हमने कभी यह सपने में भी सोचा कि अंकल बिल कभी वापस भारत आ भी सकते हैं।

सच पूछिये तो उनकी दोबारा हमारी ज़िन्दगी में वापसी करीब पन्द्रह साल के बाद हुई, और तब तक मैं अपने 30वें साल में आ चुका था, और एक बैस्टसैलर किताब के लेखक के रूप में स्थापित हो चुका था—उसके पहले के पन्द्रह साल संघर्षों में गुज़रे थे—ठीक वैसा ही संघर्ष जो एक फ्रीलांस लेखक को झेलना पड़ता है। लेकिन अन्ततः—उन पन्द्रह सालों की मेहनत और कड़े संघर्ष के अच्छे नतीजे सामने आने लग गये थे और मेरे पास किताबों की रॉयल्टी आने लगी थी।

मैं फोस्टरगंज नामक पर्यटनस्थल के बाहरी हिस्से में एक छोटे से कॉटेज में रह रहा था और एक किताब पर काम कर रहा था, जब अचानक मेरे घर में एक बिन-बुलाए मेहमान का आगमन हुआ।

वह एक पतला-दुबला, आगे की ओर झुका हुआ और सफ़ेद बालोंवाला व्यक्ति था जिसकी उम्र पचास के पार थी। उसकी मूँछें अव्यवस्थित और दाँत बदरंग थे। वह बहुत ही कमज़ोर और सीधा-सादा लग रहा था लेकिन उसकी ठंडी नीली आँखों में कुछ ऐसा था जो जाना-पहचाना सा लग रहा था।

''क्या तुम्हें मैं याद नहीं?'' उन्होंने पूछा। ''वैसे, इतने सालों के बाद किसी को याद रख पाना आसान भी नहीं है...''

''एक मिनट, क्या आपने मुझे स्कूल में पढ़ाया है?''

''नहीं—लेकिन अब तुम धीरे-धीरे मुझे पहचान रहे हो।'' उसने अपना सूटकेस नीचे रखा और मैंने एयरलाइन के लेबल में दर्ज उनका नाम देखा।

मैं आश्चर्यचकित हो उन्हें देखने लगा। ''नहीं यह आप नहीं हो सकते...''

"तुम्हारा अंकल बिल," उन्होंने खीसें निपोरते हुए कहा और अपना हाथ आगे बढ़ा दिया, "कोई दूसरा नहीं!" और टहलते हुए घर के भीतर घुस गये।

मैं ईमानदारी से कहना चाहूँगा कि उनके आने का मेरे मन-मस्तिष्क में मिला-जुला असर हुआ। हालाँकि मैंने कभी भी उन्हें बहुत ज़्यादा नापसन्द नहीं किया लेकिन उन्होंने जो कुछ भी किया था यानी ज़हर देकर हत्या करना, उस चीज़ को मैं सही भी नहीं मानता था। जो मैं महसूस कर रहा था वह शायद किसी अवांछित व्यक्ति से पीछा छुड़ाने का एक निंदनीय तरीका था; क्योंकि मेरे पास शायद ऐसे व्यक्ति से पीछा छुड़ाने का कोई वाजिब तरीका नहीं था। हो सकता है कि इतने दिनों में वे सुधर गये होंगे।

"और बताओ इतने साल तक तुम क्या करते रहे?" उन्होंने कमरे में रखी अकेली कुर्सी पर खुद को आराम से बिठाते हुए कहा।

"ओह, कुछ ख़ास नहीं सिर्फ़ लिख रहा हूँ," मैंने कहा।

"हाँ, मैंने तुम्हारी पिछली किताब के बारे में सुना है। वह काफ़ी सफल हो चुकी है, है ना?"

"हाँ वह किताब अच्छी बिक रही है। क्या आपने पढ़ी है?"

"मुझे ज़्यादा पढ़ने की आदत नहीं है।"

"और इतने सालों तक आप क्या करते रहे, अंकल बिल?"

"ओह मैं, बस इधर-से-उधर भटकता रहा। एक सॉफ़्ट ड्रिंक की कम्पनी में कुछ समय के लिए काम किया। फिर एक दवा कम्पनी में, जहाँ दवाओं/रसायन के बारे में मेरी जानकारी काफ़ी काम आयी।"

"क्या आप आंटी मेबल के साथ दक्षिण अफ्रीका में नहीं रहे?"

"मैं काफ़ी समय तक उनसे सम्पर्क में रहा, जब तक कुछ साल पहले उनकी मृत्यु नहीं हो गयी। क्या तुम्हें पता नहीं है?"

"नहीं। मैं लम्बे समय से रिश्तेदारों के सम्पर्क में नहीं हूँ।" मैंने मन में सोचा कि वे मेरे इस कथन को एक इशारे के तौर पर लेंगे। "और उनके पति का क्या हुआ?"

"वे भी ज़्यादा समय तक जीवित नहीं रहे। अब पहले के ज़्यादा लोग ज़िन्दा नहीं बचे हैं। तभी तो जब मैंने तुम्हारे बारे में अख़बारों में पढ़ा तब मुझे

लगा कि क्यों ना मैं एक बार फिर से अपने इकलौते भांजे से जाकर मिल लूँ।''

''आप बड़े शौक से कुछ दिनों के लिए यहाँ रह सकते हैं,'' मैंने जल्दी से कहा। ''उसके बाद मुझे बॉम्बे जाना है।'' (यह एक झूठ था, लेकिन मैं अंकल बिल को उनकी बची-खुची पूरी ज़िन्दगी तक बर्दाश्त करने के मूड में नहीं था।)

''ओह, मैं यहाँ ज़्यादा समय तक नहीं रुकूँगा। मैंने जोहान्सबर्ग में कुछ पैसे बचा कर रखे हैं। बात सिर्फ़ इतनी है कि मेरी जानकारी में तुम मेरे जीवित बचे एकमात्र रिश्तेदार बचे हो, और मुझे लगा कि तुमसे जाकर मिलना अच्छा रहेगा।''

उनकी इस बात से मुझे तसल्ली हुई। मैंने अंकल बिल को पर्याप्त सुविधा देने की भरसक कोशिश की। मैंने उन्हें अपना सोने का कमरा दे दिया और खुद अपने लिए खिड़की से लगी सीट को बिस्तर में बदल दिया। मैं बहुत खराब बावर्ची था लेकिन उसके बाद भी मैंने पूरी कोशिश करते हुए उनके नाश्ते के लिए अंडे की भुर्जी बनाई। उन्होंने भी मेरी माफ़ी को दरकिनार कर दिया; उनके अनुसार, वे मिताहारी थे, जेल में बिताए आठ सालों ने उनकी भूख को काफ़ी हद तक कम कर दिया था।

वे मुझे परेशान नहीं करते थे और मुझे मेरी लेखनी और घूमने के लिए अकेला छोड़ दिया करते थे। वे वसन्त की धूप में अकेले बैठे हुए अपनी पाइप पीते रहते और काफ़ी सन्तुष्ट दिखते।

वह हमारी एक साथ तीसरी शाम थी जब वे अचानक बोले, ''ओह, मैं तो भूल गया था। मेरे सूटकेस में एक बोतल शेरी रखी हुई है जिसे मैं खास तौर पर तुम्हारे लिए लेकर आया था।''

''अरे वाह, यह तो आपकी भलमनसाहत है, अंकल बिल। आपको कैसे पता कि मुझे शेरी पीना बहुत पसन्द है?''

''बस मुझे ऐसा एहसास हुआ कि तुम्हें यह पसन्द आयेगी, है या नहीं?''

''हाँ, एक अच्छी शेरी के ड्रिंक से बेहतर कुछ हो ही नहीं सकता।''

वे अपने सोने के कमरे में गये और वहाँ से दक्षिण अफ्रीकी शेरी की एक नयी बोतल लेकर बाहर आये।

"अब तुम आग के पास आराम करो," उन्होंने समझाते हुए कहा। "मैं बोतल खोलता हूँ और रसोईघर से गिलास लेकर आता हूँ।"

अंकल बिल अन्दर रसोईघर में चले गये और मैं बाहर बिजलीवाले हीटर के पास बैठा कुछ किताबें पलटता रहा। अचानक मुझे एहसास हुआ कि अंकल बिल कुछ ज़्यादा समय ले रहे हैं। पूर्वाभास होना शायद मेरे पारिवारिक गुणों में से एक है, क्योंकि अचानक मेरे दिमाग में यह बात कौंध गयी कि—शायद अंकल बिल मुझे ज़हर देने की योजना बना रहे हों।

आखिरकार, मैंने सोचा, 'उनका मेरे जीवन में अचानक पन्द्रह सालों बाद दोबारा पदार्पण हुआ है, वह भी सिर्फ़ भावनात्मक वजहों से। लेकिन अब मैं एक नामी लेखक बन चुका हूँ, जिसकी एक किताब काफ़ी लोकप्रिय हो चुकी है। और मैं उनका सबसे नज़दीकी सम्बन्धी था। अगर आज मैं मर जाता हूँ, तो अंकल बिल आसानी से मेरी जायदाद पर अपना दावा ठोक सकते हैं और फिर बड़ी आसानी से मेरी किताबों से मिलने वाली रॉयल्टी के सहारे अगले 5-6 साल निकाल सकते हैं।'

'आंटी मेबल और उनके पति के साथ क्या हुआ होगा,' मैं सोचने लगा। 'फिर अंकल बिल के पास भारत आने के लिए हवाई टिकट के पैसे कहाँ से आये?'

इससे पहले कि मैं खुद से कुछ और सवाल करता, तब तक अंकल ट्रे में गिलास के साथ हाज़िर हो चुके थे। उन्होंने ट्रे को मेरे और उनके बीच रखे गये एक टेबल के ऊपर रखा। गिलास भरे हुए थे और उनमें उड़ेला गया शेरी चमक रहा था।

मैं, मेरे सामने रखे गये गिलास को घूरता रहा, यह समझने की कोशिश करता रहा कि क्या उसमें जो तरल पदार्थ रखा हुआ था, वह दूसरे गिलास से ज़्यादा अस्पष्ट था। लेकिन मुझे दोनों में कोई फ़र्क नज़र नहीं आया।

मैंने तय किया कि मैं कोई जोखिम नहीं उठाऊँगा। वह कश्मीरी अख़रोट के पेड़ की लकड़ियों से बनी एक गोल ट्रे थी। मैंने उसे अपनी तर्जनी से कुछ इस तरह से घुमाया कि दोनों गिलासों की जगह बदल गयी।

"तुमने ऐसा क्यों किया?" अंकल बिल ने पूछा।

“यह इस इलाके में प्रचलित एक रिवाज है। हम ट्रे को सूरज की दिशा में गोल घुमाते हैं, एक तरह से नया सवेरा। इससे अच्छी किस्मत आती है।”

अंकल बिल कुछ समय के लिए सोचते रहे, फिर बोले, “चलो हम एक बार फिर से अच्छी किस्मत लाते हैं,” ऐसा कहते हुए उन्होंने फिर से ट्रे को घुमा दिया।

“अब आपने इसे ख़राब कर दिया,” मैंने कहा। “आप इसको बार-बार नहीं घुमा सकते हैं! यह बुरा होता है। अब इस बुरी किस्मत को हटाने के लिए मुझे इसे फिर से घुमाना होगा।”

इसके साथ ही ट्रे एक बार फिर से घूम गयी और अंकल बिल के पास फिर से वह गिलास पहुँच गया जो वे मेरे लिए लेकर आये थे।

“चियर्स!” मैंने कहा, और अपने गिलास में रखा तरल पदार्थ पी लिया।

वह एक लाजवाब शेरी थी। अंकल बिल शुरू में थोड़ा हिचकिचाए, फिर उन्होंने खुद को सिकोड़ा ‘चियर्स’ कहा, और अपना गिलास जल्दी से खाली कर दिया।

लेकिन उन्होंने एक और गिलास ड्रिंक लेने की बात नहीं कही।

अगली सुबह वे बुरी तरह से बीमार पड़ गये। मैंने उन्हें उनके कमरे में उबकाई करते हुए सुना तो उनके कमरे में जाकर देखकर आया कि मैं उनके लिए क्या कर सकता हूँ। वे लगातार दर्द से तड़प रहे थे और उनका सिर पलंग के एक कोने में लटका हुआ था। मैं बाहर गया और उनके लिए जग में पानी भरकर और एक पात्र लेकर आया।

“क्या मैं आपके लिए एक डॉक्टर ले आऊँ?” मैंने पूछा।

उन्होंने सिर हिलाते हुए कहा, “नहीं, मैं ठीक हो जाऊँगा। हो सकता है मैंने कुछ गलत खा लिया है।”

“मेरे ख़याल से यह पानी की वजह से हुआ है। आम तौर पर साल के इस वक्त यहाँ का पानी अच्छा नहीं होता है। काफ़ी सारे लोगों को फोस्टरगंज में उनके शुरुआती दिनों में गैस्ट्रिक (गैस या अफ़ारा) की समस्या हो जाती है।”

“हाँ हो सकता है,” उन्होंने कहा और फिर से दर्द और उल्टी की जकड़ में आ गये।

शाम होते-होते वे ठीक हो गये—उस गिलास से जो कुछ भी उनके शरीर में गया होगा वह आरम्भिक मात्रा में होगा, और एक दिन बाद वे इतने ठीक हो गये थे कि अपना सामान पैक कर सके और मेरे यहाँ से जाने की घोषणा कर दी। उनके मुताबिक फोस्टरगंज के मौसम ने उनका साथ नहीं दिया।

उनके जाने से ठीक पहले मैंने उनसे पूछा, "अंकल एक बात बतायें, आपने उसे पीया ही क्यों था?"

"पीया क्या? वह पानी?"

"नहीं, वह शेरी से भरा गिलास, जिसमें आपने अपना वह चर्चित पाउडर मिलाया था।"

वे मुझे खाली नज़रों से देखने लगे, फिर घबराकर खिसियानी हँसी हँसते हुए बोले, "तुम मेरे साथ मज़ाक कर रहे हो ना?"

"नहीं, मैं गम्भीर हूँ," मैंने कहा। "आपने वह ड्रिंक क्यों पी? आखिरकार वह तो मेरे लिए थी ना।"

उन्होंने अपनी नज़रें, अपने जूतों में गड़ा दीं...फिर कन्धा झाड़ते हुए मुड़ गये।

"उन हालात में वैसा करना ही सबसे शालीन कार्य लगा," उन्होंने कहा।

मैं अंकल बिल के बारे में यह बात पूरे दावे के साथ कह सकता हूँ—वे हमेशा से एक पक्के जेंटलमैन रहे हैं।

बिनिया पास से गुज़रती है

एक दिन, जब मैं देवदार के पेड़ों के बीच से होता हुआ, घर की ओर जा रहा था, तो एक लड़की के गाने का स्वर सुनाई दिया।

पहाड़ों पर गर्मियों की आहट थी और पेड़ों पर नए पत्ते आ चुके थे। पत्तों के बीच अखरोट और चैरी बनने लगे थे।

हवा थिर और दरख्त खामोश थे और मुझे वह गीत अच्छी तरह सुनाई दे रहा था। पर उस गीत के बोल नहीं थे—जिनका मैं अनुसरण नहीं कर सका—या फिर उसका उतार-चढ़ाव, मुझे अपनी ओर नहीं खींच रहा था। लेकिन उस गीत को गाने वाले मधुर और जवां स्वर ने मेरा ध्यान अपनी ओर खींचा था।

मैंने अपना रास्ता छोड़ा और ढलान के रास्ते नीचे उतरता चला गया, जहाँ देवदार के काँटे बिखरे हुए थे। लेकिन जब मैं उस ढलान के निचले तल पर पहुँचा तो वह गीत बंद हो चुका था वहाँ कोई नहीं था। ''मुझे यकीन है कि मैंने किसी को गाते हुए सुना है,'' मैंने स्वयं से कहा। हो सकता है कि मैं गलत हूँ। पहाड़ों में अक्सर आपके गलत होने की पूरी संभावना रहती है।

तो मैं अपने घर लौट चला और जल्दी ही मैंने एक और गाने की आवाज़ सुनी, पर इस बार एक कस्तूरिका चिड़िया एक खंडित राग गा रही थी। शायद जंगल की गहराई में छिपे किसी उदासीन किंतु आकर्षक रहस्य के बारे में बताना चाह रही हो।

मेरे पास अपने बारे में बताने के लिए कुछ खास नहीं था। बिजली का बिल नहीं भरा गया था और बैंक खाली था। मेरे नए उपन्यास को एक और प्रकाशक ने लौटा दिया था। गर्मियों की वजह से इंसान और जानवर ऊँघ रहे

थे, यही हाल मेरे उधार देने वालों का था। धुँधलाते क्षितिज के पार पहाड़ों की रेखा हल्की होती चली गई।

मैं फिर से देवदारों के बीच घूमने गया पर इस बार कोई गीत सुनाई नहीं दिया। फिर मैं पूरे एक सप्ताह तक घर से नहीं निकला क्योंकि उपन्यास को फिर से लिखना था जिसके लिए कड़ी मेहनत की ज़रूरत थी। बस खाने-पीने के लिए अवकाश लेता और पत्तों को गहरे हरे रंग में बदलते देखा करता।

खिड़की जंगल की ओर खुलती थी। पेड़ खिड़की तक आते थे। शाहबलूत, चिनार और अखरोट। पहाड़ों की ओर जाते हुए देवदार दिखने लगते और आगे जाकर तो जैसे उनकी पूरी फ़ौज ही बन जाती। पहाड़ और ऊँचे होते जाते और पेड़ जैसे एक हद तक जाकर कहीं थम जाते। किसी बुरी आत्मा के साए में बसे पहाड़, कभी न पिघलने वाली बर्फ़ की चोटियों से मिलने के लिए ऊपर चले जाते। वे चोटियाँ आकाश चूमती थीं। मैं उन्हें अपनी खिड़की से नहीं देख सकता था पर किसी साफ़ आसमान वाली सुबहों में वे टेहरी रोड से देखी जा सकती थीं।

पहाड़ों की तलहटी में एक छोटी-सी जलधार थी। एक सुबह, अलसुबह ही मैं उस ओर निकल गया। मैं बड़े पत्थरों पर पैर जमाते हुए, नदी के नीचे की ओर करीब आधा मील तक चला गया। फिर मैं एक जंगली चैरी के पेड़ की छाया में, चपटी चट्टान पर सुस्ताने लगा और पेड़ की शाखाओं के बीच से सूरज को परी टिब्बा पहाड़ी से ऊपर उठते देखता रहा, जो खड़ी ढाल वाली घाटी के अंदर फिसल गया था। हवा शांत थी और पक्षी पहले ही चुप हो चुके थे। पत्थरीले नालों से बहते पानी का स्वर ही चारों ओर सुनाई दे रहा था। मैं वहीं दस या पंद्रह मिनट तक लेटा रहा और फिर अचानक ऐसा एहसास हुआ मानो कोई मुझे चुपके से देख रहा हो।

कोई पेड़ों में, ओट में स्थिर होकर, मुझे ताक रहा था। कुछ नहीं हिला; कोई पत्थर नहीं सरका, एक टहनी तक नहीं चरमराई। पर कोई मुझ पर नज़र रखे हुए था। मुझे ऐसा लगा कि मानो मुझे किसी ने बेपर्दा कर दिया हो; यह कोई खतरा नहीं था पर फिर अनजान आँखों की वजह से मन में असुरक्षा का

भाव उपजा था। मैं चट्टान से उठा, पेड़ों के बीच से रास्ता बनाता हुआ, फिर से पहाड़ी पर चढ़ने लगा।

पहाड़ी पर चढ़ने से शरीर में गरमाहट आ गई। सूरज चढ़ आया था और हवा गायब थी। जब तक पहाड़ी के ऊपर पहुँचा, मैं पसीने से नहा चुका था। मेरे उस अनजान दर्शक का कोई अता-पता नहीं था। वहीं दो दुबली गाएँ थोड़ी-बहुत उगी घास चर रही थीं; उस गर्म उमस से भरी हवा में उनके गले में लटकी घंटियों की हल्की टुनटुन के सिवा कोई दूसरी आवाज़ सुनाई नहीं दे रही थी। मैं घर लौट आया।

वही गाना फिर से! वही गाना, वही गायिका। मैंने अपनी खिड़की से उसे गाते सुना। मैं जो पुस्तक पढ़ रहा था उसे एक ओर रख दिया। मैं खिड़की पर झुक कर, पेड़ों की ओर देखने लगा। पर पेड़ों का छतनार इतना घना था कि इतनी दूर से गायिका का पता नहीं लगाया जा सकता था। मैं सोचने लगा, 'क्या मुझे जाकर उसे खोजना चाहिए। या यही बेहतर होगा कि वह भले ही न दिखे पर सुनाई देती रहे? नहीं। मुझे उस गाने से प्रेम हो गया है, यह ज़रूरी तो नहीं कि मैं गाने वाली से भी प्रेम करने लगूँगा? पर इतना तो तय है कि उस गाने नहीं, उस आवाज़ ने मुझे मोह लिया है...।' गाना खत्म हुआ और मैं खिड़की से परे हो गया।

एक लड़की पहाड़ी के एक ओर बिलबेरी के छोटे फल जमा कर रही थी। शहद के से रंग वाली, ताज़ा-तरीन चेहरे वाली लड़की! उसकी उम्र बीस के लगभग रही होगी। होंठ जामुनी रंग में रंगे थे। वह मुझे देखकर मुस्कुराई। मैंने पूछा, "क्या ये खाने में अच्छे हैं?"

उसने अपनी मुट्ठी खोली और अपना हाथ मेरे आगे फैला दिया, उसमें मसली और दबी हुई बेरियाँ थीं। मैंने एक उठा कर मुँह में धरी तो अजीब-सा तीखा-खट्टा स्वाद आया। मैंने कहा, "अच्छी है।" शायद उसे लगा होगा कि मैं कोई नुकसान नहीं पहुँचाने वाला इसलिए वह मेरे और पास आ गई और बोली, "तो और लो ना!" उसने मेरा हाथ बिलबेरियों से भर दिया। उसकी उँगलियों ने मेरी उँगलियों को छुआ। यह एहसास अनूठा-सा था, बहुत लंबे अरसे से मेरे हाथ को किसी युवती के हाथ ने नहीं छुआ था।

मैंने पूछा, ''तुम कहाँ रहती हो?'' उसने घाटी के पार एक छोटे से गाँव की ओर इशारा किया जो सीढ़ीनुमा खेतों से भरी पहाड़ी पर फैला था।

''वह तो काफ़ी दूर है। क्या तुम हमेशा घर से इतनी दूर आती हो?'' मैंने कहा।

''मैं तो और भी दूर जाती हूँ। गायों को ताज़ी घास चाहिए और फिर घर के लिए ईंधन और घास भी चाहिए।'' उसने अपनी कमर में, कपड़े से कसकर बँधी हंसिया दिखाई। ''कभी-कभी परी टिब्बा तक जाती हूँ तो कई बार घाटी से परे निकल जाती हूँ। क्या तुम कभी वहाँ गए हो?''

''नहीं, पर एक दिन ज़रूर जाऊँगा।''

''परी टिब्बा पर हमेशा तेज़ हवाएँ चलती रहती हैं।''

''क्या ये सच है कि वहाँ परियाँ रहती हैं?''

वह हँस दी। ''लोग तो यही कहते हैं। पर ये उन लोगों का कहना है जो खुद वहाँ कभी नहीं गए। मुझे तो परी टिब्बा पर कभी परियाँ नहीं दिखीं। कहते हैं कि पहाड़ी के खंडहर में भूत-प्रेतों का वास है पर मैंने कभी भूत भी नहीं देखे।''

''मैंने भूतों के बारे में सुना है,'' मैंने कहा। ''दो प्रेमियों ने भागकर उस वीरान खंडहर में शरण ली थी। रात को तूफ़ान आया और वे बिजली गिरने से मारे गए। क्या यह सच है, यह कहानी सच है क्या?''

''यह तो बहुत साल पहले हुआ था, मेरे पैदा होने से भी पहले की बात है। मैंने भी ये कहानी सुनी है पर परी टिब्बा पर कोई भूत नहीं होते।''

''तुम कितने साल की हो?'' मैंने पूछा।

''बाईस या तेईस, कह नहीं सकती।''

''क्या तुम्हारी माँ को भी नहीं पता?''

''वह तो मर गईं। और नाना सब भूल गए। और मेरा भाई तो मुझसे भी छोटा है, उसे तो अपनी उम्र तक याद नहीं रहती। क्या यह याद रखना बड़ा ज़रूरी होता है?''

''नहीं, यह ज़रूरी नहीं है। खैर, यहाँ इसकी कोई ज़रूरत नहीं। पहाड़ों पर ज़रूरी नहीं है। एक पहाड़ पर तो सौ बरस भी एक दिन जितने होते हैं।''

''क्या तुम बहुत बूढ़े हो ?'' उसने पूछा।

''नहीं तो, क्यों क्या बहुत बूढ़ा लगता हूँ।''

''बस सौ साल के लगते हो,'' उसने शरारती हँसी के बीच कहा और जब हँसते-हँसते हाथों को चेहरे पर ले गई तो उसके हाथों की चूड़ियाँ खनक उठीं।

''तुम हँसी क्यों ?'' मैंने पूछा।

''क्योंकि तुम्हें देखकर लगा कि तुमने मेरी बात का यकीन कर लिया। भई हो कितने साल के ?''

''यही पैंतीस या छत्तीस का। मुझे भी ठीक से याद नहीं।''

''आह, भूलना ही बेहतर होगा!''

''यह तो सच है। पर कई बार फ़ॉर्म वगैरह भरते समय याद रखना पड़ता है और वहीं अपनी उम्र भी लिखनी होती है,'' मैंने कहा।

''मैंने तो कभी फ़ॉर्म नहीं भरा और न ही कभी देखा है।''

''उम्मीद करता हूँ कि तुम्हें देखना भी न पड़े। यह कागज़ का एक टुकड़ा होता है, जिसमें किसी व्यक्ति से सम्बन्धित व्यर्थ की बातें लिखी रहती हैं। जो उस इन्सान की तरक्की से सम्बन्धित होती हैं ?''

''तरक्की ?''

''हाँ, क्या तुम खुश नहीं हो ?''

''नहीं।''

''क्या तुम्हें तरक्की की भूख है ?''

''नहीं।''

''तो तुम्हें तरक्की नहीं चाहिए। जंगली बिलबेरी उससे कहीं ज़्यादा अच्छी हैं।''

वह बिना दुआ-सलाम किए चल दी। गाएँ भटक गई थीं और वह उनके नाम पुकारती हुई भाग गई। ''नीलू...भूरी...।'' उसके नंगे पाँव चट्टानों और सूखी घास पर तेज़ी से बढ़ रहे थे।

मई की शुरुआत थी। जंगल में रइयां कीड़े गा रहे थे, यह भी कह सकते हैं कि ऑर्केस्ट्रा बजा रहे थे, क्योंकि वे अपने पैर पटक कर आवाज़ें निकालते हैं। कस्तूरिका चिड़ियाँ एक-दूसरे के पीछे पेड़ों पर उड़ती हुई प्यार भरी कलाबाज़ियों में मग्न थीं। कभी-कभी कोई लंगूर बलूत के पेड़ की पत्तियाँ खाने आ जाता। मैं नदी की ओर जाने वाले रास्ते पर नीचे उतरा तो अचानक

उसी गाने की आवाज़ सुनाई दी और जब मैं पानी के किनारे खुली जगह पहुँचा तो देखा कि एक लड़की तेज़ी से बहते पानी में पैर डुबोए, चट्टान पर बैठी थी, यह तो वही थी जिसने मुझे खाने के लिए बिलबेरी दी थी। कितनी हैरानी की बात है, मैंने तो सोचा तक नहीं था कि उस गीत को गाने वाली यही लड़की रही होगी। न दिखाई देने वाली आवाज़ भी खुद ही सुंदर छवियाँ बना लेती है। मैंने तो सोचा था कि वह कोई वन में घूमने वाली परी होगी—सौम्य, सुकुमारी, सुंदर और वनदेवी सरीखी। पर यह तो नटखट आँखों वाली, भरे हुए गोल चेहरे, फलों के रस से सनी, थोड़ी फूहड़-सी चचंल परी निकली। उसकी धोती हाथ से कते मोटे सूत से बनी थी, रंग उड़ी धोती कहीं-कहीं से फटी भी हुई थी। हालाँकि पहाड़ों पर चढ़ने के लिहाज़ से यह पहनावा व्यावहारिक नहीं था, पर गाँव में अक्सर लोग लड़कियों को बारह साल की होते-न-होते धोती पहना देते हैं। उसने अपने पहनावे से समझौता कर लिया था—उसने साड़ी को ऊपर की ओर खोंसते हुए, कपड़े से कसकर कमर को बाँध रखा था ताकि कमर का हिस्सा मज़बूत रहे। अगर उसने दूर की पहाड़ी औरतों की तरह झालर वाला लहंगा पहना होता तो शायद उसके लिए ज़्यादा आरामदेह रहता।

हालाँकि मेरा मोह भंग नहीं हुआ। मुझे उसका निष्कपट देवदूती जैसा चेहरा भा गया था। उसकी मीठी आवाज़ से उसका आकर्षण और बढ़ गया था।

मैं उसे नदी के किनारे से देखता रहा। जल्दी ही उसने सिर उठाया, मुझे देखकर खीसें निपोरीं और अचानक मुझे जीभ निकालकर चिढ़ाया।

''मेरे स्वागत का तरीका तो बड़ा अच्छा है। क्या मुझसे नाराज़ हो ?'' मैंने कहा।

''तुमने मुझे चौंका दिया। तुमने मुझे आवाज़ क्यों नहीं दी ?''

''क्योंकि मैं तुम्हारा गाना सुन रहा था। मैं उसके खत्म होने तक कुछ बोलना नहीं चाहता था।''

''अरे एक गाना ही तो था।''

''पर तुम बड़ा मीठा गा रही थीं।''

वह मुस्कुराई, ''क्या तुम खाने को कुछ लाए हो।''

''नहीं, क्या तुम्हें भूख लगी है ?''

''यह समय आते-आते भूख लगने लगती है। जब भी मुझसे मिलने आओ तो खाने के लिए कुछ ले आया करो।''

“पर मैं तुमसे मिलने नहीं आया था। मुझे तो पता भी नहीं था कि तुम बैठी मिलोगी।”

“तुम मुझसे मिलना नहीं चाहते थे?”

“नहीं, मेरा यह मतलब नहीं था। मुझे तो तुमसे मिलना पसंद है।”

“अगर जंगल में आते रहोगे तो मुझसे मुलाकात होती ही रहेगी, इसलिए हमेशा कुछ खाने को लेकर आया करो।”

“मैं अगली बार से ऐसा ही करूँगा। क्या अभी तुम्हारे लिए कुछ बेर तोड़ दूँ?”

“उसके लिए तो तुम्हें पहाड़ी के ऊपर जाना होगा। किंगोरा की झाड़ियाँ तो वहीं हैं।”

“कोई बात नहीं। अगर तुम्हें भूख लगी है तो मैं अभी ले आता हूँ।”

“ठीक है,” उसने कहा और अभी तक पानी में डूबे अपने पैरों को एकटक देखने लगी।

पुराने ज़माने के किसी वीर राजा की तरह मैं बड़ी मेहनत से पहाड़ी पर गया, बिलबेरी के झाड़ खोजकर बिलबेरियों को जेबों में भरा और जब नदी किनारे लौटा तो वह वहाँ से जा चुकी थी। कहीं दूर पहाड़ों पर गायों के गले में पड़ी घंटियों का सुर सुनाई दे रहा था।

रात के अंधेरे में, अपनी मौज में मग्न जुगनू जल-बुझ रहे थे। रात नाना प्रकार की आवाज़ों से भरी थी। नाइटज़ार की टूँक-टूँक, काकड़ की पुकार, साही का घिसटना और पतंगों के लगातार खिड़की के शीशे से टकराने और गिरने की दबी-सी सरसराहट। घाटी के पार, पहाड़ी पर, छोटे से गाँव की बत्तियाँ टिमटिमा रही थीं—अँधेरे में टिमटिमाती मिट्टी के तेल से जलने वाली ढिबरियों की धुँधली रोशनी।

“तुम्हारा नाम क्या है?” अगली बार चीड़ वन के बीच पगडंडी से निकलते हुए उससे मुलाकात हुई तो मैंने पूछा।

“बिनिया,” उसने कहा। “और तुम्हारा?”

“मेरा कोई नाम नहीं है।”

“वाह, श्रीमान कोई नाम नहीं।”

''मेरा मतलब है कि मैंने अपने लिए अभी कोई नाम नहीं कमाया। हमें अपना नाम खुद कमाना चाहिए, क्या तुम्हें ऐसा नहीं लगता?''

''मेरा नाम बिनिया है और मैं अपने लिए कोई दूसरा नाम नहीं कमाना चाहती। तुम कहाँ जा रहे हो?''

''कहीं नहीं।''

''श्रीमान कोई नाम नहीं, कहीं नहीं जा रहे! तब तुम मेरे साथ नहीं आ सकते, क्योंकि अगर तुम मेरे पीछे आए तो मेरे दादा गाँव के खूंखार कुत्ते तुम्हारे पीछे छोड़ देंगे,'' वह हँसते-हँसते नदी की ओर जाने वाले रास्ते पर निकल गई; वह जानती थी कि मैं उसकी चाल का मुकाबला नहीं कर सकता था।

जब वह अपनी सफ़ेद गाय को घर चलने के लिए पुकारती हुई खड़ी पहाड़ी चढ़ रही थी तो गर्मियों की बौछार ने उसके चेहरे को भिगो दिया। वह तेज़ हवाओं से घिरे पहाड़ों पर बहुत छोटी दिख रही थी। बालों की एक लट माथे पर आकर चिपक गई थी और फटी नीली धोती गोल मज़बूत जँघाओं से चिपक गई थी। मैं छाता लेकर उसे बारिश से बचाने के लिए चल दिया। वह मेरे साथ छाते के नीचे आ खड़ी हुई और जब मैंने उसे एक हाथ से गलबाँही दी तो उसने मना नहीं किया। फिर वह कुछ हैरानी से अपना चेहरा, मेरे चेहरे के पास लाई और मैंने झट से उसके होंठों पर हौले से चूम लिया। उसके होंठों से बारिश की बूँदों के साथ पुदीने की खुशबू भी आ रही थी। और फिर, वह मुझे वहीं छोड़कर चली गई। जहाँ मैं उसके लिए हरहराती बारिश में किसी शूरवीर-सा खड़ा भीग रहा था। वह हँसते हुए घर चली गई पर यह भीगना भी मेरे लिए अनमोल रहा।

एक और दिन की बात है, मुझे उसकी पुकार सुनाई दी, ''श्रीमान कोई नाम नहीं....श्रीमान बेनाम!'' पर मैं उसे देख नहीं पा रहा था और कुछ देर खोजने के बाद वह एक चैरी के पेड़ पर आधी ऊँचाई तक चढ़ी हुई दिखी। उसके पैर मज़बूती से तने को जकड़े हुए थे और धोती जाँघों के बीच खोंस ली गई थी, जो गोरी और गोल दिख रही थीं।

''ये तो अभी पकी नहीं हैं,'' मैंने कहा।

''ये कभी नहीं पकतीं। मुझे तो ये हरी और खट्टी ही पसंद हैं। क्या तुम पेड़ पर आओगे?''

''काश मैं इस उम्र में पेड़ पर चढ़ सकता,'' मैंने कहा।

''मेरे दादा तो साठ साल से ऊपर हैं पर वे आसानी से पेड़ों पर चढ़ लेते हैं।''

''वैसे मैं भी साठ साल की उम्र में ऐसा करने में नहीं हिचकूँगा। तब खोने के लिए कुछ खास नहीं बचेगा ना।'' मैं बिना किसी मुश्किल के पेड़ पर चढ़ गया पर ऐसा लगा कि ऊपर वाली टहनियाँ मेरा भार नहीं ले सकेंगी, इसलिए मैं पेड़ की दो मोटी शाखाओं के बीच पैर अड़ाकर खड़ा हो गया। मेरा चेहरा बिनिया की छाती तक आ रहा था। मैंने अपना हाथ उसकी कमर पर रखा और उसकी बाजू के अंदर वाले मुलायम हिस्से को चूमा। वह कुछ नहीं बोली। पर उसने मेरा हाथ थामा और पेड़ पर और ऊपर की तरफ़ चढ़ने में मदद करने लगी और मैंने उसे अपनी बाँह से घेर लिया। मैं खुद को सहारा देने के अलावा उसके और पास होना चाह रहा था।

''बिनिया तुम्हारा ब्याह क्यों नहीं हुआ?'' मैंने पूछा। उन दिनों, सोलह या सत्रह की उम्र तक आते-आते लड़कियों का ब्याह कर दिया जाता था। उसने मुझे बड़ी संजीदगी से देखा और धीरे से बोली, ''मैं एक विधवा हूँ। ब्याह बहुत पहले हुआ था...।''

पूरा चाँद आसमान में ऊँचाई पर है और खिड़की से दिखते बाँज के लंबे पेड़ों से झाँक रहा है। रात कई तरह की आवाज़ों से ज़िंदा है—झींगुर, नाइटज़ार की टूँक-टूँक और घाटी को पारकर, तुम्हारे गाँव से आती ढोल-दमामों और गाने की आवाज़। लोग गा रहे हैं। आज त्योहार का दिन है। तुम्हारे घर में दावत होगी। क्या आज तुम भी गा रही हो? और क्या तुम गाते हुए, हँसते हुए और सहेलियों के साथ नाचते हुए मुझे याद कर रही हो? मैं यहाँ अकेला बैठा हूँ और सिवाय तुम्हारे, मेरा कोई नहीं है, जिसके बारे में मैं सोच सकूँ।

बिनिया...मैं तुम्हारा नाम बार-बार लेता हूँ—मानो तुम्हारा नाम लेने से ही तुम मुझे सुन सकोगी और मेरे पास आ जाओगी, चंद्रमा की रोशनी में नहाए पहाड़ पर चलते हुए...

आज रात चारों ओर आत्माएँ मौजूद हैं। वे पेड़ों के बीच चुपचाप मँडरा रही हैं; वे उस खिड़की के पास चक्कर काट रही हैं, जहाँ मैं बैठा हूँ; वे हवा

पर सवार होकर पूरे घर में चक्कर काटती हैं। पेड़ों की आत्माएँ, पुराने घर की आत्माएँ। पिछले साल यहीं एक बुढ़िया मरी थी। वह पिछले तीस सालों से इसी घर में रहती आ रही थी; उसके वजूद का कुछ हिस्सा अब भी यहीं-कहीं ज़रूर मौजूद होगा। जब मैं उसके पुराने और बड़े दर्पण को देखता हूँ तो कई बार उसके लंबे और सुनहरे बालों के बीच उसका मुरझाया और पीला चेहरा झलकता है। शायद वह मुझे पसंद करती है और घर मेरे लिए शुभ रहा है। बिनिया, क्या उसे तुमसे जलन होगी?

संगीत और नाचने का स्वर तेज़ हो रहा है? मैं आग के अलाव की रोशनी में चमकते तुम्हारे चेहरे की कल्पना कर सकता हूँ। तुम्हारी आँखें हँसी से दमक रही हैं। तुम्हारे पास तुम्हारे सारे अपने हैं और मेरे पास सितारों, छपकों, और दर्पण में छिपे भूत के सिवा कुछ नहीं।

मैं सुबह जल्दी उठ गया, घास पर ओस की बूँदें अभी भी ताज़ा थीं। मैं पहाड़ी से नीचे बहती नदी की ओर बढ़ता चला गया और उस टीले पर जा पहुँचा जहाँ चीड़ का एक पेड़ शान से सिर ताने अकेला खड़ा था और उसकी सुकुमार शाखाओं के बीच हवा 'हू-हू' आवाज़ करती बह रही थी। यह मेरा प्रिय स्थान था, मेरी शक्ति का स्थान, जहाँ मैं समय-समय पर नवजीवन पाने आता था। मैं वहीं घास पर लेटा सपने देखता रहा। मेरे ऊपर आसमान अपने नीलेपन के साथ छाया था। तभी कहीं दूर से एक गिद्ध हवा में ऊँचा उड़ा। मैंने पेड़ों के बीच से कहीं उसकी आवाज़ सुनी या शायद ऐसा लगा कि मैंने उसकी आवाज़ सुनी है। पर मैं जब उसे देखने गया तो मुझे वहाँ कोई नहीं मिला।

मुझे अपनी अक्लमंदी पर कभी गर्व नहीं रहा, मुझे पूरा यकीन था कि चाहे जो भी हो, मैं अधीर नहीं हो सकता; मैंने खुद को यह कभी नहीं सिखाया कि मैं प्यार जैसे भावुक हालात के बीच घिरूँ; यह मेरे हिसाब से अस्थायी और मायावी है। हालाँकि मैं बार-बार यही कहता रहा कि मेरे लिए और उसके लिए भी यह शारीरिक आकर्षण से अधिक कुछ नहीं था, लेकिन मुझे मानना पड़ेगा कि बिनिया के लिए मेरे मन में जो भावनाएँ थीं, वे उन भावनाओं से अलग थीं जो कभी दूसरों के लिए रहीं...बिनिया मेरे लिए किसी और ही दुनिया का प्रतिनिधित्व करती थी—कुछ वन्य, सपनों जैसी, परियों जैसी। वह

मेरे लिए उन आत्माओं से ग्रस्त चट्टानों, पुराने वृक्षों और नई घास जैसी थी। मानो उसने उन सबसे कुछ सोख लिया हो—एक आदिम मासूमियत, समय और घटनाओं के प्रवाह से अछूतापन, वन और पर्वतों से अंतरंगता और इसी ने उसे कुछ खास और जादुई बना दिया था।

और इस तरह, जब तीन, चार और पाँच दिन बीतने पर भी मुझे वह पहाड़ी के पास नहीं मिली, तो मुझे अपने कुंठित प्रेम के आघात सताने लगे : क्या वह मुझे भूलकर कहीं और चली गई थी? क्या हमें एक साथ देख लिया गया था, इसलिए उसे घर में बंद कर दिया गया था? (मुझे तो उसके विधवा होने से कोई आपत्ति नहीं थी पर अगर उन्होंने उसके बर्ताव को लज्जाजनक या विवादित पाया तो गाँववाले उस पर उँगली उठा सकते थे।) क्या वह बीमार थी? या उसे आत्माएँ अपने साथ उड़ा ले गई थीं?

मैं तो जाकर उसके बारे में पता तक नहीं कर सकता था। वे लोग मुझे गाँव से खदेड़ देंगे। यह गाँव सामने की पहाड़ी पर पसरा था, सलेटी पत्थरों से बनी छतों वाले घरों का एक झुंड और सीढ़ीनुमा खेतों का एक नक्शा। मैं खेतों पर खड़ी आकृतियाँ देख सकता था, परंतु वे मुझसे इतनी दूर और छोटी दिख रही थीं कि उन्हें पहचान पाना मुश्किल था।

मुझे एक छोटे लड़के ने बताया कि वह करीब सौ मील दूर अपनी माँ के गाँव में गई हुई थी।

और इस तरह मैं सिर धुनते हुए, मायूसी के बीच बाँज वनों में चक्कर काटता रहा। मधुर कंठ वाली कस्तूरिका, तारसप्तक सुर वाली वसंता और कोमल मुलायम सुर वाले फ़ाख्ता की आवाज़, मुझे मुश्किल से सुनाई दे रही थी। खुशियों के बीच मैं जैसे कुदरत के और नज़दीक हो जाता हूँ पर दुख के समय अपने ही भीतर सिमटने की आदत रही है मुझमें। मैं वक्त और हालात के इस छल पर चिंता करता रहा; मुझे लगा कि बरस बीतते जा रहे थे, बीत चुके थे, मानो पीछे हटती ज्वारभाटे की लहरें, मुझे किसी पानी में तैरते लकड़ी के टुकड़े की तरह सुनसान समंदर की रेत के किनारे छोड़ गई हों। पर इसी समय यह भी लगा कि कस्तूरिका भी मेरा मज़ाक उड़ा रही थी, वह खड्ड की छाया से मुझ पर ताना कसते हुए बोली, "वक्त नहीं बीत रहा, मैं और तुम

बीत रहे हैं, मैं और तुम...''

फिर मैंने जबरन खुद को विषाद से बाहर निकाला। मैंने खुद को जंगल और पहाड़ी से दूर रखा। एक-दो बार मिस पेट्टीबोन से भी मिल आया—वे देहरा के सबसे पुराने बाशिंदों में से हैं। मैंने गाँव की ओर ताका तक नहीं। मैंने खुद को काम में डुबो दिया, थोड़ा अलग तरह से सोचने लगा और लेख लिखा, 'कालसी के लौह स्तंभ पर खुदे लेख'; यह बेहद ज्ञान से भरा, शुष्क और समझदारी से भरा लेख था।

पर रात को अचानक बिनिया की याद धावा बोल देती। मैं सो नहीं पाता था। बत्ती जलाता तो शीशे से वही मुस्कुराती दिखती। उसने उस बूढ़ी औरत की जगह ले ली थी जो एक लंबे अरसे से मुझे उस दर्पण में किसी शुभचिंतक-सी दिखा करती थी।

वे पुराने दिन

मैंने मिस पेट्टीबोन के लिए सार्डिन मछली का टिन ले लिया ताकि उनके उलाहने से बच सकूँ।

"ओह, तो आज तुम्हें इधर की याद आ ही गई," उन्होंने अपने चश्मे से झाँकते हुए मुझे ताना दिया। यह भी हो सकता था कि इस बार मैं तुम्हें ज़िंदा ही न मिलती..." वे बात को बढ़ा-चढ़ा कर कह रही थीं। मैं तो अक्सर उनके पास जाता ही रहता था, पर उन्हें अपने पास आने वाले लोग बहुत भाते थे और वे उन्हें याद दिलाना नहीं भूलती थीं कि वे एक ऐसी बूढ़ी औरत हैं जो कभी भी मर सकती है। और वे अक्सर लोगों को ही अपने हालात का ज़िम्मेदार बना दिया करतीं।

हालाँकि उनकी उम्र पचासी साल की थी पर अभी मरने की दूर-दूर तक कोई संभावना नहीं दिखती थी। वे पहाड़ी पर बने छोटे से कॉटिज में रहती थीं। कॉटिज, जो अत्री गाँव की तरह ही पुरानी थी और किसी को भी पहाड़ी की चोटी पर पहुँचाती प्रतीत होती थी, पर यह पहाड़ी की आधी ऊँचाई पर ही बनी थी। वह सड़क से नहीं दिखती थी क्योंकि वह बलूत और चिनार के पेड़ों की ओट में बनी थी।

"मैं थोड़ा व्यस्त रहा। उम्मीद करता हूँ कि आप स्वस्थ रहीं?"

"मैं शिकायत नहीं कर सकती। मौसम अच्छा रहा और पैड्रे ने मेरे लिए कुछ अंडे भी भिजवाए।"

अगर उन्हें कोई खाने-पीने का सामान देता था तो वे उसकी बहुत सराहना करती थीं। उनकी एक सौ चालीस रुपये की मासिक पेंशन में तो मुश्किल से

दाल और चावल का जुगाड़ होता था पर अक्सर उनके जानकार लोग उन्हें कुछ-न-कुछ देते रहते और कभी-कभी इंग्लैंड से आने वाले पार्सल उनकी भोजन सम्बन्धी सारी कमी पूरी कर देते और उनके पास बात करने के लिए विषय आ जाता।

"मुझे जानकर खुशी हुई कि आपके पास खाने के लिए अंडे हैं। अब तो वे चार रुपये के दर्ज़न आते हैं।"

"हाँ, जानती हूँ। एक वक्त था जब छह आने के दर्ज़न अंडे मिला करते थे।"

"शायद तीस साल पहले की बात है," मैंने कल्पना की।

"नहीं, पच्चीस साल। मुझे तो याद है। मिस टेलर के अंडे सबसे अच्छे होते थे। वह फ़ेयरविले में रहती थी—राजा एस्टेट के पास वाला पुराना घर।"

"क्या उनका अपना पोल्ट्री फ़ार्म था?

"अरे नहीं, उसने मुर्गियाँ रखी हुई थीं। वे कोई खास मुर्गियाँ नहीं थीं, उसने व्हाइट लैगहॉर्न या रोड आईलैंड रैड जैसी नस्ल की नहीं बल्कि आम मुर्गियाँ ही रखी हुई थीं—पर वे बहुत अच्छे अंडे देती थीं; उसे अपने पक्षियों को स्वस्थ रखना आता था...मिस टेलर मेरी दोस्त थी। पता है, वह सबको अपनी मुर्गियों के अंडे नहीं देती थी।"

"ओह सही बात है। मिस टेलर तो अब नहीं रहीं?" मैंने कल्पना करते हुए कहा।

"हाँ, मर चुकी हैं। अब उसकी बहन सब सँभालती है।"

"अच्छा? उन्हें क्या हुआ था?" मुझे एक कहानी की गंध आ रही थी।

"यह भी एक रहस्य ही रहा। मिस टेलर और चारलोट कभी एक-दूसरे के साथ अच्छी तरह नहीं रहीं। समझ नहीं आता कि उन्होंने एक साथ रहने की हामी ही क्यों भरी? जब वे बच्ची थीं, तब भी उनके बीच ठनी रहती थी। पर चारलोट हमेशा ही ज़्यादा बिगड़ी हुई थी—सुंदर भी बहुत थी, तुमने देखा। जब मैंने मिस टेलर को जाना तो वह पैंतीस साल की अच्छे स्वभाव की महिला थी, तुम मेरा मतलब समझ सकते हो। वह घर और खाना-पीना

सँभालती, नियमित तौर पर चर्च जाती और उसे सभी पसंद करते थे। लेकिन चारलोट मूडी और बुरे स्वभाव की औरत थी। वह हमेशा अपने में ही मग्न रहती— माँ-बाप की मृत्यु के बाद, वह हमेशा ऐसी ही रही। वह पीने की भी कुछ ज़्यादा ही शौकीन थी।''

''उनमें से किसी का ब्याह नहीं हुआ था?''

''न—तभी तो वे एक साथ रहती थीं, मैं सोचती। हालाँकि मैं किसी झगड़ालू के साथ रहने की बजाय अकेले रहना ज़्यादा पसंद करती। पर वे आपस में बहनें थीं। चारलोट युवावस्था में कामुक थी और कभी सैनिकों के बीच बहुत जानी जाती थी। उसने बहुत सारे अधिकारियों की ओर से आए विवाह के प्रस्तावों को ठुकरा दिया था और फिर जब उसने विवाह करना चाहा तो उसके लिए कोई प्रस्ताव नहीं बचा था। तब तक उसकी उम्र तीस वर्ष के करीब हो गई थी और वह बहुत ज़्यादा शराब पीने लगी थी। जिन और ब्रांडी उसके मुँह से छूटती नहीं थी। यह उन दिनों सस्ती आती थी। मेरे ख़याल से जिन की बोतल दो रुपए की थी।''

''अरे वाह! मैं तो पूरी एक पीढ़ी देर से पैदा हुआ।''

''यह तो ठीक ही हुआ वरना तुम्हारा चारलोट वाला हाल हुआ होता।''

''क्या उसके शरीर में कँपकँपी रोग हो गया था।''

''नहीं, उसकी काठी मज़बूत थी।''

''क्या आप पीती हैं?''

''ज़्यादा तो नहीं, कभी-कभार ले लेती हूँ। या अगर कोई पिलाए तो...।'' उन्होंने मुझे साभिप्राय देखते हुए कहा।

''क्या आपने कभी मिस चारलोट के साथ बैठकर भी पी थी?''

''न, मैंने ऐसा नहीं किया! मैं उसका साथ पसंद नहीं करती थी। पी कर तो वह बहुत हल्ला मचाती थी। उसे अच्छे-बुरे की तमीज़ नहीं रहती थी। वह नाई के साथ भी संगत कर लेती। एक शाम, वह पी कर खड्ड में गिरी और अपना टखना तुड़वा बैठी।''

''शुक्र है कि उसका सिर नहीं फूटा।''

‘‘नहीं, सिर उसका नहीं फूटा। उसकी बहन मिस टेलर का सिर फूटा था—बेचारी प्यारी औरत।’’

‘‘क्या उसने अपनी बहन का सिर फोड़ा, ऐसा ही हुआ होगा?’’ मैं आगे जानने को बेताब था। ‘‘क्यों, क्या मिस टेलर को चारलोट की नाई से दोस्ती के बारे में पता चल गया था?’’

‘‘कौन जाने कि ये क्या था, पर कुछ ऐसा ही हुआ होगा। खैर, एक रात उनके बीच ज़बर्दस्त लड़ाई हुई। चारलोट नशे में धुत्त थी और मे हमेशा की तरह उसे डपट रही थी।’’

‘‘बेकार! किसी पियक्कड़ को फटकारने से कुछ नहीं होता,’’ मैंने कहा।

मिस पेट्टीबोन ने मेरी बात को अनसुना किया और आगे बढ़ गईं।

‘‘उसने चारलोट के सिर पर खुदा की मार पड़ने जैसी कोई बात कही। पर यह शाप मिस टेलर के सिर आकर पड़ा। चारलोट को अक्सर शराब के नशे के बिना भी दौरा-सा पड़ जाता था—और उसने कोई भारी चीज़ मिस टेलर के सिर पर दे मारी। चारलोट ने कभी नहीं बताया कि वह क्या था। यह कोई बोतल तो नहीं हो सकती थी, या हो सकता है कि उसने बाद में उसके टुकड़े समेट दिए हों। यह जो भी था, बहुत भारी और भोंथरा हथियार था।’’

‘‘जब चारलोट ने देखा कि उसने क्या कर दिया तो उसका दिमाग फिर गया। लोगों ने उसे दो दिन के बाद खंडहरों के बीच अनाप-शनाप बकते हुए भटकते पाया। वह कह रही थी कि अगर मिस टेलर उसके साथ न चिपकी रहती तो शायद उसका ब्याह हो गया होता।’’

‘‘क्या उस पर कत्ल का इल्ज़ाम लगा?’’

‘‘नहीं, सारी बात दबा दी गई। चारलोट को राँची के पागलखाने भेज दिया गया। फिर कभी उसके बारे में कुछ नहीं सुना। मिस टेलर को यहीं दफ़नाया गया। अगर तुम पुराने कब्रिस्तान जाओ तो बाईं ओर से तीसरे नंबर पर, उसकी कब्र है।’’

‘‘मैं किसी दिन ज़रूर जाऊँगा। यह हादसा उन सबके लिए बड़ा ही अजीब रहा होगा, जो दोनों बहनों को जानते थे।’’

''हाँ, मैं कई दिन उदास रही। मुझे मिस टेलर बहुत अच्छी लगती थी। और फिर उनकी मुर्गियाँ बिक गईं और मुझे अपने लिए अंडे कहीं और से खरीदने को मजबूर होना पड़ा, जो बिलकुल बकवास हुआ करते। वे भी क्या दिन थे— अच्छे पुराने दिन—जब अंडे छह आने में एक दर्ज़न और जिन की बोतल दो रुपए में आ जाया करती थी।''

जिन्न की मुसीबत

मेरे दोस्त जिम्मी की सिर्फ़ एक बाँह है। उसने दूसरा हाथ तब खो दिया जब वह पच्चीस साल का युवक था। उसके एक हाथ खो देने की कहानी पर विश्वास करना थोड़ा मुश्किल है, लेकिन मैं कसम खाता हूँ कि यह बिलकुल सच है।

जिम्मी एक जिन्न था और सम्भवत: अब भी है। अब एक जिन्न वास्तव में हमारी तरह इन्सान नहीं होता। एक जिन्न दूसरी दुनिया का आत्मिक प्राणी होता है जो जीवन भर के लिए एक इन्सान का शरीर धारण कर लेता है। जिम्मी एक वास्तविक जिन्न था और उसके पास जिन्न का उपहार था कि वह अपनी बाँह को अपनी इच्छा के अनुसार लम्बा कर पाने में सक्षम था। अधिकांश जिन्न अपनी बाँह को बीस से तीस फीट तक लम्बा कर लेते हैं। जिम्मी चालीस फीट तक लम्बा कर सकता था। उसकी बाँह आकाश में या दीवार के ऊपर या ज़मीन के साथ चल सकती थी, जैसे कि एक सुन्दर लहराता हुआ साँप हो।

मैंने उसे एक आम के पेड़ के नीचे फैला हुआ देखा, पेड़ के ऊपर से पके आम तोड़ने में खुद की सहायता करते हुए। उसे आमों से प्यार था। वह एक जन्मजात भुक्खड़ था और शायद यह उसकी लोलुपता थी, जिसने उसे विलक्षण उपहारों का दुरुपयोग करने की ओर बढ़ाया था।

हम उत्तर भारत के एक हिल-स्टेशन पर स्थित स्कूल में साथ थे। जिम्मी विशेषकर बास्केटबॉल में अच्छा था। वह इतना समझदार था कि अपनी बाँह को ज़्यादा लम्बा नहीं करता था, क्योंकि वह नहीं चाहता था कि कोई और जाने कि वह एक जिन्न था। बॉक्सिंग रिंग में वह सामान्यत: अपनी लड़ाइयाँ जीत जाता

था। उसके प्रतिद्वंद्वी उसकी अद्‌भुत पकड़ से कभी नहीं छूटते प्रतीत होते थे। वह उन्हें नाक पर मारना जारी रखता जब तक कि वह रिंग से रक्तरंजित और बेसुध होकर लौट नहीं जाते थे।

यह अर्द्ध वार्षिक परीक्षा का समय था, जब मैं जिम्मी के राज़ से जा टकराया। हमें अलजेब्रा का एक बहुत ही मुश्किल प्रश्नपत्र मिला था लेकिन मैं सही उत्तर से कुछ पन्ने भरने में कामयाब रहा था और अगले पृष्ठ पर आगे लिखने जा ही रहा था कि मैंने ध्यान दिया कि मेरी मेज़ पर किसी का हाथ है। पहले मुझे लगा कि यह परीक्षक का हाथ है। लेकिन जब मैंने ऊपर देखा, वहाँ मेरे अतिरिक्त कोई और नहीं था। क्या यह वह लड़का हो सकता था जो बिलकुल मेरे पीछे बैठा था? नहीं, वह अपने प्रश्नपत्र में लीन था और उसका हाथ उसके पास था। उसी बीच मेज़ पर के हाथ ने मेरी उत्तरपुस्तिका के पन्नों को पकड़ा और सावधानी से आगे बढ़ गया। उसके अवतरण का पीछा करते हुए मैंने पाया कि वह एक अद्‌भुत लम्बाई और लचीलेपन वाली बाँह से जुड़ा है। वह चोरी से मेज़ के नीचे घूमा और फ़र्श पर रेंगता हुआ, और यह सब करते हुए खुद को समेटता हुआ, तब तक अपनी सामान्य लम्बाई तक पहुँच गया था। इसका मालिक बेशक वही था, जो कभी अलजेब्रा में अच्छा नहीं था।

मुझे मेरे उत्तर दूसरी बार लिखने पड़े, लेकिन परीक्षा के बाद मैं सीधा जिम्मी के पास गया, उससे कहा कि मुझे उसका खेल पसन्द नहीं आया और उसका भंडाफोड़ कर देने की धमकी दी। उसने मुझसे अनुनय किया कि मैं यह बात किसी को नहीं जानने दूँ, आश्वासन दिया कि वह वास्तव में अपनी सहायता नहीं कर सका था और यह प्रस्ताव रखा कि जब भी मैं चाहूँगा वह मेरी सेवा के लिए हाज़िर रहेगा। जिम्मी को दोस्त के रूप में पाना मेरे लिए भी ललचाने वाला था, क्योंकि ज़ाहिर है कि अपनी लम्बी पहुँच की वजह से वह बहुत उपयोगी होगा। मैं चोरी के पन्नों के मसले को भूलने के लिए सहमत हो गया और हम सबसे अच्छे दोस्त बन गये।

मुझे यह जानने में ज़्यादा समय नहीं लगा कि जिम्मी का उपहार एक रचनात्मक सहायता से अधिक अवरोधक ही है। ऐसा इसलिए था कि जिम्मी के पास निम्न दर्जे का दिमाग था और वह यह नहीं जानता था कि अपनी शक्तियों

का सही उपयोग कैसे करे। वह कदाचित ही तुच्छ चीज़ों से ऊपर उठ पाता था। वह अपनी लम्बी बाँह का उपयोग मिठाई की दुकान, कक्षा में, छात्रावास में करता था और जब हमें सिनेमा देखने की अनुमति मिलती तो वह इसे हॉल के अँधेरे में इस्तेमाल करता।

अब जिन्न के साथ यह समस्या है कि लम्बे, काले बालों वाली स्त्रियाँ उनकी कमज़ोरी हैं। जितने लम्बे और काले बाल हों, जिन्न के लिए उतना बढ़िया है और अगर जिन्न अपनी मनचाही स्त्री को वश में करने में कामयाब हुआ तो वह नष्ट होने लगती है और उसकी सुन्दरता का क्षय होने लगता है। उसका सब कुछ बर्बाद हो जाता है, सिर्फ़ सुन्दर लम्बे, काले बालों के अलावा।

जिम्मी इस तरह किसी को वश में करने के लिए बहुत छोटा था, लेकिन वह लम्बे, काले बालों को छूने और उन पर हाथ फेरने से खुद को रोक नहीं पाता था। उसकी इस सनक की तुष्टि के लिए सिनेमा सबसे बढ़िया जगह थी। उसकी बाँह लम्बी होनी आरम्भ हो जाती, उसकी उँगलियाँ सीटों की पंक्ति के साथ बढ़तीं रास्ता तलाशतीं और उसका लम्बा अंग गलियारे में अपना काम करता रहता जब तक उस सीट के पीछे नहीं पहुँच जाता, जहाँ उसकी प्रशंसा का पात्र बैठा होता। उसके हाथ उसके काले बालों को बहुत ही कोमलता से सहलाते और अगर लड़की को कुछ महसूस होता और वह अपने चारों ओर देखती, तो जिम्मी का हाथ सीट के पीछे गायब हो जाता और वहाँ साँप की केंचुली की तरह पड़ा रहता, फिर से प्रहार करने के लिए।

दो या तीन साल बाद कॉलेज में, जिम्मी का पहला शिकार उसके ध्यानाकर्षण की वजह से मारा गया। वह अर्थशास्त्र की व्याख्याता थी, देखने में बहुत सुन्दर नहीं थी लेकिन उसके बाल काले और चमकदार, लगभग उसके घुटनों तक पहुँचते थे। वह अक्सर उनकी चोटियाँ बना कर रखती थी, लेकिन एक सुबह जिम्मी ने उसे देखा, जब उसने अभी सिर धोया ही था और उसके बाल चारपाई पर बिखरे हुए थे, जिस पर वह झुकी हुई थी। जिम्मी खुद को और ज़्यादा वश में नहीं रख सका। उसकी आत्मा, उसके व्यक्तित्व का मूलतत्व उस औरत के शरीर में घुस गया और अगले दिन वह व्याकुल, बुखार-सा महसूस करती हुई और उत्तेजित थी। वह खा नहीं पा रही थी और कोमा में चली गयी

और कुछ दिनों में ही हड्डियों का ढाँचा भर रह गयी। जब वह मरी तो उसके अन्दर त्वचा और हड्डी के अलावा कुछ नहीं बचा था, लेकिन उसके बालों ने अपना लुभावना रूप नहीं छोड़ा था।

मैंने इस दु:खद घटना के बाद जिम्मी को टालने के लिए बहुत दर्द झेला। मैं यह प्रमाणित नहीं कर सकता था कि वह उस स्त्री की दु:खद मृत्यु का कारण है, लेकिन अपने हृदय में मैं इस बात के लिए निश्चित था, क्योंकि जिम्मी से मिलने के बाद मैं जिन्न के बारे में बहुत कुछ पढ़ चुका था और उनके तरीकों को जानता था।

हमने कुछ सालों तक एक-दूसरे को नहीं देखा। और फिर पिछले साल पहाड़ों पर छुट्टियाँ बिताते हुए मैंने पाया कि हम दोनों एक ही होटल में ठहरे हुए हैं। मैं उसे नज़रअन्दाज़ नहीं कर पाया और जब हमने कुछ बियर साथ पी ली तो मुझे यह महसूस होने लगा कि शायद मैंने जिम्मी को गलत समझा है और वह एक गैर ज़िम्मेदार जिन्न नहीं है जो मैंने समझ लिया था। शायद कॉलेज की व्याख्याता किसी रहस्यमय रोग की वजह से मरी जो सिर्फ़ कॉलेज की व्याख्याताओं पर ही आक्रमण करता था और जिम्मी का उससे कोई लेना-देना नहीं था।

हमने मुख्य व्यस्त सड़क के ठीक नीचे के एक घास के टीले पर दोपहर का भोजन और कुछ बोतल बियर पीने की सोची। दोपहर ढलने लगी थी और मैं बियर के प्रभाव की वजह से सो गया था। जब जागा तो पाया कि जिम्मी बहुत उत्तेजित दिख रहा था।

"क्या बात है?" मैंने पूछा।

"वहाँ ऊपर, देवदार के पेड़ के नीचे," उसने कहा। "सड़क के ठीक ऊपर। क्या तुम उन्हें देख नहीं सकते?"

"मैं दो लड़कियों को देख रहा हूँ," मैंने कहा, "तो क्या?"

"वह जो बायें है। क्या तुमने उसके बालों पर ध्यान नहीं दिया?"

"हाँ, वे बहुत लम्बे और सुन्दर हैं और—अब देखो जिम्मी, बेहतर होगा कि तुम खुद पर नियन्त्रण रखो।" लेकिन उसका हाथ पहले ही नज़र से ओझल हो चुका था, उसकी बाँह पहाड़ी के किनारे और सड़क के पार रेंग रही थी।

मैंने देखा कि वह हाथ किन्हीं झाड़ियों से निकलकर और सावधानी से उस काले केशों वाली लड़की की ओर बढ़ रहा था। जिम्मी समय बिताने के अपने इस प्रिय कार्य में इतना व्यस्त था कि वह हॉर्न का बजना भी नहीं सुन पाया। सड़क के मोड़ से एक तेज़ मर्सिडीज बेंज ट्रक चला आ रहा था।

जिम्मी ने ट्रक देखा लेकिन उसके लिए समय नहीं बचा था कि वह अपनी बाँह को खींच कर सामान्य कर सके। वह सड़क की पूरी चौड़ाई पर पड़ा हुआ था और जब ट्रक इसके ऊपर से गुज़रा, वह दर्द से छटपटाया और तड़पा जैसे कि एक घायल अजगर हो।

इससे पहले कि ट्रक चालक या मैं चिकित्सक को लाते, बाँह (जो कुछ भी उसका शेष बचा था) अपने साधारण आकार में लौट चुकी थी। हम जिम्मी को अस्पताल ले गये और चिकित्सकों को यह ज़रूरी लगा कि उसका हाथ काट दिया जाये। ट्रक चालक जो इस बात को लगातार दोहरा रहा था कि जिस बाँह पर उसने गाड़ी चढ़ायी, वह कम-से-कम तीस फीट लम्बी थी, उसे शराब पीकर गाड़ी चलाने के जुर्म में हिरासत में ले लिया गया।

कुछ हफ़्तों बाद मैंने जिम्मी से पूछा, ''तुम इतने अवसाद में क्यों हो? तुम्हारे पास अब भी एक हाथ है। क्या वह भी उसी तरीके से प्रतिभा सम्पन्न नहीं?''

''मैंने कभी जानने की कोशिश नहीं की,'' उसने कहा, ''और अब मैं कोशिश भी नहीं करूँगा।''

वह बेशक दिल से अब भी एक जिन्न था और जब भी किसी लम्बे बालों वाली लड़की को देखता, वह बहुत ही भयानक रूप से अपने एक बढ़िया हाथ को प्रयोग करने के लिए ललचाता और उसके सुन्दर बालों को सहलाना चाहता था। लेकिन उसने अपना सबक सीख लिया था। बिना किसी वरदान के एक इन्सान बनना ज़्यादा सही था, बनिस्पत एक जिन्न या एक अति प्रतिभाशाली के जिसके पास कई उपहार हों।

हवा की सरगोशी

मार्च शायद पहाड़ों के लिए सबसे असुविधाजनक महीना है। वर्षा ठंडी होती है और अक्सर हिम वृष्टि और ओले पड़ते हैं और उत्तर से आती हवा पहाड़ी रास्तों को भयंकर ताकत से चीरती आती है। जो थोड़े से लोग सर्दियाँ हिल-स्टेशन पर बिताते हैं, आग के पास बने रहते हैं। अगर वे आग का खर्च वहन नहीं कर सकते तो बिस्तर पर रहते हैं।

मैंने पाया कि वृद्ध मिस मैकेन्ज़ी तीन-चार पानी की बोतलों के साथ बिस्तर पर सिकुड़ी हुई हैं। मैंने शयनकक्ष में पड़ी इकलौती आरामकुर्सी ली और कुछ समय तक मैं और मिस मैकेन्ज़ी तूफ़ान को सुनते रहे और बिजली की क्रीड़ा देखते रहे। बारिश टिन की छत पर भयानक शोर कर रही थी और हमें एक-दूसरे को सुन सकने के लिए अपनी आवाज़ें बहुत ऊँची करनी पड़ रही थीं। पहाड़ियाँ वर्षा की बूँदों से भरी खिड़कियों से देखने की वजह से बहुत धुँधली और अस्पष्ट लग रही थीं। हवा दरवाज़ों को पीटती, घुसने के लिए आतुर थी; वह चिमनी में उतर आयी थी, लेकिन वहाँ अटकी, घुटी हुई, गरगराती अपना विरोध दर्ज कर रही थी।

''चिमनी में एक भूत है और वह बाहर नहीं आ पा रहा,'' मैंने कहा।

''फिर उसे वहीं रहने दो,'' मिस मैकेन्जी ने कहा।

एक चमकदार बिजली की कौंध ने विपरीत दीवार को रोशन किया तो कुछ क्षणों के लिए मुझे खंडहर के ढेर नज़र आये जिनके बारे में मैं नहीं जानता था।

''तुम जली हुई पहाड़ियों को देख रहे हो,'' मिस मैकेन्जी ने कहा। ''जब

भी तूफ़ान आता है तो वहाँ बिजली गिरती है।''

''शायद वहाँ पत्थरों में लौह भंडार है,'' मैंने कहा।

''मैं नहीं जानती, लेकिन यही वजह है कि वहाँ बहुत दिनों से कोई नहीं रहा। लगभग हर घर जो बनाया गया बिजली की चपेट में आकर जल गया।''

''मुझे लगा, मैंने अभी खंडहर देखे।''

''कुछ नहीं बस मलबा है। जब वे पहली बार पहाड़ों पर रहने आये तो उन्होंने यह स्थल चुना था। बाद में वे उस जगह पर चले गये जहाँ अभी शहर बसा है। जली हुई पहाड़ियाँ हिरण और तेंदुओं और बन्दरों—और बेशक इनके भूतों के लिए छोड़ दी गयीं।''

''ओह, तो यह भी भुतहा है।''

''ऐसा वे कहते हैं। ऐसी शामों में। लेकिन तुम भूत पर भरोसा नहीं करते, क्या करते हो?''

''नहीं, क्या आप करती हैं?''

''नहीं, लेकिन तुम समझोगे कि वह ऐसा क्यों कहते हैं कि पहाड़ी भुतहा है, जब तुम उसकी कहानी सुनोगे। सुनो।''

मैंने सुना लेकिन शुरू में मैं कुछ नहीं सुन सका, बस हवा और बारिश की आवाज़ के अलावा। फिर मिस मैकेन्जी की साफ़ आवाज़ सभी तत्वों की आवाज़ से ऊँची हो गयी और मैंने उन्हें कहते सुना—

''...यह बदनसीब प्रेमियों की पुरानी कहानी है, बस यह सच है। मैं रॉबर्ट से उसके माता-पिता के घर में कुछ हफ़्तों पहले ही मिली थी जब यह घटना घटी। वह अट्ठारह साल का था, लम्बा, जीवन और पौरुष से भरा हुआ। उसका यहीं जन्म हुआ था, लेकिन उसके माता-पिता यह उम्मीद रखते थे कि रॉबर्ट के पिता की सेवानिवृत्ति के बाद वे इंग्लैंड लौट जायेंगे। उसके पिता न्यायाधीश थे, मुझे लगता है—लेकिन इसका इस कहानी से कोई सम्बन्ध नहीं।

''उनकी योजना उस तरह से कार्यान्वित नहीं हो सकी, जैसा वे चाहते थे। तुम समझ सकते हो, रॉबर्ट प्यार में पड़ गया। किसी अंग्रेज़ लड़की के नहीं, ध्यान दो, लेकिन एक पहाड़ी लड़की के, जली हुई पहाड़ियों के पीछे गाँव के ज़मींदार की बेटी के। आज के समय में यह बात बहुत सामान्य है। पच्चीस साल

पहले, ऐसी बात सुनने में भी नहीं आती थी। रॉबर्ट को टहलना पसन्द था और वह जंगल के बीच लम्बी पैदल यात्रा के लिए निकला हुआ था, जब उसने उस लड़की को देखा बल्कि सुना। यह बाद में कहा गया कि वह उसकी आवाज़ के प्यार में पड़ गया था। वह गा रही थी और गीत—मंद और मधुर और उसके कानों के लिए अजनबी—उसके दिल में अटक गया। जब उसने उस लड़की के चेहरे की झलक देखी, वह मायूस नहीं हुआ। वह जवान और खूबसूरत थी। उसने उसे देखा और उसकी हतप्रभ दृष्टि को एक हल्की, क्षणिक मुस्कान दी।

''बेचैन रॉबर्ट ने गाँव में पता किया, लड़की के पिता का पता लगाया और बिना किसी ज़्यादा झमेले के शादी के लिए उसका हाथ माँगा। उसे शायद लगा कि एक साहब का ऐसा अनुरोध अस्वीकार नहीं किया जायेगा। लेकिन यह बात भी थी कि यह उसका बड़प्पन था क्योंकि उसकी जगह कोई और जवान लड़का होता तो उस लड़की को जंगल में ही मोह लेने की कोशिश करता। लेकिन रॉबर्ट प्यार में था और इसलिए अपने व्यवहार में बिलकुल अतार्किक।

''बेशक लड़की के पिता को उस प्रस्ताव से कुछ लेना-देना नहीं था। वह ब्राह्मण था और अपने परिवार का नाम अपनी एकमात्र लड़की की शादी एक विदेशी से करके नष्ट नहीं करना चाहता था। रॉबर्ट ने उसके पिता के साथ बहस नहीं की, न ही उसने अपने माता-पिता को कुछ कहा, क्योंकि उसे पता था कि उनकी प्रतिक्रिया सदमे और बेचैनी की होगी। वे अपने सामर्थ्य के अनुसार वह सब कुछ करेंगे जो उसके इस पागलपन पर विराम लगाये।

''लेकिन रॉबर्ट ने जंगल में घूमना जारी रखा—तुम वहाँ देखो—सिन्दूर और देवदार के पेड़ों की सघन पट्टी और उसका हमेशा उस लड़की से सामना होता, जब वह चारा या ईंधन बटोर रही होती। ऐसा लगता था कि वह उसके ध्यान देने से बुरा नहीं मान रही और चूँकि रॉबर्ट उसकी भाषा थोड़ी बहुत जानता था, वह जल्दी ही अपनी भावना उसके सामने व्यक्त करने में सक्षम हुआ। वह लड़की शुरू में थोड़ी सतर्क ज़रूर थी, लेकिन उस लड़के की संज़ीदगी ने उसके आत्मसंयम को ध्वस्त कर दिया। आखिरकार, वह भी युवा थी—एक समर्पित युवा पुरुष से बिना उसकी पृष्ठभूमि के बारे में ज़्यादा विचार किये प्रेम कर पाने के लिए पूरी तरह युवा। वह जानती थी कि उसके पिता इसे रोकने के लिए कुछ

भी करेंगे। इसलिए उन्होंने साथ भागने की ठानी। यह रूमानी है ना, नहीं? लेकिन ऐसा ज़रूर हुआ। सिर्फ़ वे जीवन भर प्रसन्नतापूर्वक साथ नहीं रह पाये।''

''क्या उनके माता-पिता उनके पीछे आये?''

''नहीं। वे जली हुई पहाड़ी की एक तबाह इमारत के पीछे मिलने के लिए राज़ी हुए—ये खंडहर जो तुमने अभी देखे; ये बहुत नहीं बदले हैं, बस इनके ऊपर तब थोड़ी-सी छत हुआ करती थी। उन्होंने घर छोड़ दिया और पहाड़ियों के रास्ते बिना किसी परेशानी के आगे बढ़े। मिलने के बाद उन्होंने वह छोटा रास्ता लेने का विचार किया जो धारा के साथ जाता था जब तक कि मैदान तक नहीं पहुँच जायें। उसके बाद—लेकिन कौन जानता है कि उन्होंने क्या योजना बनायी थी, भविष्य के कौन से सपने उन्होंने बुने थे? उनके खंडहर पहुँचते ही तूफ़ान आ गया। उन्होंने टपकती हुई छत के नीचे आश्रय लिया। वह ऐसा ही एक तूफ़ान था—तेज़ हवा और बारिश और ओले की तीव्र बौछार, और लगभग हर मिनट चमकती और गिरती बिजली। वे ज़रूर पूरे गीले हो गये होंगे, ध्वस्त इमारत के कोने में साथ दुबके हुए, जब बिजली गिरी। कोई नहीं जानता कि यह कब हुआ। लेकिन अगली सुबह उनके जले हुए शरीर पुराने भवन के जीर्ण पीले पत्थर पर मिले।''

मिस मैकेन्जी ने बोलना बन्द कर दिया और मैंने यह ध्यान दिया कि मेघों की गर्जना थोड़ी दूर से आती लग रही थी और बारिश भी कम हो गयी थी; लेकिन चिमनी अब भी खाँस रही थी और अपना गला साफ़ कर रही थी।

''यह सही है, इसका हर शब्द,'' मिस मैकेन्जी ने कहा, ''लेकिन जहाँ तक जली पहाड़ी के प्रेतग्रस्त होने का प्रश्न है, यह अलग बात है। मुझे भूतों का कोई अनुभव नहीं हुआ है।''

''जो भी हो, आपको आग की ज़रूरत है, उन्हें चिमनी से दूर रखने के लिए,'' मैंने जाने के लिए उठते हुए कहा ''मेरे पास बरसाती और छाता है, और मेरा अपना कॉटेज दूर नहीं है।''

अगली सुबह जब मैंने जली हुई पहाड़ियों तक का ढलवाँ रास्ता लिया, आकाश साफ़ था जबकि हवा अब भी कठोर थी, यह अब बिलकुल भी खतरनाक नहीं थी। एक घंटे की चढ़ाई मुझे पुराने खंडहर तक ले आयी—वह

अब कुछ भी नहीं बस पत्थरों का ढेर था, जैसा कि मिस मैकेन्जी ने कहा था। दीवार का एक हिस्सा बचा था और अलाव का एक कोना। घास और खरपतवार फ़र्श पर उग आये थे और वसन्ती गुलाब और चट्टानों पर उग आने वाला जंगली सैक्सोफ्रेज़ पौधा मलबे पर खिल रहा था।

'कहाँ शरण ली होगी उन्होंने,' मैंने सोचा, 'जब हवा ने उन्हें चीरा होगा और आसमान से आग गिरी होगी।' मैंने ठंडे पत्थरों को छुआ, इस अधूरी उम्मीद के साथ कि उन पर मनुष्य के स्पर्श की ऊष्मा के कुछ अंश मुझे मिल जायें। मैंने सुना, किसी प्राचीन प्रतिध्वनि की प्रतीक्षा में, आवाज़ की कोई लौटती तरंग जो कि मुझे मृत प्रेमियों की आत्माओं के करीब ले जाये; लेकिन वह सिर्फ़ हवा थी, लुभावने देवदारों के बीच खाँसती हुई।

मुझे लगा कि मैंने हवा में आवाज़ें सुनीं, और शायद मैंने सुना, क्योंकि क्या यह हवा शाश्वत मृतक की आवाज़ नहीं है?

पिछली बार जब मैंने दिल्ली देखी

मेरे पास यह पुराना और धुँधला-सा निगेटिव तो बरसों से पड़ा था और मैंने कभी उसे धुलवाने के बारे में नहीं सोचा। यह माँ, पिता जी और मेरी तस्वीर थी। तब मैं दो साल का था और उस दिन हम तीनों पिकनिक मनाने गए थे।

मेरे पास पारिवारिक तस्वीरें ज़्यादा नहीं थीं और ये निगेटिव हल्का पीला और धब्बेदार हो चुका था।

फिर पिछले सप्ताह, जब मैं दिल्ली के एक अस्पताल में भर्ती अपनी माँ से मिलने गया जो ऑप्रेशन होने का इंतज़ार कर रही थीं, तो मुझे उस निगेटिव का ख़याल आया, और मैंने यह तय किया कि मैं अपनी माँ के लिए उसे धुलवा कर प्रिन्ट निकलवा लूँगा।

तो यह रही तस्वीर, मैं इसे माँ को देने के लिए ले जा रहा हूँ। वह लेडी हार्डिंग अस्पताल में अपनी बाईं छाती निकलवाने के लिए इंतज़ार कर रही हैं।

फरवरी की शुरुआत होने की वजह से मौसम में हल्की ठंड थी और हवा चल रही थी। हालाँकि, सूरज गायब था और मैं एक छोटी टैक्सी की पिछली सीट पर बैठा नई दिल्ली के इलाकों से गुज़र रहा था।

मैं दो दिन पहले ही दिल्ली आया था; माँ ने खत में अपने ऑप्रेशन की जानकारी देने के साथ-साथ मिलने का आग्रह भी किया था। मैं इतने सालों से उनके साथ एक दूरी बनाकर रहा, क्योंकि मुझे लगता था कि वे अपने चार बेटों और दो बेटियों से भरे परिवार में मग्न होंगी—उस बड़े से परिवार में जाकर मुझे बड़े ही बेगानेपन का एहसास होता था। जब उन्होंने मेरे पिता को

तलाक देने के बाद दोबारा विवाह किया तो कुछ ही बरसों के बाद विधवा हो गईं। इसके बाद उन्होंने फिर से ब्याह किया और तभी से अपने घर-संसार में मग्न थीं। इन सब बातों के बावजूद वे हमेशा मेरे संपर्क में रहीं—मेरे बार-बार घर बदलने और लगातार यात्राओं के बावजूद उन्होंने मेरी खोज-खबर लेना नहीं छोड़ा। वहीं दूसरी ओर, मैं बस हर साल एक क्रिसमस कार्ड भेजकर ही अपना कर्तव्य निभा देता। हम दोनों निकट भले ही न हों पर हमारे बीच दूरी भी नहीं थी।

मेरी टैक्सी के दूसरी ओर, सड़क पर खाते-पीते सम्पन्न पंजाबी परिवारों के घर थे, जो 1947 में दिल्ली में शरणार्थी बनकर आए और अब राजधानी की आधी से ज़्यादा आबादी उनकी ही थी। मेहनती, मोटे-ताज़े और हमेशा आगे की सोचने वाले लोग। तीस साल पहले, उस सड़क के दोनों ओर, दूर-दूर तक खेत दिखाई देते थे। अरावली के बाहरी हिस्से रिज में जंगल हुआ करता था, जिनमें काले हिरण घूमा करते थे। फ़िरोज़ शाह की चौदहवीं सदी में बनी शिकारगाह अपने एकांत में शान से आज भी खड़ी है पर इसे पैट्रोल पंप ने छिपा दिया है और यह बसों, कारों, स्कूटर-रिक्शा और ट्रकों की आवाज़ों में कहीं खो गई है। मोर वनों से उड़ गए हैं और काले हिरण अब दिखाई नहीं देते। बस सियार रह गए हैं। जब आज से हज़ारों साल बाद, आखिरी इंसान भी इस संक्रमित ग्रह को छोड़कर किसी दूसरे ग्रह पर बसने जा रहा होगा, तब भी यहाँ कौए और सियार बचे रहेंगे, वे हमारे छोड़े हुए अवशेष पर ही अनेक वर्षों तक जीवित रहेंगे।

अस्पताल में प्रवेश का सही मार्ग खोजना कठिन हो रहा था, क्योंकि पंचकुइयां रोड के फुटपाथ पर ही चाय के खोखे, फ़र्नीचर की दुकानें और कबाड़ माल का जमावड़ा था। एक पानी निकालने का बम्बा दरवाज़े के पास ही लगा था और सारी सड़क पर गंदा पानी बहने से कीचड़ हो गया था।

मेरी माँ एक छोटे वार्ड में थीं। वह धूपदार कमरा था। एक साँवली-सी दक्षिण भारतीय नर्स माँ के पास थी। उसने कहा, ''एक मिनट!'' फिर वह चार्ट पर कुछ लिखने लगी।

मेरी माँ ने मुझे एक भीनी-सी मुस्कान देते हुए पास आने का इशारा

किया। उनके गालों पर हल्की लाली थी, शायद बुखार की वजह से रही होगी। वैसे वे पूरी तरह से ठीक लगीं। मुझे यह यकीन नहीं हो रहा था कि कल होने वाले ऑप्रेशन के बाद भी उन्हें मुश्किल से बस एक साल और जीने की मोहलत मिल सकेगी।

''आपकी तबीयत कैसी है?'' मैंने पूछा।

''मैं ठीक हूँ। बढ़िया। वे कल सुबह ऑप्रेशन कर देंगे। बस मेरी सिगरेट बंद करवा दी है।''

''क्या आप पी सकती हैं, मतलब आपकी रम वगैरह?'' मैंने कहा।

''नहीं, ऑप्रेशन के कुछ दिन बाद तक बंद रखनी होगी।''

उनके बालों में चाँदनी झलक रही थी। चौंसठ साल की उम्र में बालों की सफ़ेदी लाज़िमी ही थी। इसके अलावा उनमें कोई ज़्यादा बदलाव नहीं आया था; वही छोटा-सा चिबुक और चेहरा, जीवंत भूरी आँखें। यह उनकी माँ का नहीं, पिता का चेहरा था।

नर्स ने हमें अकेला छोड़ दिया। मैंने तस्वीर निकालकर माँ के हाथ पर धर दी।

''यह निगेटिव कई बरसों से मेरे पास ही था। मैंने कल ही इसे धुलवाया है।''

''मैं चश्मे के बिना देख नहीं सकती।''

चश्मा पलँग के पास बने लॉकर में रखा था। मैं उन्हें चश्मा देता हूँ। वह उसे लगाकर तस्वीर को ध्यान से देखती हैं।

''तुम अपने पिता के बड़े दुलारे थे।''

''पता है। कई बार लगता है कि वे अब भी मुझे निहार रहे हैं और यह सोचकर मन को बहुत दिलासा मिलती है।''

''स्कूल खत्म होने के बाद, उनकी किताबों की विरासत ही तुम्हें जर्सी ले गई थी, याद है ना?''

''हाँ।''

''शायद वही थे, जिन्होंने तुम्हारे लिए कुछ छोड़ा। मेरे पास तुम्हें देने के लिए कुछ नहीं है।''

''आप अच्छी तरह जानती हैं कि मैं पैसे की परवाह नहीं करता। पिता ने मुझे लिखना सिखाया। मेरे लिए यही विरासत अनमोल है।''

''और मैंने तुम्हें क्या सिखाया?''

''कह नहीं सकता...शायद आपने हमेशा हर हाल में मग्न और मस्त रहना सिखाया।''

वे यह सुनकर खुश हो गईं और बोलीं, ''बिलकुल ठीक, मैं तो हमेशा कड़े से कड़े वक्त में भी पूरा आनंद लेती आई हूँ। पर तुम्हारे पिता को जीवन का आनंद उठाना नहीं आता था। यही वजह थी कि हमारे बीच झगड़े होते थे और फिर हम अलग हो गए।''

''वे आपसे उम्र में बहुत बड़े थे।''

''तुमने हमेशा मुझे दोषी माना कि मैंने उन्हें छोड़ दिया, है ना?''

''मैं उस समय बहुत छोटा था और आप अचानक हमें छोड़कर चली गईं। पिता को मेरी सँभाल करनी पड़ी और उनके लिए यह सब करना आसान नहीं था। वे बीमार रहते थे, इसलिए मेरा आपको कसूरवार मानना स्वाभाविक ही था।''

''वे मुझे तुम्हें अपने साथ नहीं ले जाने देते।''

''क्योंकि, आप दूसरी जगह ब्याह जो कर रही थीं।''

मैंने बात बदल दी; यह मसला तो सालों पहले पीछे छूट गया। मैं यहाँ पिता की वकालत करने नहीं आया, और नए सिरे से सब चालू करने का वक्त भी निकल गया है।

और अचानक शहर सर्दियों वाली बारिश की चपेट में आ गया। खुली खिड़की से आती बारिश से भीगी धरती की सोंधी गंध ने अस्पताल की दवाइयों और कीटाणुनाशकों की गंध को दबा दिया। नर्स ने वापस आकर कहा कि डॉक्टर राउंड पर आने ही वाले हैं। मैं शाम को या फिर कल सुबह ऑप्रेशन से पहले मिलने आ सकता हूँ।

''शाम को आना,'' माँ ने कहा। ''वे लोग भी यहीं होंगे।''

''मैं दूसरों से मिलने नहीं आया,'' मैंने रुखाई से जवाब दिया। ''मुझे उनसे क्या लेना-देना।''

‘‘वे तुमसे मिलना चाहते हैं।’’ ‘वे’ यानी मेरे सौतेले पिता और भाई।

‘‘मैं उन्हें कल सुबह मिल लूँगा।’’

‘‘ठीक है, जैसा तुम चाहो...’’

और फिर मैं सड़क पर निकल आया। फुटपाथ पर खड़े-खड़े ऐसे ट्रैफ़िक को देखने लगा, जिसमें हर वाहन, अपने साथ चल रहे वाहन से आगे निकलने की होड़ में था। अस्पताल के गलियारों में भी हॉर्न की तेज़ आवाज़ें सुनी जा सकती थीं पर वे सभी शोर के इतने आदी हो गए थे कि इस ओर ध्यान ही नहीं देते थे। शायद बीमार या मरणासन्न यह सोच कर दुखी होते होंगे कि लोग अब भी बेपरवाह हैं और दूसरे की सुरक्षा की रत्ती भर परवाह नहीं करते! दिल्ली में लोगों के बीच आगे निकलने की ज़बरदस्त होड़ रहती है, वे सब कुछ पहले पा लेना चाहते हैं...शायद दूसरे नंबर पर आने वालों को कोई नहीं पूछता।

जब मैंने एक स्कूटर रिक्शा को रोका तो वह मुझसे थोड़ी दूरी पर जा कर ठहरा, कोई मुझे कोहनी से धकेलते हुए, खुद उसमें जाकर बैठ गया। इसी से दिल्लीवालों का नज़रिया और दर्शन साफ़ झलकने लगा।

मैं फुटपाथ पर खड़ा दूसरा स्कूटर मिलने की प्रतीक्षा करने लगा, जो नहीं आया। दिल्ली में दौड़ में दूसरे नंबर पर आने का मतलब यही है कि आप रेस हार गए।

मैं अपने छोटे से होटल की ओर पैदल ही लौटा। जाने क्यों लग रहा था कि वह माँ से मेरी आखिरी मुलाकात थी।

छोटी-सी शुरुआत

बारिश का मौसम बीत रहा था और सितम्बर के उस दिन पहली बार धूप खिली थी और मैं चीड़ के पेड़ों से पटी उस टेकरी पर पहुँचा जिस जगह मुझे शान्ति और बल मिलता था।

मसूरी...कभी सोचा भी नहीं था कि यह वह जगह होगी जहाँ पहुँचकर मैं आखिरकार बस जाऊँगा।

मेरी माँ का एक ऑप्रेशन हुआ, जिसके बाद जल्दी ही वह चल बसीं और कुछ समय बाद ही मैं देहरा लौट आया। ज़िन्दगी अपने ढर्रे पर चलने लगी थी। लेकिन ज़्यादा दिन नहीं चली, क्योंकि एक दिन मेरे नाम एक कानूनी चिट्ठी आई जिससे मुझे पता लगा कि मसूरी में एक मकान का मालिकाना हक मुझे विरासत में मिला है। और वह भी और किसी से नहीं, केन अंकल से। बढ़ा-चढ़ा के नहीं कह रहा हूँ, मैं सचमुच सन्न रह गया था। मुझे तो कोई खबर भी नहीं थी कि केन अंकल इंग्लैंड से हिन्दुस्तान वापस लौट आए थे और उससे भी बुरा तो यह था कि मुझे न तो उनका कोई अता-पता पता था और न अब तक उनकी मौत की जानकारी थी। सब कुछ जानने की जल्दी ने मुझे बेचैन कर दिया था। क्या केन अंकल मुझे इतना चाहते थे कि मेरे लिए मकान—अपना मकान—मेरे नाम कर गए? उन्होंने इतने साल मुझसे मिलने, बात करने की कोशिश क्यों नहीं की? मसूरी कोई देहरा से ज़्यादा दूर भी तो नहीं था।

इन तमाम सवालों के बोझ से दबा मैं अपनी इस विरासत पर नज़र डालने के लिए निकल पड़ा। मायूसी हाथ नहीं लगी—एक पहाड़ी की ढलान पर था वह कॉटेज—कुटिया जैसी बनावट वाला छोटा-सा दिलकश बंगला, जहाँ से बेहतरीन नज़ारा दिखाई देता था।

मैं सोचने लगा कि अब मुझे क्या करना चाहिए। शायद मेरे लिए उस कॉटेज को किसी और को बेच, उसे भूल जाना बेहद आसान था। लेकिन क्या केन अंकल चाहते कि ऐसा हो ? हो न हो, उन्हें अपना घर अच्छा ही लगता होगा और ज़रूर वह यही चाहते होंगे कि उसमें कोई ऐसा रहे जो उनके परिवार का हो—और अपने खानदान के जीवित लोगों में एक अकेला मैं ही बचा था जो हिन्दुस्तान में था। मैं देहरा नहीं छोड़ना चाहता था। मेरे सबसे अच्छे साल यहीं बीते थे। लेकिन मसूरी के इस मकान के ज़रिये मुझे एक जगह बस जाने का बेहतरीन मौका मिल रहा था और शिमला में स्कूल के दिनों से ही पहाड़ मुझे अपनी ओर खींचते थे। हाँ, मैं मसूरी के उस कॉटेज को अपना पक्का ठिकाना बनाऊँगा। इस तरह मैं यहाँ आ पहुँचा—मसूरी में।

जाती हुई बरसात में जैसी हरियाली होती है—खूब बढ़े हुए फ़र्न और फूलों से लदी तिकोने पत्ते वाली बेलों की बन्दनवार से सजी झाड़ियों के बीच से होकर—बीच-बीच में निकले हुए पत्थरों के पुल से पहाड़ी धारा को पार करके मैं चीड़ के पेड़ों से ढकी खड़ी चढ़ाई वाली पहाड़ी पर चढ़ने लगा।

यह वह जगह है जहाँ मैं कहानियाँ लिखूँगा। यहाँ से सब कुछ देख सकता हूँ—घाटी के उस पार अपनी कॉटेज। अपने पीछे, और ऊपर की तरफ़, पहाड़ी के कन्धे पर पसरा शहर और बाज़ार। बाईं ओर ऊँचे-ऊँचे पहाड़ और उस विशाल नदी के स्रोत की ओर जाती बलखाती सड़क। नीचे, फैली हुई घाटी, पहाड़ियों का एक और सिलसिला और उनके आगे दूर तक फैला मैदानी इलाका।

आज जब मैं हर तरफ़ नज़रें दौड़ाता हूँ, तो मुझे बगीचे में धूप दिखाने के लिए गद्दे फैलाता प्रेम सिंह भी दिखाई देता है। यहाँ से बस धब्बा-सा ही नज़र आता है दूर उस पहाड़ी पर, लेकिन उसके खड़े होने के ढंग से मुझे पता चल जाता है कि वह प्रेम सिंह ही है। आदमी सौ तरह के भेस बदल ले, लेकिन उसके खड़े होने के ढंग से सारा भेद खुल जाता है। मेरे नानाजी को ही ले लें, जो भेस बदलने में माहिर थे और फलवाले या टोकरी बनाने वाले के हुलिये में घूमा करते थे। लेकिन उनके कुछ ज़्यादा ही आगे को झुक कर चलने की वजह से हम उन्हें हमेशा पहचान लेते थे।

प्रेम सिंह झुक कर नहीं चलता है, लेकिन उसकी आसमान की ओर देखने की आदत है (चाहे बादल हों या नहीं) और इस वक़्त वह आसमान की ओर देख रहा है।

प्रेम के साथ आठ साल हो गए हैं। जब मैंने उसे पहली बार देखा था, तब वह कुल सोलह साल का लड़का था और अब उसकी बीवी और एक बच्चा है।

मुझे कॉटेज में रहते हुए साल भर से कुछ ही ज़्यादा हुआ था और वह रसोई के दरवाज़े के आगे वाली खुली जगह पर खड़ा था। लम्बा-सा लड़का, साँवला, सजीले दाँत, गहरी आँखें, सफ़ेद सूती कपड़े पहने—और उसके पास यही एक जोड़ी कपड़े थे। काम की तलाश में आया था। देखने में मुझे अच्छा लगा, लेकिन...

''मेरे पास तो पहले से कोई है काम के लिए,'' मैंने कहा।

''जी, सर। वह मेरे चाचा हैं।''

पहाड़ों में हर कोई भाई या चाचा होता है।

''तुम यह तो नहीं चाहोगे कि मैं तुम्हारे चाचा को नौकरी से निकाल दूँ?''

''नहीं, सर। लेकिन वही कहते हैं कि आप मेरे लिये नौकरी ढूँढ सकते हैं।''

''मैं कोशिश करूँगा। लोगों से बातचीत करूँगा। क्या तुम अभी सीधे गाँव से यहाँ चले आ रहे हो?''

''जी। कल मैं दस मील चलकर पौड़ी पहुँचा था। वहाँ बस मिली।''

''बैठ जाओ। तुम्हारे चाचा अभी चाय बनाते हैं।''

वह वहीं सीढ़ियों पर ही बैठ गया, अपने सफ़ेद किरमिच के जूते उतारे और पैर की उँगलियों को चलाया। उसके पैर बड़े-बड़े थे। लम्बे भी और चौड़े भी, लेकिन बेडौल नहीं थे। पहाड़ का लड़का होते हुए भी वह बेहद साफ़ था और यह कोई मामूली बात नहीं थी। दूसरे लड़कों के मुकाबले लम्बा भी था।

''तुम बीड़ी पीते हो?'' मैंने पूछा।

''नहीं, सर।''

''सच कह रहा है,'' उसका चाचा बोला। ''यह बीड़ी नहीं पीता। मेरे दूसरे सारे भतीजे पीते हैं, इसे छोड़कर। यह कुछ अलग सा है, कुछ नहीं पीता—न बीड़ी न हुक्का।''

''शराब पीते हो?''

''उससे तो मुझे उल्टी आती है।''

''भांग खाते हो?''

''नहीं, साहब।''

''तुम्हारे अन्दर तो कोई ऐब नहीं है। यह तो बड़ी अजीब बात है।''

''यह बड़ा अजीब है, साहब,'' उसका चाचा बोला।

''क्या लड़कियों का पीछा करता है यह?''

''वो इसका पीछा करती हैं, साहब।''

''इसीलिए यह गाँव छोड़ कर नौकरी की तलाश में यहाँ चला आया है।'' मैंने उसकी तरफ़ देखा। उसने खींसें निपोर दीं और दूसरी ओर देखते हुए अपने पाँवों को रगड़ने लगा।

''तुम्हारा नाम... ?''

''प्रेम सिंह।''

''ठीक है, प्रेम। मैं तुम्हारे लिए कुछ करने की कोशिश करूँगा।''

उसके बाद वह मुझे एक-दो हफ़्ते तक दिखाई नहीं दिया। उसके लिए नौकरी ढूँढने की बात भी मेरे दिमाग से उतर गई। लेकिन जब मैं दोबारा उससे मिला, बाज़ार के रास्ते में, तब उसने मुझे बताया कि उसे सर्वे में, कुछ समय के लिए, सर्वेयर के टेंट की देखरेख का काम मिल गया है।

''अगले हफ़्ते हम राजस्थान जा रहे हैं,'' उसने बताया।

''वहाँ तो बड़ी गर्मी होगी। तुम पहले कभी रेगिस्तान गए हो?''

''नहीं, सर।''

''वह पहाड़ों जैसा नहीं होता। और घर से बहुत दूर भी है।''

''पता है। लेकिन इस मामले में मेरे पास और कोई चारा भी तो नहीं है। मुझे शादी करने के लिए थोड़ी रकम जुटानी है।''

उसके इलाके में लड़के वाले लड़की वालों को एक रकम देते हैं। आमतौर पर दो हज़ार रुपये।

''तुम्हें शादी करने की इतनी जल्दी है?''

''मेरा सिर्फ़ एक भाई है और वह अभी बहुत छोटा है। माँ की तबीयत

ठीक नहीं रहती है। उन्हें बहू चाहिए जो खेतों में, घर के कामकाज़ में, गायों की देखभाल में उनका हाथ बँटा सके। हमारा परिवार छोटा है, इसलिए काम ज़्यादा है, करने वाले कम।''

हर परिवार के पास कुछ सीढ़ीनुमा खेत होते हैं, संकरे और पथरीले जो आमतौर पर किसी धारा या नदी के किनारे उठ रही पहाड़ी ढलान पर होते हैं। उनमें धान, जौ, मक्का, आलू वगैरह उगाया जाता है—बस गुज़ारे भर का। अगर इतनी पैदावार हो जाती है कि उसे बाज़ार में बेचा जा सके, तो भी लोगों के लिए अपनी फ़सल को शहरी बाज़ार तक पहुँचाना मुश्किल होता है। गाँवों में पैसा कमाने का कोई ज़रिया नहीं होता, जबकि कपड़े, साबुन, दवाओं और घर के गहने साहूकार से छुड़ाने के लिए रुपयों की ज़रूरत होती है। इसलिए नौजवान लोग गाँव छोड़ कर काम की तलाश में चले जाते हैं और काम की तलाश के लिए उन्हें मैदानी इलाकों का रुख करना पड़ता है। जो खुशनसीब होते हैं, वह फ़ौज में चले जाते हैं। बाकी घरेलू नौकर के तौर पर चाकरी करते हैं, या फिर मोटर गैराज, होटल, स्कूल और सड़क के किनारे ढाबों में नौकरी करते हैं।

मसूरी की ओर इसलिए खिंचे चले आते हैं क्योंकि यहाँ बहुत सारे स्कूल हैं जहाँ खाना बनाने और परोसने का काम मिल जाता है। लेकिन जब प्रेम आया तब तक स्कूलों में सारी जगह लोग लग चुके थे। वह रुड़की में उस जगह भी गया जहाँ फ़ौज में भरती होती है, इस उम्मीद में कि शायद फ़ौज में नौकरी मिल जाए, लेकिन उन्हें उसके दाहिने पैर की बनावट में कोई गड़बड़ी नज़र आ गई, जो बारिश की एक अंधेरी रात को पहाड़ दरकने पर हड्डी टूटने के बाद रह गई थी। उसने कहा कि वह खुद को किस्मत वाला मानता है जो उसका पैर ही टूटा, सिर नहीं।

वह नौकरी के बारे में अपने चाचा को बताने और विदा लेने के लिए घर आया। मुझे लगा कि, एक और अच्छा शख़्स जा रहा है जिससे मैं शायद फिर न मिल पाऊँ, रात के अंधेरे में गुम होता एक और जहाज़, जिसकी जगमगाती रोशनी जल्दी ही अंधेरे में समा जाने वाली है। मैंने कहा, ''फिर आना,'' और उसे मुस्कुराता देख खुद भी मुस्कुरा दिया ताकि उसे ज़्यादा अच्छी तरह याद रख सकूँ। फिर वापस पढ़ने-लिखने वाले कमरे में आ गया, टाइपराइटर के

पास। टाइपराइटर लेखक के अकेलेपन का भंडार होता है। वह रोज़ाना उसकी ओर देख-देख कर उसका हौसला पस्त करने की पूरी कोशिश करता रहता है। हो सकता है कि मैं पुराने ज़माने वाला पंख का कलम और संगमरमर की दवात इस्तेमाल करना शुरू कर दूँ—शायद तब कहीं मैं खुद को असली लेखक समझ—बालज़क या डिकेंस जैसा—रात के कभी न खत्म होने वाले फैलाव तक कलम चलाता चला जाऊँ...इसमें कोई शक नहीं कि दिन और रात जितने बड़े होने चाहिए, उनसे बहुत छोटे लगते हैं! छोटे न होते, तो हमें इतनी हड़बड़ी क्यों मची रहती और हम इतना कम क्यों हासिल कर पाते, पुराने ज़माने के मुकाबले...

प्रेम चला गया, पहाड़ों से दूर मैदानों के ऐसे शहरों में समा गया जिनकी अपनी कोई पहचान नहीं है। वक़्त एक साल आगे सरक गया, या शायद मैं ही सरक गया था और एक दिन वह फिर मेरे सामने मौजूद था—पहले से दुबला, पहले से ज़्यादा साँवला और अब भी मुस्कुराता हुआ और अब भी नौकरी की तलाश में। मुझे पता होना चाहिए था कि पहाड़ के लोग पूरी तरह से गायब नहीं होते। चट्टानों में जो आत्माएँ होती हैं, वह अपने लोगों को भटक कर ज़्यादा दूर नहीं जाने देतीं, ताकि वे हमेशा के लिए उनसे जुदा न हो जाएँ।

मैं स्कूल में उसकी नौकरी लगवाने में कामयाब रहा। हेडमास्टर की बीवी को खाना बनाने वाले की ज़रूरत थी। मुझे ठीक से पता नहीं था कि प्रेम अच्छी तरह खाना बनाना जानता है या नहीं, लेकिन मैंने उसे उनके पास भेज दिया और उन्होंने कहा कि वह उसे खुद आज़मा कर देखेंगे। तीन दिन बाद हेडमास्टर साहब की बीवी मुझे सड़क पर मिलीं और लगीं शेखी बघारने। वह उस किस्म की थीं, जो बढ़ा-चढ़ा कर बातें करते हैं।

''हम आपके बेहद एहसानमंद हैं! आपका बहुत-बहुत शुक्रिया जो आपने हमारे लिए इतना प्यारा लड़का भेजा। वह इतना सलीकेदार है और खाना भी बहुत अच्छा बनाता है। बस, मेरे पति को कुछ ज़्यादा मसालेदार लगता है, वैसे उसका बनाया खाना होता बहुत लज़ीज़ है। सँभाल के रखने लायक है—बड़ा ही प्यारा लड़का है।'' और फिर उन्होंने मेरी तरफ़ बड़ी नटखट निगाहों से देखा—उनका देखने का यह अन्दाज़ मशहूर था और ऐसी नटखट निगाहों से

वह हरेक बढ़िया नैन-नक्श वाले प्रशासक को देखती थीं और कहा जाता था कि प्रशासक बनता ही वह था जिसे वह पसन्द करती थीं।

मुझे पक्के तौर पर नहीं पता था कि उन्हें खाना बनाने वाले से ज़्यादा कुछ नहीं चाहिए और बस मैं यही उम्मीद कर रहा था कि प्रेम उन्हें हर तरह से सन्तुष्ट करेगा।

जब अपनी छुट्टी के दिन वह मुझसे मिलने आया तो काफ़ी खुश लग रहा था।

''कैसा चल रहा है?'' मैंने पूछा।

''सुन्दर,'' उसने कहा, बिना सोचे-समझे वह अपनी मालकिन का पसन्दीदा जुमला बोल गया था।

''क्या मतलब है तुम्हारा—सुन्दर से? उन लोगों को तुम्हारा काम तो पसन्द आ रहा है?''

''मेमसाहब को पसन्द आ रहा है। वह जब भी रसोईघर में आती हैं, मेरे गाल पर हाथ फेर देती हैं। साहब कुछ नहीं कहते। वह हर बार खाने के बाद दवा लेते हैं।''

''क्या वह हमेशा दवा लेते हैं—या अब जब से तुम खाना बनाने लगे हो, तब से?''

''मुझे पक्का नहीं पता। मुझे तो लगता है कि वह हमेशा से बीमार ही रहे हैं।''

वह हेडमास्टर साहब के बरामदे में सोता था और उसे साठ रुपये महीना मिल रहे थे। दिल्ली में खानसामा को एक सौ साठ रुपये मिलते थे और पेरिस या न्यूयॉर्क में खाना बनाने वाले को इसका दस गुना। मैंने प्रेम को इतना कुछ नहीं बताया। वह मुझसे न्यूयॉर्क में नौकरी लगवाने के लिए कह सकता था। उसके बाद तो वह मुझे फिर कभी दिखाई भी नहीं दिया! खानसामा के तौर पर उसे ब्रॉडवे पर तरीदार सब्ज़ियाँ बनाने का काम मिल सकता था। एक लेखक के तौर पर वहाँ से मेरी शुरुआत भी न होती। और सिर्फ़ मेरे केन अंकल इस बात का राज़ जानते थे कि बिना कोई काम किए रोज़ी-रोटी के लिए कमाई कैसे की जाती है। लेकिन उनकी तीन बहनें जो थीं। और तीनों की तीनों अच्छे-खासे

अमीर पतियों की पत्नियाँ थीं। इसलिए केन अंकल पूरे साल को तीनों में बाँट लेते थे। तीन महीने मेबेल आंटी के साथ नैनीताल में। तीन महीने बेरिल आंटी के साथ कश्मीर में। तीन महीने एमिली आंटी के साथ लखनऊ में। और तीन महीने नानी के साथ, जो कि उनकी आंटी थीं, और उन्हें खूब चाहती भी थीं। इस तरह वह कभी एक जगह इतने दिन नहीं रुकते थे कि कोई उनकी मौजूदगी से ऊब जाए। इस काम को कैसे करना है, केन अंकल ने बिलकुल पेशेवर लोगों जैसी होशियारी से तय किया हुआ था।

लेकिन बहनों के नाम पर मेरी तो एक भी नहीं थी और मैं हमेशा के लिए एक अच्छे उपन्यास से मिली रॉयल्टी की रकम के भरोसे नहीं रह सकता था। इसलिए मुझे तो और भी उपन्यास लिखने थे। इसलिए मैं पहाड़ों पर चला आया।

पहाड़ के लोग रोज़ी-रोटी कमाने मैदानों में जाते हैं। मुझे अपने लिये कमाने की कोशिश करने पहाड़ पर आना पड़ा।

''प्रेम,'' मैंने कहा, ''तुम मेरे यहाँ काम क्यों नहीं करते?''

''और मेरे चाचा का क्या होगा?''

''वह तो किसी भी दिन मुझे छोड़ कर जाने के लिए तैयार बैठे हैं। उनका कहना है कि उनके दादाजी बीमार हैं, और वह घर जाना चाहते हैं।''

''उनके दादाजी तो पिछले साल ही मर गए थे।''

''मेरा वही मतलब है—उन्हें जाने की जल्दी मची हुई है। और अगर वह जाएँ तो मुझे कोई परेशानी नहीं। इन दिनों उन्हें एक किस्म की सोने की बीमारी भी लग गई है। मुझे पहले उठ कर उनके लिये चाय बनानी पड़ती है...''

यहाँ मैं चेरी के पेड़ के नीचे हूँ, जिसके पत्ते पीले पड़ने शुरू ही हुए हैं। अपने घुटनों पर ठोड़ी टिकाए बैठा हुआ मैं घाटी की ओर एकटक देख रहा हूँ जहाँ बगीचे में प्रेम इधर-उधर घूम रहा है। आठ साल से लम्बे उस दौर पर नज़र डालता हूँ, जब से वह मेरे पास है, तो मुझे उसकी कुछ बड़ी प्यारी बातें याद आती हैं। ये यादें कोई सिलसिलेवार नहीं हैं, बस सिनेमा की झलकियों की तरह, दिमाग के पर्दे पर टुकड़ों-टुकड़ों में बनती-बदलती रंग-बिरंगी तस्वीरें हैं...

अपने नन्हे से बेटे को गोद में लेकर सुलाता—गुनगुनाते हुए और अपना

बड़ा-सा हाथ बच्चे के घुंघराले बालों पर धीरे-धीरे फेरता प्रेम। जब मुझे गिरफ़्तार करके (एक अश्लील लघुकथा लिखने के इल्ज़ाम में बंबई से जारी वॉरंट पर!) ले जाया जा रहा था तब मेरे पीछे-पीछे थाने तक जाने और मेरे बाहर आने तक बाहर इंतज़ार करने वाला प्रेम। उसकी मुस्कान, उसकी खिली-खिली, न रुकने वाली हँसी, जो सबसे ज़्यादा तब देखने को मिलती थी जब वह लॉरैल और हार्डी की फ़िल्म देख रहा होता था।

हाँ, ऐसे भी मौके आते थे जब उसे गुस्सा चढ़ जाता था और वह अपनी बात पर अड़ जाता था, चाहे उसमें बेवकूफ़ी के सिवा कुछ न हो और दूसरे की बात सुनने को तैयार ही नहीं होता था। नौकरी छोड़कर चले जाने की बात पर्चियों पर लिख-लिख कर मेरे पास पहुँचाने लगता था—लेकिन अपने मन की करने के ये तेवर नज़रअन्दाज़ करने में कभी दिक्कत नहीं हुई। एक अकेले आदमी की ज़िन्दगी को उसने इतने प्यार और खुशी से भर दिया था, इससे ज़्यादा क्या चाहिए?

अपने इसी ज़िद्दीपन की वजह से ही वह हेडमास्टर के घर बहुत कम समय रह पाया था। मिस्टर गुड बहुत कुछ सह जाते थे। लेकिन मिसिज़ गुड उस किस्म की औरतों में से थीं, जो अगर आपसे खुश हैं तो आपकी मदद करने के लिए, लाड़ करने के लिए, खुशामद करने के लिए किसी भी हद तक जा सकती थीं, लेकिन अगर नाराज़ हो जाएँ, तो बदला लेने पर उतर आती थीं और नुकसान पहुँचाने और बर्बाद करने के लिए किसी भी हद तक जा सकती थीं। मिसिज़ गुड अपना राज चलाना चाहती थीं—अपने पति पर, कुत्ते पर, अपने चहेते चेलों पर, अपने नौकर...अपने पति और कुत्ते पर तो वह पूरी तरह काबू रखती थीं, उनके कुछ बौखलाए से शिष्य भी एक हद तक उनके काबू में थे, लेकिन प्रेम पर उनका बस नहीं चलता था जिसका मन उनके छल-फ़रेब से दूर था। वह उनके लाड़-प्यार को और जिस तरह वह उसके गालों पर चुटकी काटती थीं, या रसोई में उससे रगड़ खाकर निकलते हुए उसकी शक्ल-सूरत और तन-बदन की तारीफ़ के जुमले कसती थीं, उन्हें वह भाव नहीं देता था। उसे मालूम था कि मेमसाहब लोग उसके लिये नहीं होतीं। वह चेहरे पर कोई भाव लाए बिना मेहनत से अपने काम में जुटा रहता था। मेमसाहब को लगता था कि

उनका अनादर हुआ और जैसे उन्हें उनकी औकात बताई गई। उनकी पसन्द चिढ़ में बदल गई। तारीफ़ के जुमलों के बजाय वह अब उसकी शक्ल-सूरत, कपड़ों और उसके तौर-तरीकों को लेकर उसे नीचा दिखाने वाली बातें करने लगीं। उन्हें उसके बनाए खाने में खामियाँ नज़र आने लगीं। अब कुछ भी 'सुन्दर' नहीं रह गया था। उन्होंने उस पर कुत्ते के खाने के लिए आया गोश्त पहाड़ी की तरफ़ रहने वाले एक गरीब परिवार को दे देने तक का इल्ज़ाम लगाया—और उस पर इससे ज़्यादा बड़े जुर्म का इल्ज़ाम लगाने की बात सोची भी नहीं जा सकती थी! मिस्टर गुड ने उसे काम से निकाल देने की धमकी दे डाली। इससे प्रेम ने ज़िद पकड़ ली। अगले दिन उसने कुत्ते का पूरा का पूरा खाना उसे देने के बजाय खड्ड में फेंक दिया जहाँ कई आवारा कुत्ते उसे चट कर गए और वह खुद सिनेमा देखने चला गया।

बस, तभी उसकी नौकरी जाती रही। "अब मुझे घर जाना पड़ेगा," वह मुझसे बोला। "इस इलाके में तो अब मुझे काम मिलेगा नहीं। वो मेम मिलने ही नहीं देगी।"

"कुछ दिन रुको," मैंने कहा।

"मेरे पास इतने ही पैसे हैं कि बस मैं घर जा सकता हूँ।"

"उन्हें घर जाने के लिए रखा रहने दो। काम तलाशते हुए कुछ दिन तो तुम मेरे पास रह सकते हो। तुम्हारे चाचा को तुम्हें अपने साथ खिलाने में कोई दिक्कत नहीं होनी चाहिए।"

लेकिन उसके चाचा को दिक्कत थी। उसे कतई पसन्द नहीं था कि उसे अपने भतीजे का भी काम करना पड़े, क्योंकि उसे लगता था कि यह कहीं से उसके काम का हिस्सा नहीं था। और उसे इस बात का डर भी था कि कहीं प्रेम उसका काम न हथिया ले।

लेकिन प्रेम एक हफ़्ते से ज़्यादा नहीं रुका।

यहाँ चीड़ वाले टीले पर घास बस पीली पड़नी शुरू ही हुई है। सर्दियों की तरफ़ बढ़ते बादल आसमान पर छा गए हैं। पेड़ सहम से गए हैं। परिंदे चुप हैं। सिर्फ़ एक झींगुर बलूत के पेड़ से चिक-चिक किए जा रहा है। हो सकता है शाम से पहले तूफ़ान आए। वैसा ही तूफ़ान जैसा तब आया था जब प्रेम अपनी

बीवी और बच्चे को लेकर कॉटेज पर आया था, लेकिन इस बीच और भी तो बहुत कुछ हुआ था, जिसे छोड़कर आगे नहीं बढ़ सकते...

उसके गाँव लौट जाने के बाद, कई महीने बीत गए, तब कहीं मैंने उसे फिर से देखा। उसके चाचा ने मुझे बताया कि वह लखनऊ में नौकरी करने लगा है। उसने पता भी दिया। वह पूरा नहीं लग रहा था। लेकिन मैंने तय किया कि अब जब मैं लखनऊ जाऊँगा तो उससे मिलने की कोशिश करूँगा।

मौका मिला मई में, जब मैदानी इलाकों में लू चलती है। यह साल का वह समय होता है जब वे लोग जो खर्च उठा सकते हैं, पहाड़ों पर जाने की कोशिश करते हैं। लखनऊ तो मुझे कभी अच्छा नहीं लगता, फिर गर्मियों में तो उससे चिढ़ होती है। लोग बदमिज़ाजी और कमीनेपन में एक-दूसरे से मुकाबला करते हैं। लेकिन मुझे तो जाना ही था—अब मुझे याद नहीं रहा है कि क्यों, लेकिन उस वक़्त वहाँ जाना बहुत ज़रूरी ही रहा होगा—और मैंने इसे प्रेम से मिलने का मौका समझा।

कुछ भी वैसा नहीं चल रहा था जैसा होना चाहिए था। ज़ाहिर है, पता पूरा गड़बड़ था और मैं दूरदराज़ की, धूल भरी एक कॉलोनी वसन्त बाग में घूमता रहा, जहाँ एक भी पेड़ नहीं था। दो घंटे तक घरों में काम करने वाला जो भी नौकर नज़र आता, मैं उससे पौड़ी गढ़वाल के कोली गाँव के प्रेम सिंह के बारे में पूछता। प्रेम सिंह तो मुझे बहुतेरे मिले, लेकिन कोली गाँव का कोई नहीं था। मैं अपने होटल लौट आया। घूमते हुए मुझे लू लग गई थी। ठीक होने में दो दिन लग गए, तब कहीं मैं मसूरी लौटा, ख़ुदा का शुक्रिया अदा करते हुए कि उसने पहाड़ बख़्शे!

और फिर चाचा ने अपना फ़ैसला सुना दिया। उसे देहरादून में दूसरी नौकरी मिल गई थी, जहाँ तनख़्वाह ज़्यादा थी। वह वहाँ जाने के लिए बेचैन था। मैंने उसे रोकने की कोशिश ही नहीं की।

अगले छह महीनों तक कॉटेज में मैं बिलकुल अकेला था—घर का कामकाज करने वाला कोई नहीं था। वैसे मैं अकेले रहने का आदी था। मुझे काम के लिए किसी की कोई खास ज़रूरत नहीं थी, लेकिन बात थी किसी के साथ की। कॉटेज में सन्नाटा छाया रहता था। उसमें पहले कभी रहने वालों के

भूत लोटा करते थे—मुझसे हमदर्दी रखते थे और मेरे काम में कोई दखल नहीं देते थे। व्हिसलिंग थ्रश का सुन्दर गीत गूँजता था, लेकिन मुझे पता था कि वह मेरे लिये नहीं गा रही होती थी। घाटी में कहीं बजती बाँसुरी की धुन सुनाई देती थी, लेकिन बाँसुरी बजाने वाले को मैंने कभी नहीं देखा। मेरे कॉटेज से नीचे पहाड़ी पर घूमने वाली छोटी-सी लाल लोमड़ी से मेरा नाता था। एक रात वह मुझे मिली और मैंने ये पंक्तियाँ लिखीं—

बीती रात जब मैं पैदल जा रहा था घर
देखी एक लोमड़ी नाचती फुदक-फुदक कर
चाँद की सर्द चाँदनी के तले
देखता रहा उसे वहीं खड़े-खड़े
यह सोच फिर पकड़ी दूसरी सड़क
कि रात पर पहले है उसका हक
शब्दों से आती है खरेपन की खनक जब
नाच उठता हूँ मैं भी अकेली लोमड़ी सा तब
सुबह की कोरी ओस पर।

बारिश के दौरान पेड़ों से पानी की बूँदें टपकते और घाटी से ऊपर को उठते धुएँ को देखते हुए मैंने बहुत कविताएँ लिखीं। अकेलापन कवियों-शायरों के लिए बड़े काम का होता है। लेकिन कविता से पैसा तो कुछ खास आता नहीं और पैसे की कमी चल रही थी। जब मैं सोच ही रहा था कि लगता है मुझे अपनी आज़ादी को गिरवी रख कर कोई नौकरी पकड़नी पड़ेगी, तभी एक प्रकाशक ने मेरी बच्चों की कहानियों की एक किताब छापने की पेशकश की और अपनी मर्ज़ी से रहने और लिखने की मेरी आज़ादी बहाल रही—अगले तीन महीने तक!

यह नवंबर की बात है। इस खुशी में मैं दूर तक चहलकदमी करने निकल पड़ा और लैण्डौर बाज़ार से टेहरी रोड तक गया। टहलने के लिए अच्छा दिन था वह और जब मैं शहर के सिरे पर पहुँचा तब तक अंधेरा हो गया था। कॉटेज के सामने सड़क पर खड़ा कोई मेरा इंतज़ार कर रहा था। मैं झोंक में आगे बढ़ता गया।

अगर मैं ही नहीं अपना
तो कौन होगा मेरा?
और अगर रह आऊँ अपने भर का
फिर क्या हूँ मैं कैसा मेरा वजूद?
और अगर अभी नहीं, तो फिर कब?

बहुत पुराने दौर के यहूदी फ़कीर हिल्लेल के ये वचन न जाने कैसे मुझे याद आ गए थे, इस बात पर खुद हैरान था। मैं उन्हीं सायों की तरफ़ लौटा जहाँ वह नौजवान खड़ा था और देखा तो पाया कि वह तो प्रेम था।

"प्रेम," मैंने उसे पुकारा।

"तुम वहाँ बाहर ठंड में क्यों बैठे हो? घर के अन्दर क्यों नहीं गए?"

"मैं गया, सर, तो देखा कि दरवाज़े पर ताला लगा था। मैंने सोचा कि आप कहीं चले गए होंगे।"

"और तुम यहीं रह जाते, सड़क पर?"

"आज ही की तो बात थी। सुबह मैं देहरा चला जाता।"

"आओ, घर के अन्दर चलो। मैं तुम्हारा इंतज़ार कर रहा था। मैंने तुम्हें लखनऊ में ढूँढा, लेकिन वह जगह नहीं ढूँढ पाया जहाँ तुम काम कर रहे थे।"

"अब मैं वहाँ काम छोड़ चुका हूँ।"

"और तुम्हारे चाचा मुझे छोड़ गए हैं। तो क्या अब तुम मेरे पास काम करोगे?"

"जब तक आप चाहेंगे।"

"जब तक देवता चाहेंगे।"

हम सीधे घर के अन्दर नहीं चले गए, बल्कि उलटे पाँव बाज़ार की तरफ़ लौट पड़े और सिंधी स्वीट शॉप में खाना खाया—गर्मागर्म पूड़ियाँ और कड़क मीठी चाय।

खिली हुई चाँदनी में नहाते हम घर पहुँचे। अकेले फुदकती नन्ही लोमड़ी के बारे में सोचकर मुझे अफ़सोस हुआ।

टाइगर, टाइगर, बर्निंग ब्राइट...

प्रेम का बेटा राकेश मेरी गोद में आ बैठा और कहानी सुनने की ज़िद करने लगा। वह ऐसी नई कहानी सुनना चाहता था, जिसमें बहुत सारे जंगली जानवर और जंगल की बातें हों। मैंने इस बारे में कुछ सोचने के बाद कहा, ''ठीक है, मैं कहानी सुनाने जा रहा हूँ, पर उस कहानी को मैं खत्म नहीं करूँगा... तुम्हें बताना होगा कि उस कहानी के आखिर में क्या होगा। क्या यह ठीक है?''

राकेश ने उत्साह से हामी भरी। वह बहुत समझदार बच्चा था और मैं जानता था कि वह हर चीज़ पर बारीक और पैनी नज़र रखता है, इसलिए मैंने अपनी कहानी को ज़्यादा-से-ज़्यादा वास्तविक बनाने की कोशिश की : ''तो सुनो, गंगा नदी के बाएँ किनारे पर, जहाँ से वह हिमालय की तलहटी से निकलती है, एक घना भयानक जंगल था। जंगल के बाहरी ओर कुछ गाँव थे, जिनमें किसान और बाँस की कटाई करने वाले रहते थे, पर कुछ लोग व्यापार और तीर्थयात्रा के लिए भी आते-जाते रहते थे। पिछले कुछ वर्षों के दौरान शिकारियों को वह इलाका शिकार के लिए बहुत आदर्श लगता रहा, नतीजतन अब जंगल में जानवरों की आबादी पहले जैसी नहीं रह गई थी। पेड़ भी धीरे-धीरे ओझल हो रहे थे; जंगल घटने से जानवरों के लिए भोजन और आवास की समस्या बढ़ रही थी, इसलिए वे तलहटी की ओर चले गए थे। धीरे-धीरे, उनसे उनके जीने का हक भी छीना जा रहा था।

''बस एक हाथी ही नदी पार कर सकता है। और कुछ साल पहले, जब जंगल के बहुत सारे हिस्से को साफ़ करके, शरणार्थियों के लिए डेरा बनाया गया तो हाथियों का एक झुंड नदी के उस ओर आ निकला; वे अपने

मनपसंद आहार बाँस के अंकुरों की तलाश में वहाँ तक आ गए थे। उन्होंने हरिद्वार के बाहरी क्षेत्र को उजाड़ दिया, एक फ़ैक्ट्री की दीवार ढहा दी, टिन की कई छतें उखाड़ फेंकीं, एक गाड़ी का रास्ता रोक दिया और जब तक उन्हें नए जंगल में, अपने लिए सुरक्षित इलाका नहीं मिल गया, उन्होंने हर जगह तबाही मचाने में कोई कसर नहीं छोड़ी। वे एक नई ज़िंदगी की तलाश में थे—पर इस स्थायी जीवन में भी निश्चितता नहीं थी। वे नहीं जानते थे कि इंसान कब फिर से अपने ट्रैक्टर, बुल्डोज़र और डायनामाइट लेकर उनके घर उजाड़ने आ जाएगा।

''ऐसा भी समय था जब गंगा के किनारे बसे जंगलों में तीस से चालीस बाघों को भोजन और आसरा मिला हुआ था; पर शिकारियों ने उन्हें शिकार करके मार दिया और अब पूरे जंगल में केवल एक ही बाघ बचा था। उसे बहुत से शिकारियों ने पकड़ना चाहा पर वह एक समझदार और चुस्त बाघ था, जो इंसानी तौर-तरीकों का जानकार था और अब तक किसी-न-किसी तरह अपनी जान बचाकर जीता आ रहा था।

''हालाँकि बाघ अपनी जवानी का सारा वक्त बिता चुका था, पर अब भी उसकी शान में कोई कमी नहीं आई थी। उसकी सुनहरी पीली चमड़ी के नीचे गठी हुई मांसपेशियाँ झलकती थीं और वह लंबी घास के बीच ऐसे आत्मविश्वास से चलता था मानो अब भी वहाँ का राजा हो, हालाँकि अब उसकी प्रजा नाम के लिए ही रह गई थी। उसका सिर घास के झुरमुट में छिप जाता, बस ऊँची झूलती पूँछ ही कभी-कभार घास के बीच झलक जाया करती।

''वसंत बीतने को आता, तो वह बड़ी झील की ओर चल देता, वह जंगल में पानी का सबसे बड़ा स्त्रोत थी (अगर आप नदी को न गिनें, जो सैंकड़ों मील की दूरी पर थी), वह बारिश के दिनों में एक झील रहती पर साल के इन दिनों में कीच से भरे दलदल से ज़्यादा नहीं रह जाती थी।

''वहाँ दिन और रात में, अलग-अलग समय पर, सभी जानवर पानी पीने आते : लंबे सींगों वाले सांभर, नाजुक चीतल, बारहसिंगा, लकड़बग्घे, गीदड़, जंगली सूअर, तेंदुए—और एक अकेला बाघ। हाथी जा चुके थे,

इसलिए पानी अक्सर साफ़ ही रहता पर जब पास वाले गाँव की भैंसें इसमें नहाने आ जातीं तो ये गंदला हो जाता। हालाँकि ये भैंसें जंगली नहीं थीं पर उन्हें बाघ से भी भय नहीं था। उन्हें पता था कि बाघ को उनके भारी-भरकम सींगों से डर लगता था और बाघ को हिरण का माँस खाना ज़्यादा पसंद था।

''एक दिन, पानी के एक छोर पर बहुत सारे सांभर पानी पी रहे थे; पर वे वहाँ से निकल लिए। हवा के साथ ही उन्हें बाघ की तीखी और तेज़ गंध आ गई थी। हिरणों ने पल भर के लिए सिर उठाया, अपने नथुने फुलाए और फिर पत्तों और बाँसों के पीछे जंगल में ओझल हो गए।

''जब बाघ आया तो पानी के पास कोई दूसरा जानवर नहीं था लेकिन पक्षी तब भी वहीं किलोलें कर रहे थे। बगुले पानी में यूँ ही तैरते रहे, और एक किंगफ़िशर ने पानी के बहुत नज़दीक मँडराते हुए अचानक छलाँग लगा दी, नीले और सुनहरे रंग की झलक, उसी समय चमकते सूरज की रोशनी में जगमगाती पतली रूपहली मछली दिखी, जल कुमुदिनी पर चमकता भूरा साँप, एक गिरे हुए पेड़ के नीचे जाकर ओझल हो गया, जो उथले पानी में पड़ा सड़ रहा था।

''बाघ ने चट्टान की ओट में इंतज़ार किया, उसके कान किसी अनजानी आहट की ओर लगे थे; वह जानता था कि उस जगह इंसान कभी-कभी अपनी बंदूकें लेकर बैठते थे, ताकि उससे उसकी खूबसूरती छीन सकें—उसकी धारियाँ, उसकी चमड़ी का सुनहरापन, उसके दाँत, मूँछें और उसका सिर। वे उसकी खाल दीवार पर लगाना चाहेंगे, उसका सिर भूसे से मढ़वा कर दीवार पर टाँग देंगे और उसकी आग उगलती आँखों की जगह काँच के टुकड़े डलवा देंगे। फिर वे डींग हाँकेंगे कि उन्होंने जंगल के राजा पर जीत हासिल कर ली।''

''पर क्या अपनी ताकत दिखाने के लिए इस तरह जानवरों को मारना जुल्म नहीं है?'' राकेश ने पूछा।

''हरकत तो ज़ालिमाना ही है पर इंसान इतना स्वार्थी है कि उसे दूसरे का दुख-दर्द दिखाई ही नहीं देता—फिर चाहे वह इंसान हो या जानवर। खैर, बाघ का सामना पहले भी शिकारियों से हो चुका था, इसलिए वह अक्सर खुले में, दिन के समय नहीं आता था। जब उसे किसी शिकारी की आहट

या गंध नहीं मिली तो वह निश्चिंत हो गया, क्योंकि अगर शिकारी होते तो उनकी बंदूक की आवाज़ ज़रूर सुनाई देती (एक आदमी हाथ में बंदूक आने के बाद ज़्यादा देर तक सब्र नहीं कर सकता वह उसे चला ही देता है, फिर चाहे किसी इंसान पर चलाए या फिर किसी खरगोश पर चला दे।) और वैसे भी बाघ प्यासा था।

''उसे गर्मी भी लग रही थी। मार्च का महीना था और गर्मियों की हल्की चमकीली धूप अभी से चमचमा रही थी। बाघ, बिल्लियों जैसे नहीं होते—इन्हें पानी से बहुत लगाव होता है और गर्म मौसम में, पानी में घंटों पसरे रहते हैं।

''वह पानी में चलते हुए कमल के फूलों तक जा पहुँचा और धीरे-धीरे पानी पीने लगा। उसे खाते या पीते समय कभी कोई जल्दी नहीं रहती थी। भले ही दूसरे जानवर अपना खाना ठूँस लें पर वे तो दूसरे जानवर ही हुए। बाघ तो बाघ होता है, वह अनजाने में भी अपनी मान-मर्यादा और शान बनाए रखता है!

''उसने अपना सिर उठाकर सुना, एक पंजा हवा में उठा था। उसे हवा में कोई अनजानी आवाज़ आई थी और वह अनजानी आवाज़ों से सतर्क रहता था। वह जल्दी से झील के पार बनी लंबी घास में चला गया और एक पहाड़ी पर तब तक चढ़ता रहा, जब तक वह अपनी मनपसंद चट्टान पर नहीं आ गया। यह चट्टान उसे छिपाने के अलावा छाँह भी देती थी। झील की ओर देखने वाले को अजीब लग सकता था कि चट्टान के ऊपर गोल-सा उभार क्या है। वह उसका सिर हुआ करता था। वह बिलकुल शांत बैठा रहा।

''उसने जो आवाज़ सुनी, वह बाँसुरी की आवाज़ थी जो जंगल में कहीं दूर से सुनाई दे रही थी। यह भैंस पर सवार एक दुबले छोकरे की बाँसुरी की आवाज़ थी। उसका नाम क्या होना चाहिए... ? अरे हाँ, चलो उसे रामू कहेंगे। रामू बाँसुरी बजा रहा था। उससे थोड़ा छोटा लड़का, उसका नाम श्यामू रखते हैं। वह भैंसों के झुंड में आखिरी भैंस पर बैठ कर आ रहा था।

''उनके झुंड में आठ भैंसें थीं और वे दो दोस्तों रामू और श्यामू के परिवार के मवेशी थे। वे लोग घुमंतू समुदाय के गुज्जर थे, जो मवेशी पालते हैं और उनका दूध और मक्खन बेचकर अपनी आजीविका कमाते हैं। वे दोनों लड़के बारह साल के लगते थे पर आप देहाती लोगों की आयु का

सही अंदाज़ा नहीं लगा सकते, क्योंकि उनके लिए जन्मदिन कोई मायने नहीं रखता। वे बाघ जितने ही बड़े थे पर बाघ कहीं बूढ़ा और अनुभवी था जबकि वे अभी बच्चे ही थे।''

''पर वे वहाँ अकेले क्यों आए, अगर बाघ सामने आ जाता तो वे अपना बचाव भी नहीं कर सकते थे?'' राकेश के मन में दोनों बच्चों के लिए चिंता झलक उठी।

''रॉकी, चिंता मत करो। बाघ अक्सर उस जगह उन्हें देखता था और उसे उनके होने से कोई परेशानी भी नहीं थी। उसे पता था कि जब तक वह गाँववालों के मवेशियों को नुकसान नहीं पहुँचाता, वे भी उसे कुछ नहीं कहेंगे। जब वह जवाँ और जाबाँज़ था तो उसने एक बार एक भैंस को मारा था—तब वह भूखा नहीं था बस अपनी ताकत आज़माना चाहता था—उस घटना के कई दिन बाद तक गाँववाले उसकी टोह में रहे। वे अपने भाले, धनुष और पुरानी बंदूक लेकर उसे खोज रहे थे ताकि देखते ही मौत के घाट उतार सकें। उसके जंगल में हिरणों की संख्या पहले जैसी नहीं रही थी पर फिर भी वह भैंसों को कुछ नहीं कहता था।

''लड़कों को भी पता था कि जंगल में एक बाघ रहता है और वे अक्सर उसकी दहाड़ भी सुनते पर उन्हें सपने में भी नहीं पता था कि वह उनके इतना पास था।

''बाघ चट्टान से नीचे उतरा और उसने आठ मोटी-ताज़ी भैंसें देख कर हल्की आह भरी पर वे छोकरे वहीं थे। वैसे भी एक ताकतवर भैंस को मारना इतना आसान भी नहीं होता।

''उसने तय किया कि वह किसी ठंडी छायादार जगह में जाकर सुस्ताएगा और जंगल के बीच जाकर ही गर्म दुपहरिया से बचा जा सकता था और झील के आस-पास मौजूद मक्खियों और मच्छरों से मुक्ति पा सकता था। वह रात को शिकार करेगा।

''एक आलस से भरी मज़ाकिया सी आधी-अधूरी दहाड़ 'आ-ऊ' के साथ ही वह उठा और जंगल के बीच अलोप हो गया।

''पर तुम्हें पता है, बाघ की हल्की-सी दहाड़ भी आधा मील की दूरी

से सुनी जा सकती है और वे लड़के तो मुश्किल से पचास गज की दूरी पर थे। उन्होंने झट से पहाड़ियों की ओर देखा।

''वो गया वहाँ!'' रामू ने अपने होंठों से बाँसुरी हटाई और उसे बाघ की दिशा में ले जाते हुए बोला। वह बिलकुल नहीं डरा, क्योंकि उसे पता था कि बाघ को इंसानी मांस खाने में दिलचस्पी नहीं है। ''क्या तुमने उसे देखा?''

''मैंने उसके ओझल होने से पहले बस पूँछ देखी। वह बहुत बड़ा बाघ है!''

''उसे बाघ मत कहो। उसे काका या महाराज कहो।''

''अरे क्यों?''

''तुम नहीं जानते बाघ को बाघ कहना मनहूस माना जाता है? मेरे बाऊजी हमेशा यही कहते हैं। अगर कभी बाघ सामने आए तो उसे महाराज बोलने से वह कुछ नहीं कहता।''

''अगर कभी ऐसा हुआ तो मैं यह बात याद रखूँगा,'' श्यामू ने कहा।

''भैंसें अब पानी में उतर चुकी थीं। और उनमें से कुछ कीचड़ में पसर गई थीं। भैसों को मुलायम गीला कीच बेहद पसंद है और वे उसमें घंटों बिता सकती हैं। कीच जितना पतला होता है उतना ही बेहतर होता है। रामू नहीं चाहता था कि भैंस उसे भी कीच में खींच कर ले जाए इसलिए वह पहले ही झट से उतर गया। फिर उसने पानी में छलाँग लगा दी। वह कुमुदिनी से भरे एक छोटे से टापू पर चल दिया। श्यामू भी उसके पीछे ही था।

''वे दोनों घास के टुकड़े पर पेट के बल लेटे और उन्होंने अपने नंगे शरीर पर सूरज की धूप को पड़ने दिया ताकि उसे सुखा सकें।

''रामू ज़्यादा जानकार था, क्योंकि वह कई बार अपने पिता के साथ देहरा और हरिद्वार जा चुका था और श्यामू गाँव से बाहर कभी नहीं गया था।

''श्यामू ने कहा, 'इस साल ताल इतना गहरा नहीं है।'

'' 'जनवरी से कोई बरसात नहीं हुई। अगर जल्द ही बरसात न आई तो झील सूख जाएगी,' रामू बोला।

'' 'और फिर हम क्या करेंगे?'

'' 'हम? पता नहीं। गाँव में एक कुआँ है। पर वह भी सूख सकता है।

मेरे पिता ने बताया था कि मेरे जन्म के आस-पास, ऐसा एक बार हुआ था, तब सबको नदी से पानी लाने के लिए करीब दस मील चल कर जाना होता था।'

" 'और मवेशियों का क्या होगा?'

" 'कुछ यहीं रहेंगे और मरेंगे। कुछ नदी की ओर चले जाएँगे। पर अब नदी के पास बहुत सारे लोग रहने लगे हैं—मंदिर, घर और कारखाने बन गए हैं—इसलिए जानवर उस जगह से दूर ही रहते हैं और पेड़ भी काटे जा रहे हैं इसलिए नदी के पास वाली ज़मीन और जंगल के बीच छिपने के लिए कोई जगह भी नहीं रही। जानवर खुली जगह में जाने से डरते हैं—उन्हें इंसानों और बंदूकों से डर लगता है।'

" 'रात को भी डरते हैं?'

" 'रात को लोग जीप और लाइटें लेकर आते हैं। वे हिरणों को उनके मांस के लिए मार देते हैं और बाघ और तेंदुओं को उनकी खाल के लिए मार दिया जाता है।'

" 'मुझे नहीं पता था कि बाघ की चमड़ी की भी कीमत होती है।'

" 'यह हमारी चमड़ी से कहीं कीमती है। इससे छह सौ रुपये मिलेंगे। भला हमारी चमड़ी के लिए इतने रुपये कौन देगा?'

" 'हमारे पिता देंगे।'

" 'ज़रूर—अगर उनके पास रुपये होंगे तब।'

" 'अगर मेरे पिता अपने खेत बेच दें तो भी इतना पैसा नहीं मिलेगा।'

" 'यह तो सच है—पर अगर खेत बेच दिए तो तुम सब खाओगे कहाँ से। एक आदमी को अपने खेत की उसी तरह ज़रूरत होती है जिस तरह बाघ को अपना जंगल चाहिए।'

" 'हाँ। अरे, याद आया, अम्मा ने कहा था कि कुछ कमलककड़ी (कमल की जड़ें) ले आना।'

" 'मैं तेरी मदद करता हूँ।'

"वे झील में और भीतर तक चले गए और पानी उनकी कमर तक आने लगा और वे कमलों को उनकी जड़ों से उखाड़ने लगे। रॉकी! फूल सुंदर होते हैं पर गाँववालों के लिए उनकी जड़ों का मोल ज़्यादा था। जब उसे पकाया

जाता तो वह स्वादिष्ट और ताकत देने वाली सब्ज़ी बन जाती। वह पौधा तेज़ी से बढ़ता है इसलिए उस इलाके में उसकी कमी नहीं थी। जिस साल गाँव में सूखा पड़ा, कई लोगों ने इसे खा-खा कर ही अपनी भूख मिटाई थी।

''जब रामू और श्यामू ने कमलककड़ी जमाकर ली तो वे पानी से बाहर आए और कुश्ती करते हुए समय काटने लगे। जल्द ही वे भी उस कीच में बुरी तरह से सन गए।

''उस कीच से छुटकारा पाने के लिए उन्होंने पानी में छलाँग लगाई और तैर कर अपनी भैंसों से दूसरी ओर आ गए। गहरे कीचड़ में अपनी एड़ियाँ धँसाते हुए उन्होंने झील के आस-पास दौड़ लगाई, वे इतना चीख-चिल्ला रहे थे कि कुछ पक्षी डर के मारे उड़ गए और ढाक के पेड़ों पर बैठे बंदर अपने तेज़ सुर में किलकिलाने लगे।

''मार्च के महीने में ढाक के पेड़ लाल और संतरी रंग के फूलों से ढक जाते हैं।

''शाम का समय था और दिन तेज़ी से ढल रहा था, जब भैंसों का झुँड अपने घर की ओर चला तो गाँव के बाहर भौंकते कुत्तों, हुक्के की गड़गड़ाहट और उपलों से उठती जानी-पहचानी गंध ने उनका स्वागत किया।''

''हाँ, पर बाघ का क्या हुआ? क्या उसे उस दिन खाने को कुछ मिला? जानवरों के लिए रोज़ अपना खाना खोजना और शिकार करना मुश्किल होता होगा, है ना?'' राकेश ने कुछ सोच कर पूछा।

''खैर, उस रात बाघ को अपना शिकार मिला—उसने चीतल यानी चकत्तेदार हिरण को मार गिराया। वह हवा की विपरीत दिशा में उसकी ओर पीछे से झपटा और बेचारे चीतल को उसके आने की भनक तक नहीं लग सकी। जब तक उसे पता लगता, तब तक तो बहुत देर हो चुकी थी। हिरण पर बाघ के पंजे का एक ही वार उसे गिराने के लिए काफ़ी था और फिर बाघ ने अपने पंजों से उसका गला नोंच दिया। सब कुछ ही मिनटों का खेल था। बाघ ने पूरी ताकत और फुर्ती दिखाई और हिरण ने अपनी ओर से ज़्यादा संघर्ष नहीं किया।

''यह एक प्यारे से जीव का बहुत ही हिंसक अंत था। पर तुम्हें यह

नहीं सोचना चाहिए कि जंगल में हिरण सदा मौत के भय के बीच जीता है। केवल इंसान ही अपनी कल्पना और मौत के बाद की दुनिया के बारे में सोच-सोच कर, मरने से डरता है। जंगल में ऐसा नहीं होता। नियमित अंतराल पर अचानक मौतें होती हैं। जंगली जानवरों को इसके बारे में सोचना नहीं होता और अचानक किसी एक ताकतवर जानवर द्वारा दूसरे जानवर की हत्या ऐसी घटना होती है जिसे जल्दी ही बचने वाले भूल जाते हैं।

''बाघ ने भरपेट भोजन किया। उसने मज़े से सब कुछ खाने के बाद, अवशेष बाकी छोड़ दिए। जब उसका मन भर गया तो उसने गीदड़ों और गिद्धों के लिए शिकार के अंश बचा दिए। धूर्त बूढ़ा बाघ कभी भी अपने बचे हुए शिकार के कंकाल के पास वापिस नहीं आता, भले ही उसमें बहुत सारा माँस क्यों न रहा हो। पहले-पहल जब वह ऐसा करने लगा तो अक्सर उसे उस जगह के आस-पास पेड़ पर कोई इंसान बंदूक लिए बैठा दिखता।

''बाघ पेट भरने के बाद जंगल के एक छोर तक चला गया। उसने रेतीली धरती और गुनगुनाती नदी को देखा, दूसरी ओर से ऋषिकेश की बत्तियाँ टिमटिमाती दिख रही थीं और उसने सिर उठा कर, मानवजाति को ललकारा।

''वह एक अकेला बाघ था। पिछले पाँच-छह सालों से उसके पास कोई साथिन नहीं थी। उसकी साथिन को शिकारियों ने अपना निशाना बना लिया और उसके दोनों बच्चों को वे लोग पकड़ कर ले गए जो जंगली जानवरों का धंधा करते हैं। एक को सर्कस भेज दिया गया, जहाँ उसे कोड़े की फटकार पर इंसानों का मन बहलाने के लिए तरकीबें सिखाई जातीं; दूसरा ज़्यादा किस्मतवाला निकला, उसे पहले दिल्ली और फिर अमेरिका के चिड़ियाघर में भेज दिया गया।''

''बेचारा बूढ़ा बाघ—जंगल में निपट अकेला रह गया। मैं सोच रहा था कि क्या अमेरिका के चिड़ियाघर की स्थिति बाघ के लिए बेहतर रही होगी। पर जो भी हो, चिड़ियाघर तो चिड़ियाघर ही होता है, है ना? आपके पास अपनी कोई आज़ादी नहीं बचती...'' राकेश के मन में बाघ के लिए सहानुभूति का भाव बहुत प्यारा लगा।

''हाँ रॉकी! चिड़ियाघर में रहने वाले जानवरों को उस घर में बहुत

मज़ा नहीं आता पर वे कम-से-कम शिकारियों और घुसपैठियों से तो बचे रहते हैं। क्योंकि जंगल में उनके लिए सदा यही भय बना रहता है। यह सब उनके लिए इतना आसान नहीं होता। कई बार जब बूढ़ा बाघ बहुत अकेला होता, तो वह ज़ोर से दहाड़ता उसकी दहाड़ पूरे जंगल में सुनी जा सकती थी। सुनने वाले इंसानों को लगता कि वह गुस्से में रहा होगा पर जंगल जानता था कि यह उसके अकेलेपन की दहाड़ थी। जब वह दहाड़ लेता तो वहीं अकेला, शांत खड़ा अपनी दहाड़ का जवाब आने का इंतज़ार किया करता; पर उसे वह जवाब कभी न मिलता। कहीं दूर साल के पेड़ पर वसंत पक्षी की पुकार गूँज उठती।

''अब भोर का समय था, ओस की बूँदों-सा ताज़ा, शीतल, और जंगलवासी अपने काम पर निकल पड़े...

''एक जंगली चूहे की काली मोतियों जैसी नन्ही आँखें बहुत देर से एक नन्ही भूरी मुर्गी पर अटकी थीं, जो अपने घोंसले के पास ही दाना चुग रही थी। चूहे को अपने बड़े से परिवार का पेट पालना था और वह जानता था कि मुर्गी के दड़बे में बहुत बड़े, हल्के सफ़ेद रंग के अंडों का ढेर जमा था। वह पूरे एक घंटे तक धीरज से इंतज़ार करता रहा जब तक कि मुर्गी अपने दड़बे से भोजन की तलाश में नहीं निकली।

''ज्यों ही मुर्गी खाने की तलाश में दूसरी ओर निकली, चूहा धावा बोलने को तैयार हो गया। वह अपने बिल से चुपचाप बाहर आया, और पत्तियों के बीच खिसकने-सा लगा, पर अपनी चतुराई के बीच उसे यह ध्यान नहीं रहा कि कोई दूसरा उसकी कार्रवाई पर नज़र रखे हुए था।

''दो नेवले भी वहीं सूखी घास में मुँह मारते घूम रहे थे, वे भी भूखे थे और अंडे तो उन्हें भी बेहद पसंद होते हैं। अब एक चट्टान पर चित्त लेटे-लेटे, उन्होंने चूहे को चोरी-चोरी आगे जाते देखा। वह कभी-कभार आस-पास की गंध सूँघ लेता और फिर एक भारी पत्थर के पीछे अलोप हो गया। जब वह वापिस आया तो एक बड़े से अंडे को अपने बिल तक ले जाने के लिए हाथ-पैर मार रहा था।

''चूहा परेशानी में था, वह कभी अपने पंजों से तो कभी अपनी नाक से अंडे को धकेलने की कोशिश करता। ज़मीन खुरदुरी थी और अंडा सीधा

नहीं लुढ़क पा रहा था। उसने तय किया कि मदद लेनी ही होगी, वह अपनी साथिन को बुलाने के लिए दौड़ा। हालाँकि आलसी नेवलों ने अब भी अंडे पर झपट्टा नहीं मारा। उन्होंने चूहे और उसकी पत्नी के लौटने का इंतज़ार किया। फिर उन्होंने देखा कि चूहे ने अंडे को अपने अगले पंजों में थामा और उसे अपनी पीठ पर ले लिया। चुहिया ने चूहे की पूँछ पकड़ी और उसे घसीट कर बिल की ओर ले जाने लगी।

''अपने ही संघर्ष में मग्न चूहे को नेवलों के आने की आहट नहीं मिली। जब अचानक वे बालों वाले झबरे जीव पत्थर के पीछे से सामने आए तो चूहा और चुहिया मारे डर के चिहुँके और अपनी जान बचाने के लिए, अंडा वहीं छोड़ कर बिल की ओर लपके।

''दोनों नेवलों ने अंडा तोड़ कर उसका स्वाद लेने में देर नहीं की। पर कुछ ही मिनट बाद, जिस तरह चूहे को उनके आने का पता नहीं चला था, उसी तरह उन्हें भी देहाती छोकरे के आने की आहट नहीं हुई। उसके हाथों में एक छोटी कुल्हाड़ी और जालीदार थैला था, वह चुपचाप आगे आ गया।

''रामू भी अंडे खोज रहा था और जब उसे अंडा खाते हुए नेवले दिखाई दिए तो वह उन्हीं पर घात लगा कर खड़ा हो गया, उसकी आँखें मुर्गी का दड़बा तलाश रही थीं। उम्मीद तो यही थी कि नेवले ही उसे उस ओर ले जाएँगे पर जब नेवले अंडा खाकर अचानक घास के पीछे चल दिये तो रामू का इंतज़ार बेकार गया। उधर चूहा दोबारा आने के लिए तैयार था पर ज्यों ही उसने मुर्गी को वापिस आते देखा, उसकी सारी योजना फिर से फ़ेल हो गई।

''अब रामू महुआ के पेड़ की ओर बढ़ा।

''महुआ के फूल इंसान और जानवर दोनों ही खाते हैं। भालुओं को ये फूल बहुत पसंद हैं। जब वे इन्हें भरपेट खा लेते हैं तो इनकी वजह से उन्हें हल्का नशा हो जाता है। रामू ने अक्सर देखा था कि भालुओं का जोड़ा आपस में टकराता या तनों से रगड़ खाता हुआ अपनी गुफ़ा की ओर लौटता। उन्हें पहले ही कम दिखाई देता है और जब नशा हावी हो जाता तो बिलकुल ही दिखना बंद हो जाता है। पर उनकी सूँघने और सुनने की ताकत इतनी अच्छी होती है कि किसी-न-किसी तरह अपने घर पहुँच ही जाते हैं।

''रामू ने तय किया कि वह महुआ के कुछ फूल जमा करेगा। वह पेड़ पर चढ़ गया। जिन दिनों इस पर फूल आते हैं, एक भी पत्ता नहीं बचता। वह सफ़ेद फूल तोड़ कर नीचे फेंकने लगा। अभी पेड़ पर चढ़े पाँच मिनट ही हुए थे कि कहीं पास ही जंगली भालू की गुर्राहट सुनाई दी। उसने नीचे देखा तो भालू के एक बच्चे को खड़ा पाया।

''वह भालू अभी छोटा ही था और रामू को उससे कोई डर नहीं लगा पर इस बात का अंदेशा तो था कि उसकी माँ आस-पास ही होगी। उसने तय किया कि वह खतरा मोल नहीं लेगा, इसलिए वह दम साधे वहीं बैठ गया ताकि देखा जा सके कि आगे क्या होगा। बस वह यही मना रहा था कि छोटा भालू उसके महुआ के पेड़ पर फूल खाने न आ जाए।

''पहले तो नन्हे भालू ने धरती को सूँघना आरंभ कर दिया और इस तरह वह चींटियों की बड़ी बाँबी तक आ गया। उस जगह जाकर वह ज़ोर-ज़ोर से हाँफ़ने लगा और उसने नथुनों से हवा मार-मार कर, चारों ओर धूल-सी उड़ा दी। पर जल्द ही उसे निराश होना पड़ा, क्योंकि वहाँ कोई नहीं था। चींटियाँ बहुत पहले बाँबी छोड़ कर लौट गई थीं। और इस तरह, भुनभुनाते हुए, वह बेरी के पेड़ की ओर चल दिया। फिर वह उस पर अपनी चमकदार खाल को चमकाते हुए, सबसे ऊपर वाली शाखा पर जा पहुँचा। तभी उसकी नज़र रामू पर गई।

''वह झट से और ऊपर चला गया और एक शाखा पर चित्त लेटने की कोशिश की। वह शाखा मोटी नहीं थी इसलिए उसका अधिकतर शरीर दिख रहा था। उसने अपना सिर दूसरी शाखा के पीछे इस तरह छिपाया कि रामू उसे देख न सके। जब उसे तसल्ली हो गई कि वह दिखाई नहीं दे रहा होगा, तभी उसे शांति मिली। हालाँकि उसके हाँफ़ने का सुर अब भी सुनाई दे रहा था, क्योंकि भालू उन जानवरों में से है जिसे इंसानों से डर लगता है।

''पर भालू बड़े ही जिज्ञासाप्रिय भी होते हैं—और अक्सर उनकी यही जिज्ञासा उन्हें परेशानी में भी डाल देती है। धीरे-धीरे, इंच दर इंच, एक शाखा के कोने से काली नाक उभरती दिखाई दी; फिर आँखें दिखीं और रामू की आँखों से दोचार हुईं, वह एक झटके से पीछे हो गया और उसका सिर छिप

गया। भालू ने ऐसा दो-तीन बार किया और रामू बड़े मज़े से यह खेल देखता रहा। जब भालू बहुत देर तक सामने नहीं आया तो रामू पेड़ से थोड़ा नीचे उतर आया। जब भालू ने देखा कि लड़का शाखा पर नहीं है तो वह बहुत खुश हुआ और दाईं ओर दिख रही शाखा पर बेर खाने के लिए लपका। रामू यह देखकर खिलखिला कर हँस दिया। यह सुनकर भालू चौंका और शाखा से पंद्रह फुट नीचे, सूखी पत्तियों के ढेर पर धम्म से आ गिरा।

‘‘और ठीक इसी समय और भी बहुत कुछ घटा।

‘‘मादा भालू भागी-भागी वहीं आ गई। रामू को शाखा पर बैठा देख, अपने अगले पंजे उठाकर ज़ोर से गुर्राई। अब चौंकने की बारी रामू की थी। मादा भालू को गुस्सा आ जाए तो उसके आगे टिकना आसान नहीं होता और रामू जानता था कि भालू के पंजे की एक चोट से उसकी खोपड़ी खुल सकती थी।

‘‘पर इससे पहले कि भालू पेड़ तक आता, एक तेज़ दहाड़ सुनाई दी और बूढ़ा बाघ उस जगह आ गया। वह वहीं-कहीं झाड़ियों में सोया हुआ था—उसे पेट भरने के बाद गहरी नींद पसंद थी—और उस शोर-शराबे ने उसे जगा दिया था।

‘‘वह खराब मूड में था और वह ज़ोर से दहाड़ा। उसका गुस्सा साफ़ दिख रहा था। भालुओं ने वहाँ से गायब होने में देरी नहीं की। नन्हा भालू तो डर के मारे काँप रहा था।

‘‘तभी बाघ मैदान में आ गया और उसकी नज़र डर से काँपते लड़के पर गई और वह फिर ज़ोर से दहाड़ा।

‘‘रामू पेड़ से गिरते-गिरते बचा।

‘‘ ‘कैसे हैं, बाघ महाराज,’ उसने घबराहट के साथ खीसें निपोरीं।

‘‘शायद बाघ के लिए यह अति हो गई थी। एक हल्की गुर्राहट के साथ वह महुआ के पेड़ से दूर जंगल में निकल गया और उसकी पूँछ हिलती दिखाई देती रही।’’

‘‘रॉकी!’’ प्रेम ने डाइनिंग हॉल से पुकारा। ‘‘पहले खाने के लिए आओ। उसके बाद हम कहानी पूरी कर सकते हैं।’’

‘‘सुना, तुम्हारे पापा ने क्या कहा। चलो, पहले खा लो और फिर कहानी

पूरी करना, ठीक?" मैंने राकेश से कहा। "ठीक है" उसने कहा और भाग कर डाइनिंग हॉल की ओर चल दिया।

उस रात, जब राकेश ने सबको बताया कि किस तरह बाघ ने मादा भालू से रामू की जान बचा ली थी तो कमरे में सभी बाघों से जुड़े किस्से सुनाने लगे। कैसे कुछ बाघ दुष्ट होते हैं तो कुछ नेक भी हो सकते हैं। जल्द ही आदमखोर बाघों की बात होने लगी और प्रेम ने ऐसे दो किस्से सुनाए, जिसके लिए उसने कसम खाई कि वे सच्चे थे, हालाँकि श्रोताओं ने उसकी बात पर पूरा भरोसा नहीं किया।

पहले किस्से में बताया गया कि आदमखोर बाघ जिस इंसान को खा लेता है, उस इंसान का भूत दूसरे शिकारों का पता बताने में उसकी मदद करता है। प्रेम ने कहा कि उसके दादा ऐसे तीन शिकारियों को जानते थे जो एक शिकार हो चुके इंसान को पेड़ के नीचे रखकर, मचान लगा कर बैठे। जब बाघ आया तो लाश ने दायाँ हाथ उठाकर बाघ को संकेत किया ताकि वह मचान पर बैठे लोगों को देख सके। उस समय तो बाघ चला गया। पर शिकारी जानते थे कि वह वापिस आएगा। उनमें से एक आदमी बहादुर था। वह नीचे आया और उसने लाश का दायाँ हाथ एक ओर बाँधा और मचान पर वापिस चला गया। जब बाघ वापिस आया तो लाश फिर से जगी और इस बार अपने बाएँ हाथ से मचान पर बैठे लोगों की ओर संकेत किया। बाघ ने गुस्से में आकर छलाँग लगाई और मचान पर बैठे सारे शिकारियों का सफ़ाया कर दिया।

प्रेम ने एक दूसरी कहानी शुरू करते हुए बताया, "एक बनिया था। वह जंगल के पास वाले गाँव में रहता था। वह कर्ज़दारों से पैसा लेने के लिए पास वाले गाँव में जाना चाहता था पर रास्ते में घना जंगल था और उसमें एक आदमखोर बाघ के होने की भी खबर थी। वह एक साधु के पास गया और साधु ने उसे दो चूर्ण दिए। एक चूर्ण खाने से वह एक ताकतवर बाघ बन कर, जंगल के दूसरे बाघ का सामना कर सकता था और दूसरा चूर्ण खाकर फिर से बनिया बन सकता था।

"बनिए ने अपनी सुंदर, जवान पत्नी और दोनों चूर्ण साथ लेकर, जंगल

की ओर यात्रा आरंभ की। अभी वे बहुत दूर नहीं गए थे कि राह में आदमखोर बाघ बैठा दिख गया। बनिए ने पहला चूर्ण खाने से पहले अपनी पत्नी से कहा कि वह जहाँ है वहीं रहे ताकि जब वह जंगल के बाघ को मार कर आए तो वह उसे दूसरा चूर्ण देकर फिर से इंसान बना सके।

''बनिए की योजना काम कर गई पर बात पूरी तरह नहीं बनी। पहला चूर्ण खाते ही वह एक बलशाली बाघ बन गया। उसने एक दहाड़ मारी और आदमखोर बाघ पर झपटा और भयंकर लड़ाई के बाद उसका सफ़ाया कर दिया। उसके जबड़ों से खून टपक रहा था। वह अपनी पत्नी के पास लौटा।

''बेचारी पत्नी यह देख कर डर गई और उसके हाथ से चूर्ण की पुड़िया छूट कर बिखर गई। बनिए को इतना गुस्सा आया कि उसने अपनी पत्नी को ही मार कर खा लिया। अब वह किसी भी हाल में इंसान नहीं बन सकता था। इस बात ने उसे इतना गुस्सा दिलाया कि वह देश में हज़ारों लोगों को मार-मार कर खाने लगा।''

''बस वह केवल उन्हीं लोगों को नहीं मारता था जो उससे पैसा ले चुके थे। एक बनिया अपना उधार कभी माफ़ नहीं करता और बाघ को अब भी उम्मीद थी कि अगर कभी इंसान बन सका तो अपना कर्ज़ वसूल कर सकेगा,'' प्रेम ने जोड़ा।

डिनर खत्म हुआ और राकेश आगे की कहानी सुनने के लिए मेरी गोद में आ बैठा।

''चलो एक काम करते हैं। बाकी की कहानी बहुत लंबी है। आज मैं तुम्हें थोड़ी और सुना देता हूँ। फिर हम इसे कल पूरा करेंगे। कल शाम तक तुम मेरी कहानी के लिए कोई अच्छा-सा अंत भी सोच लेना, ठीक?''

''ठीक है,'' राकेश ने कहा। उसकी आँखों में नींद भरी थी पर वह इतनी आसानी से मानने वाला नहीं था।

''ठीक है, अगली सुबह जब रामू अपने पिता के खेतों को सींचने वाले कुएँ के पास आया तो उसे एक जीप और बच्चों के झुंड के साथ तीन अनजान व्यक्ति दिखाई दिए जो बंदूकें लिए हुए थे। उनके साथ बहुत सारा सामान और दो कुली भी थे।

''वे उस इलाके में बाघ होने की खबर पाकर आए थे और उसका शिकार करना चाहते थे।

''उनमें से एक शिकारी कुछ ज़्यादा ही अलग दिख रहा था। वह अमेरिका से आया था ताकि बाघ का शिकार करके अमेरिका ले जा सके। उसने कसम खाई थी कि अपने बैग में बाघ की खाल लिए बिना वापिस नहीं जाएगा। उसके एक साथी ने कहा कि वह दिल्ली से बाघ की खाल खरीद सकता है पर शिकारी अपने हाथों शिकार करने में विश्वास रखता था।

''इन लोगों के पास खर्च करने के लिए पैसा था और गाँववालों को पैसों की ज़रूरत थी। वे जंगल में उनके लिए मचान बनाने को तैयार थे। तीन लोगों के बैठने लायक मचान तैयार करनी थी, जिसके लिए महोगनी का बड़ा-सा पेड़ चुना गया।

''शिकारियों ने रात को ही मचान पर बैठना था। मार्च का अंत था, दिन में गर्मी होने लगी थी पर रातें अब भी सर्द थीं। शिकारी अपने साथ कंबल नहीं लाए थे और आधी रात तक उनके दाँत किटकिटाने लगे। रामू ने पेड़ के पास ही नीचे भैंस का बच्चा बाँध दिया ताकि उसे देखकर बाघ उस ओर आ सके। जब वह वापिस जाने लगा तो सीधा घर जाने की बजाय उसने छोटे पेड़ और झाड़ियों पर चुपके से कपड़ों की कतरनें बाँध दीं। वह बाघ का एहसानमंद था। वह जानता था कि जंगल के सयाने बाघ महाराज ने उन कतरनों को देख लिया तो वह स्वयं ही अपने लिए बाँधे गए चारे के पास नहीं आएगा, क्योंकि वह समझ जायेगा कि जहाँ इंसानी कपड़े होंगे, वहाँ कहीं आस-पास इंसान भी छिपे होंगे।

''रात को पूरी नज़र रखी गई पर बाघ उस ओर नहीं आया। शायद उसे भूख नहीं थी या उसे रामू का संदेशा मिल गया था। चाहे जो भी हो, पेड़ पर बैठे लोग जल्द ही मायूस हो गए।

''अब सर्दी उन पर भारी पड़ रही थी। आपस में रम की बोतल खोल ली गई और जल्दी ही वे बाघ को भुला कर रम पीने में मग्न हो गए। पहले वे चुपचाप, फिर फुसफुसाहट के बीच और फिर ज़ोर से बात करने लगे। जंगल के जानवरों को इंसानी खुसरफुसर का सुर भी किसी बड़े बाजे जैसा सुनाई दे जाता है।

''जल्द ही वे नशे में चूर होकर गला फाड़-फाड़ कर बातें करने लगे। और जब सुबह के समय रामू अपने दोस्तों के साथ शिकारियों के पास आया तो उसने उन्हें मचान पर गहरी नींद में सोते पाया।

शिकारी जंगल से वापिस जाते हुए बड़े ही मायूस और शर्मिंदा से दिखे।

'' 'इन इलाकों में अब कुछ नहीं रहा,' अमेरिकी ने कहा।

'' 'ये बाघ के शिकार के लिए साल का गलत समय है,' दूसरे आदमी ने कहा।

'' 'समझ नहीं आ रहा कि देश जा कहाँ रहा है?' तीसरा बोला।

''और मौसम, खराब कारतूसों, उनकी पी हुई शराब की मात्रा, और बाघों की कमी जैसी बातों की चर्चा करते हुए तीनों वापिस चले गए।

''रॉकी, अभी के लिए इतना ही। तुम्हें नींद आ रही है। चलो, सोने जाओ।''

''अपना वादा मत भूलना। आपने मुझे पूरी कहानी सुनानी है,'' राकेश ने कहा और उनींदा होकर अपने कमरे की ओर चल दिया।

अगली सुबह मैं अपनी चाय पी रहा था। राकेश मेरे कमरे में आकर पलंग पर लेट गया और बोला, ''क्या आप कहानी का दूसरा हिस्सा शुरू कर सकते हो। कल रात मेरे सपने में एक बलवान बूढ़ा बाघ आया और मैं जानना चाहता हूँ कि हमारे बाघ का क्या हुआ, आप आगे की कहानी सुनाओ।''

''आह रॉकी, तुम कितने सवाल करते हो...तो, आज तुम मेरी कहानी के सबसे दिलचस्प किस्से तक आ गए हो।

''गर्मियों का मौसम आने तक एक ऐसा हादसा हुआ कि बूढ़े बाघ की सारी आदतें बदल गईं और उसकी व गाँववालों की बुरी तरह से ठन गई।

''पिछले दो महीनों से बरसात नहीं हुई थी और लंबी जंगली घास सूख कर पीली पड़ गई थी। जंगल में कुछ इलाके को साफ़ करके शरणार्थियों को बसाया गया था। उन्होंने लापरवाही बरती और खाना बनाते हुए ध्यान नहीं रखा। जल्द ही जंगल में आग फैल गई। जब आग जंगल के भीतरी हिस्से में गई तो धुएँ की गंध और लपटों की वजह से बाघ को बाहर आना पड़ा। जब रात हुई तो लपटें और भी तेज़ हो गईं, गंध भी तेज़ होती जा रही थी।

बाघ ने झील की राह ली। वह जानता था कि वह तैर कर उस टापू पर जा कर अपनी जान बचा सकता था।

''अगली सुबह, वह उस टापू पर था, वह जगह आग से अछूती थी पर उसके आस-पास की जगह बदल गई थी। पहाड़ियों की ढलानें घास जलने से काली पड़ गई थीं और अधिकतर लंबे बाँस ओझल हो गए थे। हिरणों और जंगली सूअरों ने अपने प्राकृतिक आवास का यह हाल देखा तो वे पूरब की ओर चले गए।

''जब सारी आग थमी और धुआँ छँट गया तो बाघ ने सारे जंगल का मुआयना किया पर उसे अपने खाने के लिए कुछ न मिला। उसे एक जला हुआ खरगोश दिखा पर वह उसे खा नहीं पाया। उसने झील से पानी पीया और किसी छाया वाली जगह पर लेट कर दिन काट दिया। शायद शाम तक जानवर वापिस आ जाएँ। अगर ऐसा न हुआ तो उसे भी शिकार की तलाश में दूसरी जगह जाना होगा।

''बाघ पूरे पाँच दिन तक अपने लिए सही शिकार की तलाश करता रहा। तब तक इतनी ज़ोर से भूख लग गई थी कि उसने कीड़ों और मकोड़ों की खोज में सूखे पत्तों के ढेर और पेड़ों के ठूँठ कुरेदने शुरू कर दिए थे। जंगल के राजा के लिए कितने दुख की बात थी पर अब भी उसे अपना इलाका छोड़ने में हिचक हो रही थी। उसे पूरब वाले जंगल में खतरे का ज़्यादा अंदेशा था—उस ओर के जंगल को इंसानी आबादी ने एक हद तक निगल लिया था। वह पहाड़ों की ओर उत्तर में जा सकता था, पर वहाँ उसे छिपने के लिए लंबी घास न मिलती। तेंदुआ तो फिर भी अपना काम चला सकता था पर बाघ को तो अपने घने जंगल का एकांत ही भाता है। पहाड़ियों में तो उसे हमेशा चट्टानों की ओट में छिप कर रहना पड़ता।

''दिन बीतने पर बाघ झील की ओर आया। अब पानी उथला और गंदा हो गया था और उस पर हरी काई जमने लगी थी। पर फिर भी उसे पीया जा सकता था, इसलिए बाघ ने अपनी प्यास बुझाई।

''वह अपनी मनपसंद चट्टान पर लेटा किसी हिरण के आने की घात लगाए रहा पर कोई नहीं आया। वह उठ कर जाने ही लगा था कि उसे एक

जानवर के आने की आहट मिली।

''वह झट से उछला और चट्टान पर चित्त होकर लेट गया। उसकी धारीदार चमड़ी सूखी घास के बीच मिल सी गई। एक भारी जानवर झाड़ियों के बीच से निकलता आ रहा था और बाघ धीरज से उसके आने का इंतज़ार करने लगा।

''एक भैंसा पानी की ओर बढ़ा।

''वह भैंसा अकेला था।

''वह एक बड़ा भैंसा था और उसके लंबे मुड़े हुए सींग पीछे कंधों तक जा रहे थे। वह बाघ की मौजूदगी से पूरी तरह अनजान, धीरे-धीरे पानी की ओर बढ़ रहा था।

''बाघ हमला करने से पहले ठिठक-सा गया। बहुत अरसा हो गया था—कई साल हो गए—उसने कोई भैंसा नहीं मारा था और वह जानता था कि गाँववालों को उसका ऐसा करना अच्छा नहीं लगेगा। पर भूख ने सब कुछ भुला दिया। हवा नहीं चल रही थी, सब कुछ थिर था, इसलिए भैंसे को बाघ की गंध भी नहीं मिली। वहीं पास ही एक बंदर किंकियाने लगा पर भैंसे ने उसकी चेतावनी भी नहीं सुनी।

''बाघ पेट के बल रेंगते हुए झील के किनारे तक आया और भैंसे पर पीछे से हमला करने की सोची। दोनों की मौजूदगी के आदी जलपक्षियों ने भी इस दृश्य को देखकर कोई चेतावनी नहीं दी।

''पास आने पर, बाघ ने आस-पास देखा कि क्या कोई और जानवर, इंसान या दूसरे भैंसे तो नहीं थे। जब उसे भैंसे के अकेले होने का यकीन हो गया तो वह आगे की ओर रेंगा। भैंसा ताल किनारे, उथले पानी में से पानी पी रहा था, तभी बाघ ने उसकी जाँघ में काट खाया।

''भैंसे ने मुड़कर लड़ना चाहा पर उसकी दाईं टाँग बुरी तरह से घायल थी, इसलिए वह लड़खड़ा कर कुछ डग ही भर सका। पर जो भी हो, वह एक भैंसा था—सबसे ताकतवर पालतू जानवर। वह बाघ से नहीं डरा। वह डकारा और अपने सींग बाघ की ओर निकालते हुए आगे बढ़ा; पर यह बड़ी बिल्ली भी कम चुस्त नहीं थी, उसने भैंसे के दूसरी ओर से चक्कर लगाते हुए, उसकी दूसरी पिछली टाँग नोच खाई।

''भैंसा ज़मीन पर आ रहा, दोनों टाँगें घायल हो गई थीं और फिर बाघ अपने पंजों और नाखूनों से हमला करने आ गया, वह भैंसे के गले को तब तक काटता रहा, जब तक उसके गले से लहू की धाराएँ नहीं फूट पड़ीं।

''भैंसा मरने से पहले आखिरी बार लंबा डकारा।

''बाघ ने थोड़ा आराम करने के बाद अपना खाना ठूँसना शुरू किया। हालाँकि वह कई दिन से भूखा था पर वह इतने विशाल जानवर को पूरा नहीं खा सकता था। जब उसने भरपेट खा लिया, तब भी उस कंकाल में एक समय का भरपूर भोजन मौजूद था। बाघ की खोई ताकत लौट आई थी। उसने पानी से प्यास बुझाई और फिर भैंसे के कंकाल को झाड़ियों के बीच खींच ले गया ताकि उसे गिद्धों की नज़र से बचाया जा सके, इसके बाद वह सोने की जगह खोजने निकल पड़ा।

''जब भूख लगेगी तो वह उसी कंकाल से दूसरे समय का भोजन ले लेगा।

''जब गाँववालों को भैंसे के लापता होने का पता चला तो वे बहुत परेशान हुए; और अगले दिन, जब रामू और श्यामू को झील के पास छिपा कंकाल दिखा तो वे भागते हुए सबको बताने आ गए, बाघ के हाथों अधखाए भैंसे के शव को देख लोगों के गुस्से का अंत न रहा। उन्हें लगा कि बाघ ने उन्हें छला है, धोखा दिया है। और वे जानते थे कि एक बार बाघ के मुँह में पालतू जानवर का खून लग गया, तो अब यह उसकी आदत में शुमार हो जाएगा।

''श्यामू के पिता कुंदन सिंह उस भैंसे के मालिक थे। वे बोले कि वे स्वयं बाघ के पीछे जाएँगे।

'' 'अब तो जो करोगे, सो करोगे बाघ के साथ पर तुमने भैंसे को अपने-आप अकेला जाने ही क्यों दिया?' उनकी पत्नी ने कहा।

'' 'अरे, वह तो पहले भी ऐसे ही चला जाता था। बाघ ने पहली बार हमारे मवेशी पर हमला किया है। लगता है कि जंगल के राजा पर किसी बुरी आत्मा का साया पड़ गया है,' कुंदन सिंह ने कहा।

'' 'लगता है, उसे बहुत भूख लगी होगी,' श्यामू बोला।

'' 'भूख तो हमें भी लगती है,' कुंदन सिंह ने कहा।

‘‘ ‘हमारा सबसे तगड़ा भैंसा था—हमारे पशुओं के झुंड का इकलौता भैंसा।’

‘‘ ‘बाघ फिर से हाथ डालेगा,’ रामू के पिता ने कहा।

‘‘ ‘हम उसे ऐसा करने देंगे तब ना,’ श्यामू के पिता ने कहा।

‘‘ ‘क्या शिकारियों को बुलवा लें?’

‘‘ ‘नहीं, वे इतने चतुर नहीं हैं। बाघ उन्हें आसानी से गच्चा दे देगा। वैसे भी, हमारे पास इतना समय नहीं है। बाघ आज रात फिर अपना खाना खाने आएगा। हमें खुद ही उसे खत्म करना पड़ेगा!’

‘‘ ‘पर कैसे?’

‘‘कुंदन सिंह चुपके से मुस्कुराया और कुछ देर अपनी मूँछों पर ताव देता रहा। फिर पूरे गर्व के साथ, अपने कोट के नीचे से एक पुरानी डबल बैरल बंदूक निकाली।

‘‘ ‘मेरे पिता ने इसे एक अंग्रेज़ से खरीदा था,’ उसने कहा।

‘‘ ‘कितना समय हो गया होगा?’

‘‘ ‘यह मेरे जन्म के आस-पास की बात है।’

‘‘ ‘क्या तुमने कभी इसका इस्तेमाल किया?’ रामू के पिता को लग रहा था कि शायद बंदूक काम नहीं करेगी।

‘‘ ‘कुछ साल पहले डाकुओं पर चलाई थी। तुम्हें याद होगा कि जब वे हमारे यहाँ धावा बोलने आ गए थे। उन्होंने गलत जगह चुनी और फिर उनकी ठुकाई भी खूब हुई थी। जब वे जाने लगे तो मैंने बंदूक चला दी थी। वे गंगा पार करने तक रुके ही नहीं थे!’

‘‘ ‘हाँ, पर क्या तुमने किसी को नुकसान पहुँचाया?’

‘‘ ‘मैं ऐसा करता पर अचानक किसी की बकरी बीच में आ गई। पर हमने उस रात गोश्त भूना था! चिंता मत करो दोस्त, मुझे सारे हालात सँभालने आते हैं।’

‘‘रामू के पिता के साथ कुछ दूसरे लोग झील की ओर गए। उन्होंने कंकाल को हाथ तक नहीं लगाया—वे जानते थे कि अगर बाघ को उनके इस जाल का शक हो गया तो वह दोबारा उस ओर नहीं आएगा—उन्होंने उस

शिकार से करीब तीस फीट की दूरी पर, लंबे पेड़ की शाखाओं के बीच एक और मचान तैयार की।

''उस रात रामू और श्यामू के पिता मचान पर जा बैठे।

''कई घंटे बीत गए और उन्हें एक गीदड़ के सिवा कुछ न दिखा। फिर अचानक, जैसे ही सुदूर पहाड़ी पर चाँद उगा, कुंदन और उसके साथी 'आ... ऊँ!!' स्वर से चौंके और फिर उसके बाद सुनाई देने वाली हल्की गुर्राहट से थर्रा उठे।

''कुंदन का हाथ बंदूक पर कस गया और उसका दोस्त दिलासा देने के लिए उसके पास खिसक आया। एक या दो मिनट के लिए पूरी तरह से चुप्पी छाई रही—यह उनके लिए बहुत ही कष्ट से भरे क्षण थे। इसके बाद सूखे पत्तों के बीच किसी के चलने की चरमर ध्वनि सुनाई दी।

''बाघ अलसाये कदमों से वहीं आ गया था। एक ही क्षण बाद, बाघ अपने बचे हुए शिकार के पास खड़ा दिखा।

''पहले तो कुंदन कुछ नहीं कर सका। वह उस अद्भुत और आलीशान बाघ को देख विस्मित हो उठा। रामू के पिता ने उसे टहोका दिया और फिर कुंदन ने झट से बाघ के सिर का निशाना लगाकर बंदूक का घोड़ा दबा दिया।

''बंदूक से दो धमाके एक साथ सुनाई दिए क्योंकि कुंदन ने दोनों बैरल छोड़ दिए थे। एक ज़ोर की दहाड़ सुनाई दी। एक गोली बाघ के सिर को छू कर निकली थी।

''गुस्साए हुए बाघ ने शाखाओं की ओर छलाँग लगाई पर सौभाग्य से मचान सुरक्षित ऊँचाई पर था और बाघ उन तक नहीं आ सका। वह फिर से दहाड़ा और भाग कर जंगल में जा छिपा।

'' 'क्या बाघ था!' कुंदन के चेहरे पर भय और सराहना के मिले-जुले भाव थे। 'ऐसा लगा मानो मेरा कलेजा पानी हो गया हो।'

'' 'यार तुम्हारा निशाना चूक गया। बंदूक ने कितना शोर किया। अगर बाण से मारते तो ज़्यादा बेहतर होता,' रामू के पिता ने कहा।

'' 'निशाना बेकार नहीं गया। तुमने उसकी दहाड़ नहीं सुनी। अगर उसे चोट न लगती तो क्या उसे इतना गुस्सा आता? अगर बुरी तरह से घायल

होगा तो अपने-आप मर जाएगा।'

" 'और अगर थोड़ा घायल हुआ होगा तो आदमखोर बनेगा और फिर जाने हमारा क्या होगा।'

" 'मुझे नहीं लगता कि अब वह वापिस आएगा,' कुंदन ने कहा। 'वह इस जंगल को छोड़ कर चला जाएगा।'

"उन्होंने पेड़ से उतरने के लिए सूरज निकलने तक इंतज़ार किया। उन्हें सूखी घास पर लहू के कुछ कतरे भी दिखे पर जंगल में आगे जाकर कोई निशां नहीं दिखा और रामू के पिता को पूरा यकीन हो गया कि बाघ के शरीर पर हल्का-सा घाव लगा था।

"गोली उसके कान के पिछले हिस्से को नहीं भेद सकी। वह केवल बाघ की खोपड़ी पर एक गहरा घाव ही दे सकी। बाघ का ज़ख्म भरने में कुछ ही दिन लगे और इस दौरान बाघ झील के पास भी नहीं फटका। जब बहुत ज़्यादा प्यास लगती तो गहरे अंधेरे में दबे पाँव पानी पी कर लौट जाता।

"गाँववालों को लगता था कि बाघ कहीं चला गया पर रामू और श्यामू दूसरे साथियों के साथ लाठियों और कुल्हाड़ियों से लैस होकर ही जंगल की राह जाते—वे कुछ दिन बाद ही मवेशियों को फिर से ताल के पास लाने लगे थे पर वे लोग उन्हें झुंड से अलग नहीं होने देते थे और शाम ढलने से पहले ही वापिस लौट जाया करते।

"जंगल में आग लगने वाली घटना को कुछ दिन बीत गए थे और अक्सर इन जगहों पर प्रकृति जल्द ही सब कुछ सँभाल लेती है। सूखे मौसम के बावजूद जंगल में नवजीवन के आसार दिखने लगे थे।

"भैंसें दलदली पानी में पगुरा रही थीं; लड़के घास वाले टापू पर कुश्ती कर रहे थे। एक बड़ा-सा बाज अपने भोजन की तलाश में उनके सिरों के ऊपर से मँडराता हुआ निकल गया—यह इस बात का पक्का संकेत था कि जंगल के कुछ जानवर वापिस आने लगे थे। जल्द ही उसकी आँखों ने घास के बीच एक हल्की-सी हरकत को भाँप लिया।

"उसने अपनी तेज़ नज़रों से जो देखा, वह खरगोश का नन्हा बच्चा था, छोटा रोएँदार बच्चा, उसके चेहरे के दोनों ओर लंबे गुलाबी कान खड़े थे।

और वह दो भारी पत्थरों के बीच न रेंग रहा होता तो शायद उस पर नज़र ही न जाती। बाज ने इंतज़ार किया कि कहीं उसकी माँ तो आस-पास नहीं। जब वह इंतज़ार कर रहा था तो उसे पता नहीं था कि कोई और भी उस रसीले शिकार पर नज़रें गड़ाए बैठा था। झाड़ियों के पास से एक बड़ा-सा पीले रंग का जीव बाहर आया और तेज़ी से खरगोश शावक की ओर लपका। वह एक पीली जंगली बिल्ली थी, जिसे सूखी घास में देखना भी मुश्किल था। जंगली बिल्ली ने फुर्ती से अपने शिकार पर झपट्टा मारा।

''खरगोश की चीखें उसके ज़ालिम पंजों के तले दबकर रह गईं। पर वे चीखें खरगोश की माँ तक पहुँच गई थीं जिसने एकदम सामने आकर बिल्ली को चौंका दिया।

''मादा खरगोश ने बिल्ली पर धावा बोल दिया। उसने उस पर झपट्टा मारते हुए छलाँग भरी। जब बिल्ली गिरी तो उसने उसे ठोकर से मारा और अपने पैरों से धूल उड़ाते हुए बिल्ली की आँखों और चेहरे को धूल से भर दिया। वह लगातार ऐसा करती चली गई।

''बिल्ली इस अचानक हुए हमले से हैरान-परेशान थी। उसने अपना बचाव करते हुए शिकार को लपक कर भागना चाहा पर खरगोश की माँ उसे ऐसा नहीं करने दे रही थी। वह लगातार उस पर धूल उड़ाती हुई, अपने पैरों से वार करती रही और हार कर बिल्ली ने शिकार को छोड़ा और उस पर हमला कर दिया।

''बिल्ली मादा खरगोश पर कई बार उछली और अपने पंजों से प्रहार किया पर खरगोश की फुर्ती भी कम नहीं थी। वह हर बार खुद को पंजों की मार से बचाती रही और बिल्ली को अपने बच्चे से दूर और दूर ले गई—उसे नहीं पता था कि खरगोश शावक मर चुका था।

''बाज को अपने लिए सही मौका लगा। वह तेज़ी से चक्कर काटते हुए नीचे आया। पल भर के लिए उसके डैने खरगोश के बच्चे पर फैले और उसने उसे अपने पंजों में दबोच लिया। उस एक पल में उसने देखा कि बिल्ली उसके पीछे आ रही थी और मादा खरगोश झाड़ियों की ओर भागी। फिर 'कीं-कीं-ईं' के घोष के साथ अपनी जीत का ऐलान करता हुआ बाज

अपना आहार लेकर हवा में उड़ता चला गया।

"लड़कों ने ज्यों ही आसमान की ओर देखा तो उन्हें पंजों में मरा खरगोश लिए उड़ता बाज दिखाई दिया।"

"बेचारा खरगोश। उसका जीवन इतना-सा ही था," राकेश ने कहा।

"जंगल का यही नियम है। बाज का भी परिवार है। उसे उनका पेट भी भरना है," मैंने कहा।

"मैं सोच रहा था कि क्या हम जानवरों से बेहतर हैं?" राकेश ने कहा।

"शायद हम कुछ मायनों में उनसे बेहतर हैं। दरअसल मुझे लगता है कि हँसने की क्षमता और दूसरों के लिए दया भाव ही इंसानों को जानवरों से कुछ बेहतर बनाता है।"

"फिर क्या हुआ?" राकेश ने पूछा।

"अगले दिन, जब लड़के पशुओं के झुंड को घर वापिस ले जा रहे थे तो एक भैंस पीछे छूट गई। रामू को इस बात का तब तक पता नहीं चला जब तक उसे भैंस की करुण पुकार सुनाई नहीं दी। उसने ज्यों ही देखा तो उसे बड़ी धारियों वाला बाघ भैंस को बाँसों के पीछे खींचकर ले जाता दिखा। उसी समय सारे झुंड को खतरे की भनक पड़ गई और भैंसें मारे डर के डकारती-रंभाती हुईं, जंगल की पगडंडी पर तेज़ी से दौड़ने लगीं। उन्हें तेज़ी से हाँकने और दोस्तों को चेताने के लिए रामू ने दोनों हाथ मुँह के पास लाकर तेज़ हुँकार मारी।

"भैंसें रंभाईं, लड़के चिल्लाए और पक्षी मारे डर के पेड़ों से उड़ गए। मानो एक ही पल में सारा झुंड जंगल से बाहर था। गाँववालों ने उनके खुरों की आवाज़ सुनी और धूल का बवंडर देखा तो वे जान गए कि कोई-न-कोई गड़बड़ ज़रूर हुई होगी।

"रामू चिल्लाया, ? 'बाघ आया! उसने हमारी एक भैंस मार दी।'

" 'अब उसे हमारा डर नहीं रहा,' श्यामू बोला।

" 'क्या तुमने देखा कि वह भैंस को कहाँ ले गया?' कुंदन सिंह ने पास आते हुए कहा।

" 'मुझे जगह याद है। वह उस भैंस को बाँसों के नए झुरमुट में खींच ले गया,' रामू ने कहा।

“ ‘अब हमारे पास समय बहुत कम है,’ उसके पिता ने कहा। ‘कुंदन, तुम अपनी बंदूक और दो लोग लेकर जाओ और रस्सियों वाले पुल के पास इंतज़ार करो, वहीं जहाँ गरुड़ जलधारा गंगा से मिलती है। उस ओर जंगल संकरा हो जाता है। हम अपनी ओर से जंगल में नगाड़ा पीटेंगे और बाघ को तुम्हारी ओर खदेड़ेंगे। अगर उसे तैरना नहीं आता तो वह हमसे बच नहीं सकेगा!’

“ ‘ठीक है!’ कुंदन ने कहा और अपने घर से बंदूक लेने गया। श्यामू उसके साथ ही था। ‘क्या वह हमारी भैंस थी?’ उसने पूछा।

“ ‘इस बार यह रामू की भैंस थी,’ श्यामू ने कहा। ‘अच्छी दुधारू भैंस थी उनकी।’

“ ‘तब तो रामू के पिता को ही जंगल में डंका पीटना चाहिए। तुम लड़के मेरे साथ आओ। तुम लोगों के लिए उनके साथ जाना ठीक नहीं है।’

“कुंदन सिंह ने बंदूक लेने के बाद रामू, श्यामू और दो लोगों को अपने साथ लिया और नदी के पुल की ओर निकल गया, रामू के पिता ने लगभग बीस लोगों को साथ लिया और उस लड़के के साथ हो लिए, जिसने रामू के साथ बाघ को शिकार करते देखा था। वह सबको वहीं ले गया, जहाँ से बाघ भैंस को जंगल में खींच कर ले गया था।

“जब बाघ ने लोगों के आने की आहट सुनी तब वह अभी अपने शिकार का स्वाद ले रहा था। उसने यह उम्मीद नहीं की थी कि लोग इतनी जल्दी उसके सिर पर होंगे। उसने एक गुस्सैल गुर्राहट के साथ अपना खाना छोड़ा और पत्तों और बाँस की ओट में होकर लोगों को देखने लगा।

“लोगों ने मरी हुई भैंस पर इतना ध्यान नहीं दिया और वे सभी अपने नेता के आस-पास खड़े होकर सलाह-मशविरा करने लगे। उनमें से हरेक के कंधे पर हाथ में पकड़े जाने वाले छोटे नगाड़े थे। उन्होंने अपने हाथों में लाठी, भाले और कुल्हाड़ियाँ भी ले रखी थीं।

“सैंकड़ों राय-सलाह के बाद उन्होंने जंगल के घने हिस्से में कदम रखा और दोनों हाथों से ढोल-नगाड़े पीटने लगे। उनमें से कुछ लोग टिन के खाली कनस्तर भी पीट रहे थे जो नगाड़ों से भी ज़्यादा आवाज़ कर रहे थे।

“बाघ को ये शोर सहन नहीं हुआ और वह जंगल के घने हिस्से में

निकल गया पर उसे यह देखकर हैरानी हुई कि लोग उससे दूर जाने की बजाय उसके और नज़दीक आए जा रहे थे। उनके साथ आने वाला शोर कानों के पर्दे फाड़ रहा था। अब वे अलग-अलग होकर, एक या दो लोग एक साथ आगे बढ़ रहे थे। वे लोग नगाड़े और टिन पीटने के साथ-साथ ज़ोर से चिल्ला भी रहे थे। वे लोग आपस में पंद्रह फीट से ज़्यादा दूरी पर नहीं थे। बाघ बहुत आसानी से उन लोगों के उस आधे दायरे को तोड़ कर निकल सकता था। उसके पंजे का एक प्रहार किसी भी बलशाली को पल भर में धराशायी कर देता—पर उस समय वह केवल इतना चाहता था कि उस शोर से दूर हो जाए। उसे इंसानी शोर से डर और नफ़रत दोनों ही थे।

''वह कोई आदमखोर नहीं था और जब तक बहुत डरा हुआ, क्रोधित या परेशान न हो, वह इंसानों पर हमला नहीं करता था; अब तक वह इनमें से कोई नहीं था। उसका पेट भर चुका था और अब वह गहरी नींद लेना चाहता था। पर अगर जानवर के आस-पास इंसानी कोलाहल मचा हो तो उसे आराम कैसे मिल सकता है।

''एक घंटे तक रामू के पिता और बाकी लोग शोर-शराबे से जंगल का कोना-कोना दहलाते रहे। बाघ बेचैन था। वह बड़ी मुश्किल से इंसानों से थोड़ी दूरी बना कर छाया में आराम करने लगता कि पाँच-दस मिनट के भीतर वे सब वहीं आ जाते। बाघ एक हिंसक गुर्राहट के साथ चुपचाप जंगल की संकरी राह की ओर बढ़ता चला गया, वह उसी गरुड़ नाले की ओर जा रहा था, जिस ओर वे उसे भेजना चाहते थे। अगर वह दस साल पहले उस ओर आया होता तो उसे अपनी दाईं ओर घना जंगल मिलता, पर बहुत पहले, उस जगह के पेड़ कटवा कर इंसानी आबादी बसा दी गई थी और अब उसके पास बाईं ओर, नदी की ओर जाने के सिवा कोई उपाय नहीं था।

''दोहपर के समय बाघ खुले मैदान में सामने आया। वह अपने लिए रात का अंधेरा और सुरक्षा चाह रहा था। सूरज की रोशनी उसकी दुश्मन थी। कुंदन और लड़के अब उसे साफ़-साफ़ देख पा रहे थे। कभी धूप में उसकी खाल चमक उठती तो कभी छोटे सरकंडों के बीच चलता बाघ झलक दे जाता। वह अब भी कुंदन की बंदूक की गोली की हद से बाहर था पर उसके कहीं

भागने के कोई आसार नहीं थे, क्योंकि उन सभी हिस्सों में लोगों ने रोक लगा दी थी। वह झाड़ियों में ओझल होता और कुछ ही देर में किसी दूसरी जगह से दिखने लगता, हाँका लगाने वालों ने अपना काम बखूबी किया था। वे उसे घने जंगल से बाहर खींच लाए थे। अब वह उन चट्टानों से केवल एक सौ पचास गज की दूरी पर था जहाँ कुंदन अपनी बंदूक के साथ उसके इंतज़ार में था और वह बहुत बड़ा दिख रहा था।

"बाघ को हाँका देने वाले पीछे से पास आ गए थे और किनारे का निचला हिस्सा बिलकुल बंद था, इसलिए बाघ मुड़ा और सरकंडों के बीच कहीं ओझल हो गया, कुंदन सिंह को उम्मीद थी कि कुछ ही गज की दूरी से वह सिर फिर से दिखाई देगा। अब हाँका देने वाले बहुत शोर मचा रहे थे। वे अपनी ओर से खूब चीख-चिल्ला रहे थे पर कुछ भी हिलता नहीं दिखा; कुछ दूरी से देख रहे रामू के मन में आया कि कहीं बाघ हाँका देने वालों को गच्चा देकर निकल तो नहीं गया। उसके मन के किसी एक कोने में ऐसी ही चाहना थी।

"कनस्तर पीटे जा रहे थे और कुछ लोग तो अपने भालों और लाठियों से सरकंडों को कोंचने भी लगे। शायद उनमें से एक निशाने पर जा लगा और एक हुँकार भरते हुए बाघ कीच और पानी से भरे नाले की ओर लपका। कुंदन सिंह ने गोली चलाई और वह बाघ की जाँघ में जा लगी।

"ताकतवर जानवर लड़खड़ा गया; पर वह अगले ही पल उठ कर खड़ा हो गया और वह हाँका देने वालों की संकरी कतार के बीच से निकल कर भागा और सीधा नदी की राह ली—गंगा पर बना रस्सियों वाला पुल उसे पीछे की ऊँची पहाड़ियों की ओर ले जा सकता था।

" 'हम अब उसे पकड़ लेंगे। वह बिलकुल खुले में आ गया,' कुंदन सिंह ने बंदूक लहरा कर कहा।"

"तो क्या सच में उन्होंने बाघ को पकड़ लिया?" राकेश की आँखें जिज्ञासा और उत्साह से छलक उठीं।

"जब जख्मी बाघ ने पुल को पार करना चाहा तो पुल झूलने लगा। कुंदन सिंह ने एक और गोली दाग़ी जो बाघ के कंधे को खरोंच देकर निकल

गई। बाघ आगे की ओर झुका और उस अनजाने फिसलन से भरे पुल पर उसका पैर फिसल गया, वह सीधा सिर के बल, नदी के हरहराते पानी में जा गिरा।''

''अरे नहीं!'' राकेश बुरी तरह से चिहुँका।

''वह सतह पर एक बार उठा पर पानी का वेग उसे अपने साथ बहा ले गया और फिर नदी की सतह पर लहू की हल्की-सी निशानी छूट गई।

''कुंदन और दूसरे लोग धारा की ओर भागे ताकि देख सकें कि मरा हुआ बाघ नदी के किनारे लगा या नहीं; पर उन्होंने कई मील तक किनारों पर खोजबीन कर ली, उन्हें जंगल के राजा का कोई निशान नहीं मिला।''

मैंने अपनी कहानी को वहीं विराम दिया। राकेश बहुत मायूस और असंतुष्ट दिखा।

मैंने कहा, ''पहले गाँववाले खुश थे, क्योंकि उन्हें लग रहा था कि अब उनकी भैंसें सुरक्षित हैं। फिर उन्हें लगने लगा कि उनके जीवन से कुछ छूट-सा गया है, उनके जंगल का जीवन अधूरा हो गया था; उन्हें लगने लगा था कि जंगल अब पहले जैसा जंगल नहीं रहा। वह साल-दर-साल सिकुड़ रहा था, पर जब तक बाघ उसमें था और उन्हें उसकी दहाड़ सुनाई देती थी, वे जानते थे कि वे अब भी उन घुसपैठियों और नए लोगों से सुरक्षित थे जो पेड़ों को काटने, उनकी धरती निगलने और उनके गाँवों में बाढ़ लाने का कारण बना करते थे। पर अब बाघ के जाने के बाद, मानो उनका संरक्षक चला गया था, अब जंगल खतरों से खाली रह गया था, उसे आसानी से नष्ट किया जा सकता था। अगर जंगल खत्म हो जाता तो वे भी खतरे में आ जाते...

एक और चीज़ थी जो बाघ के साथ ही चली गई थी, एक और चीज़ जो खो चुकी थी, एक चीज़ जो हर जगह खोती जा रही थी—एक ऐसी चीज़ जिसे 'नेकी' कहते हैं।

''रॉकी, एक बात हमेशा याद रखना—बाघ भारत की आत्मा है और जिस दिन आखिरी बाघ भी चला जाएगा, तो देश की आत्मा भी नहीं रहेगी।''

राकेश पेट के बल पलँग पर लेटा था, वह बोला, "तो क्या बाघ सच में मारा गया?"

मैंने कहा, "बाघ तो ज़रूर होंगे। ऐसा कैसे हो सकता है कि भारत में बाघ न हों? अब मैंने तुम्हें अपने हिस्से की कहानी सुना दी है। लंच के बाद, तुम्हें अपनी ओर से बताना है कि इस कहानी का अंत क्या होगा। फिर उसे वैसे ही सुनाना, जैसे मैंने तुम्हें यह कहानी सुनाई है। ठीक? चलो भागो, जल्दी से जाकर अपना खाना खा लो।"

खाना खाने के बाद मैं अपने कमरे में आराम करने आ गया। जल्दी ही राकेश वापस आ गया। "क्या मैं आपको बताऊँ कि मैंने क्या सोचा है?"

"वह नदी बाघ को उसके घर से मीलों-मील दूर बहा ले गई, वह उस अपने जाने-पहचाने जंगल से दूर, बहुत दूर गर्म रेत से भरे किनारे पर आ लगा। वह बहुत देर तक धूप में वहीं अडोल पड़ा रहा, पर उसकी साँसें अभी चल रही थीं।"

मैं पूरी दिलचस्पी के साथ उठ बैठा। ऐसा लग रहा था कि मानो मेरे बाघ के लिए अब भी एक उम्मीद बाकी थी...

"उसे चोट तो ज़्यादा नहीं लगी थी बस डूबने की वजह से निढाल हो गया था। जब नदी का पानी मुँह से बाहर आ गया और सूरज ने उसके शरीर में नई जान डाल दी तो वह हिला, अपने बदन को फैलाया और उसकी आँखें हरकत में आ गईं। उसने सिर उठाकर आस-पास के पेड़ों और लंबी घास को देखा।

"वह धीरे से धरती से उठा और उस ओर चल दिया जहाँ दोपहर की गर्म हवा में लंबी घास लहरा रही थी। क्या उसे फिर से बंदूक की गोली का निशाना बनाया जाएगा? वैसे तो आस-पास कोई इंसानी गंध नहीं आ रही थी। बाघ पूरे आत्मविश्वास के साथ आगे बढ़ने लगा।

"वैसे उस हवा में एक और गंध थी—एक ऐसी गंध, जिसे वह अपनी युवावस्था से पहचानता था—ऐसी गंध जो वह लगभग भूल गया था पर वह उसे पूरी तरह से नहीं भुला सका—एक मादा बाघ की गंध!

"उसने अपना सिर ऊँचा किया और उसके थके हुए अंगों में जैसे एक

नया जीवन लौट आया। उसने दिल खोलकर दहाड़ मारी और एक सोची-समझी योजना के तहत वहीं लंबी घास पर टहलने लगा। और वही दहाड़ उस तक वापिस आई, वह उसे पुकार रही थी, उसे आगे आने को पुकार रही थी—ऐसी दहाड़ जिसका मतलब था कि उस इलाके में और बाघ भी हैं!''

''बहुत अच्छे, मेरे बच्चे,'' मैंने कहा। मेरी कहानी को एक बहुत ही प्यारा और सुखद अंत मिल गया था।

जब आप पेड़ों पर नहीं चढ़ सकते

एक साल बाद मैंने खुद को देहरा जाने वाली टैक्सी में सवार पाया। हालाँकि मैं मसूरी में भी मग्न था पर अक्सर देहरा में बीते साल मेरे सामने आ जाते और मैं उनमें खो सा जाता। मैंने तय किया कि देहरा में वहाँ की एक-एक जगह जाकर उन यादों और बेचैनी से भरे ख़यालों से रिहाई पानी होगी।

जब मैं वहाँ पहुँचा तो बड़ा ही अजीब महसूस होने लगा। अब किसलिए? दरअसल मैं देहरा में करना क्या चाहता था? अब मेरा कोई पुराना दोस्त या नाते-रिश्तेदार भी वहाँ नहीं थे। हो सकता है कि मैं बूढ़ी मिस पेट्टीबोन से मिलने की तमन्ना रखता होऊँ...मैंने उनके संपर्क में रहने का वादा किया था पर जब वह जगह छोड़ी तो उन्हें एकाध खत ही लिख सका। वहाँ जाने के बाद उनसे नाता ही टूट गया। उन्होंने भी कभी कुछ नहीं लिखा पर मैंने उनके किसी खत के आने की उम्मीद भी नहीं रखी थी। वे बहुत उम्रदराज़ थीं और अक्सर बीमार रहती थीं। मैंने खुद को समझाया कि मैं उनसे मिलकर, उनके पिछले सारे उलाहने मिटा दूँगा और माफ़ी माँग कर उन्हें शांत कर दूँगा। पर पहले उनके लिए कुछ ले लूँ।

मैंने मॉल में जाकर उनके लिए संतरे का दरदरा जैम और थोड़ा बेकन (सूअर का सूखा नमकीन माँस) खरीदा और उनके कॉटेज की ओर चल दिया। मैं गेट से अंदर जाकर, छोटी-सी पगडंडी पर चलने लगा। वे जिस बगीचे की शौकीन थीं, उसका तो नामोनिशां तक नहीं बचा था...वह खरपतवार और जंगली पौधों का आश्रय बन गया था। कॉटेज भी वीरान लग रहा था। मेरे होंठों की मुस्कान सूख गई और माथे पर चिंता की रेखाएँ खिंच गईं। मैं उनके

आगे वाले दरवाज़े से मुड़ने ही लगा था कि डाकिया आता दिखाई दिया। यह तो देहरा का पुराना डाकिया था...बस थोड़ा और बूढ़ा और दुबला हो गया था।

''ओह, बॉन्ड साहिब। आपको इतने बरसों बाद देखकर अच्छा लगा। पर आप इधर क्या कर रहे हैं?''

''मैं मिस पेट्टीबोन से मिलने आया था। क्या बता सकते हो कि वे कहाँ मिलेंगी? अगर उन्होंने जगह बदली है तो उनका नया पता क्या है?''

''तो आपने नहीं सुना...मिस पेट्टीबोन तो आपके जाने के तीन बरस बाद ही चल बसीं। आपको तो पता है, वह कितनी बूढ़ी और कमज़ोर थीं। लंबे समय तक लकवे की शिकार होकर अपंग रहीं और दूर का एक रिश्तेदार सेवा करता रहा पर वे उस बीमारी से नहीं उठ सकीं...जैसे जीने की आस ही छोड़ दी थी और चाहती थीं कि कुदरत अपने तरीके से काम करे?''

''पर उनके घर का क्या हुआ?''

''यह घर अब विवादित संपत्ति है। देखिए, उन्होंने कोई वसीयतनामा नहीं लिखा और अब सारे रिश्तेदार दावा जताने आ गए हैं—मुझे पक्का यकीन है कि इनमें से कुछ के बारे में तो उन्हें भी पता नहीं होगा कि उनका आपस में क्या रिश्ता था। जब तक कोई कानूनी फ़ैसला नहीं आता, तब तक यह घर बंद ही रहेगा।''

मुझे उस भली और नेक औरत के लिए अपनी लापरवाही पर शर्मिंदगी हुई, वह मेरे लिए कितना स्नेह-भाव रखती थीं। अब मैं उनके लिए कुछ नहीं कर सकता था। मैं उदासी और मायूसी के बीच पहाड़ी से नीचे उतर आया। सोचने लगा कि क्या मैंने देहरा आकर कोई भूल कर दी थी? बेहतर तो यही होता कि मन को उदास करने वाली यह बात मुझे पता ही न चलती।

मैं मन-ही-मन सिर धुनते हुए लगातार चलता रहा और कुछ देर बाद खुद को एस्टले हॉल के सामने खड़ा पाया। अचानक ही उस इमारत में जाने में भय होने लगा। अगर कहीं और मायूसियाँ मेरे इंतज़ार में किसी कोने में छिपी हुईं तो? मोती बीबी दुकान से बाहर आ गई पर देख कर लगा कि उसने मुझे पहचाना नहीं था।

"मोती बीबी, मुझे पहचाना नहीं? बॉन्ड।"

उसने मुझे देखकर मुस्कान दी और कहा, "बेशक! मैंने तो पहचान लिया पर ये पक्का पता नहीं था कि तुम पहचानोगे या नहीं। अपने दोस्त से मिलने आए हो, है ना? बढ़िया। यहाँ क्यों खड़े हो, जाओ-जाओ, ऊपर जाओ ना!"

'कौन-सा दोस्त?' मैंने खुद से सवाल किया। मैं वहीं खड़ा इमारत का जायज़ा लेने लगा। यह इमारत पहले से कहीं बूढ़ी और खस्ताहाल दिख रही थी। अचानक पहले तल की बालकनी ने मेरा ध्यान खींचा। एक ही लाइन में गमले धरे थे—फर्न, पाम, गेंदा, जिनिया, कुछ चटकीले सूरजमुखी और जलकुंभी। उनकी वजह से जगह अलग ही चमक रही थी। नज़र हटाए नहीं हटती थी।

मुझे पक्का यकीन था कि वे तो मेरे ही पौधे थे—वे पौधे जो दोस्त सीताराम ने मेरे लिए चुराए थे और जिन्हें देहरा से जाते हुए मोती बीबी की देख-रेख में छोड़ा गया था। लेकिन अब उनकी देखरेख कौन कर रहा था? क्या वह... ?

धड़कते दिल के साथ मैंने सीढ़ियों की राह ली—वही बाईस सीढ़ियाँ! और मैंने कमरे का दरवाज़ा खटखटा दिया।

मन में आशा और निराशा का मेला लगा हुआ था। दरवाज़े पर कोई और नहीं, मेरा अपना सीताराम खड़ा था। एक पल के लिए तो वह भी मेरी तरह हैरानी से भर उठा और फिर सीताराम ने मुस्कान दी और मेरा स्वागत किया।

"वाह जी! बिलकुल फ़िल्मी स्टाइल," उसने खीसें निपोरीं।

"तुम कहना क्या चाहते हो?" मैंने पूछा।

"हमारी दहलीज़ पर तुम्हारा फिर से आना।"

"हमारी? तुम्हारे साथ और कौन रह रहा है? ओह, तुम्हारे माँ-बाप! मैं तो उन्हें भूल ही गया था।"

"वे नहीं हैं। वे नहीं हैं। मि. रस्टी! मेरे साथ मेरी पत्नी रहती है।"

"पत्नी!" इससे पहले कि मैं कुछ और कहता। एक युवती ने कमरे में कदम रखा और मैं अपनी जगह से उठ खड़ा हुआ। मैं उसे जानता था...चेहरा

देखा-भाला था; पर यह याद नहीं आ रहा था कि उसे पहले कहाँ देखा था। उसने मुझे देखा और मेरी उलझन देखकर थोड़ा-सा हँसी। सीताराम भी खिलखिलाने लगा। राधा! वह नाम अचानक मेरे ज़ेहन में उछल कर आ गया। वह तो मेरे पड़ोस के घर में काम करने वाली आया थी। मैंने खुद को सँभाला और कहा, "राधा, तुमसे मिलकर अच्छा लगा। तुमने इस दुष्ट से शादी कर ली। यह सुन कर भी अच्छा लगा। शादी को कितना समय हो गया?"

सीताराम ने कहा, "मुझे पता है कि तुम क्या सोच रहे हो। तुम्हारे मन में यही चल रहा है कि सीताराम और राधा का ब्याह कैसे हो गया। तुम्हें तो पता है कि मैं कुछ साल तक शिमला में बैरे का काम करता रहा। पैसे कम और काम ज़्यादा की मजबूरी झेलता रहा। जब तुम देहरा से गए तो कुछ ही महीने बाद मैं वापस आया। कह सकते हैं कि मुझे वापस आना ही पड़ा। उन्होंने मुझ पर होटल के चम्मच-काँटे और साबुन चुराने का इल्ज़ाम लगा दिया था। क्या तुम ऐसा सोच भी सकते हो? मानता हूँ कि मैं पहले कभी शरारती रहा था पर ये इल्ज़ाम तो पूरी तरह से बेबुनियाद था। मैं अपने-आप को निर्दोष साबित नहीं कर सका और मुझे देहरा वापिस आना पड़ा। जब इधर लौटा तो तुम्हारे जाने का पता चला। मोती बीबी ने वे सारे पौधे मुझे दे दिए और मैं माँ-बाप के साथ रहने लगा। जब कभी मन उदास होता तो एस्टले हॉल आ जाता।

"मैं छत पर जाकर बैठ जाता और आकाश में उड़ती पतंगें देखा करता। कई बार यहीं राधा से मुलाकात हो जाती—वह अक्सर छत पर गीले कपड़े सुखाने और सूखे कपड़े लेने आती थी। वहीं हमारे बीच बातचीत होने लगी। जल्दी ही मुझे लगा कि मैं इसे दिल से चाहने लगा हूँ। मुझे इसकी मुस्कान बहुत भाती थी। वह धीरे से सूरज की धूप की तरह उसके चेहरे पर छा जाती जैसे पहाड़ों पर धूप उतरती है। फिर वह उसी उजास में से थोड़ी मुझे भी देती। लगता कि मानो मैं उसमें नहा गया हूँ। उसके जाने के बाद भी यह सुनहरा एहसास बना रहता। इस तरह मैं जान गया कि वह मेरी ज़िंदगी में एक खास इंसान बनने वाली है।

''राधा के घरवाले गरीब थे पर जल्दी ही पता चला कि मैं उनसे भी ज़्यादा गरीब था। जब पता चला कि वे उसे साठ साल के दुहाजू से ब्याहने जा रहे हैं तो मैंने हिम्मत बटोर कर एलान कर दिया कि मैं उससे ब्याह रचाने वाला हूँ। पर मेरी जवानी किसी काम नहीं आई। उस रंडुए के पास राधा के माँ-बाप के लिए बेशुमार दौलत थी। वैसे भी उसकी ओर से राधा के परिवार को दहेज़ मिलने का रिवाज भी था। मेरे पास देने के लिए क्या था। कुछ भी नहीं—मेरे पास तो शादी के बाद बुनियादी ज़रूरतें पूरी करने के लिए नौकरी तक नहीं थी। मेरे माँ-बाप या नातेदारों में से कोई भी इतना दौलतमंद नहीं था जो मेरे लिए राधा के रिश्ते की बात करता।

''मैंने सोचा कि मुझे और राधा को घर से भाग जाना चाहिए। जब मैंने राधा को यह बताया तो उसकी आँखें चमक उठीं। उसे भी यह आइडिया बड़ा पसंद आया। अक्सर प्रेम में पड़ी औरतें मर्दों जैसी ही बेपरवाह हो जाती हैं! उसने यह भी नहीं सोचा कि हम कहाँ जाएँगे या कहाँ रहेंगे। हम दोनों के पास कोई घर नहीं बचता, जहाँ हम लौट कर आ पाते। पर हमारा प्रेम सच्चा था और हमें भागना ही पड़ा, हम नतीजों की परवाह किए बिना घर से निकल पड़े। हम सीढ़ियों, छतों और दुकानों के पीछे जमा कचरे के ढेर के पास चुराए कुछ पलों की बजाय अपने लिए कोई स्थायी हल चाहते थे।

''और इस तरह हम शिमला चले गए, जहाँ मेरे कुछ दोस्त थे। अगर मेरे पास आपका पता होता तो हम सीधा आपके पास आ धमकते। खैर, भगवान की मुझ पर बड़ी मेहरबानी रही। हमें शिमला के मिशनरी स्कूल की कैंटीन में काम मिल गया और फिर एक साल बाद, यहीं देहरा में नौकरी लग गई। अब वह घर सँभालती है और मैं पास ही बनी जैम फ़ैक्ट्री में काम करता हूँ। रस्टी, जल्दी बताओ, तुम हमारे लिए खुश हो ना?''

बेशक, मैं बहुत खुश था। मुझे खुशी थी कि न केवल सीताराम ने अपने सच्चे प्यार को पाया, बल्कि उसके पास ऐसा कुछ था, जो मेरे पास कभी नहीं रहा—उसके पास उस प्रेम को मानने और बनाए रखने का साहस था। मेरी देहरा यात्रा सफल रही, बस अब मैं एक और जगह जाना चाहता था।

मैं अपनी नानी के घर की ओर चल दिया।

जब पेड़ों ने मुझे देखा तो ऐसा लगा कि उन्होंने मेरी ओर अपना रुख कर लिया हो। सुदूर बर्फ़ से एक बर्फ़ीली हवा ने सारी घाटी को घेर लिया। एक लंबी पूँछवाले मैगपाई पक्षी ने पुकार लगाई और शाहबलूत के पेड़ से शोर मचाता हुआ उड़ गया। झींगुर अचानक शांत हो गए पर पेड़ मुझे भूले नहीं थे। वे हवा में हौले से झूमे और मुझे पास आने का इशारा किया, वे घर वापसी पर मेरा स्वागत कर रहे थे। तीन देवदार, एक बिखरा हुआ-सा शाहबलूत और जंगली चैरी का पेड़। मैं उनके पास गया और उनके तने छूकर उनका अभिवादन ग्रहण किया—चैरी का तना चिकना और चमकदार; देवदार का खांचेयुक्त और चक्राकार; देवदार का तना रूखा, अनुभवों से भरा। वही सबसे लंबा था और हवा ने उसकी ऊपरी कुछ शाखाओं को झुकाकर मोड़ दिया था जिससे वह बेतरतीब और अजीब-सा दिखने लगा था। पर वह उस दार्शनिक की तरह था जिसे अपनी पोशाक और छवि की परवाह न हो, देवदार के पास अपने रहस्य और एक छिपा हुआ सयानापन था। उसने जीवित रहने की कला सीख ली थी!

देवदार और शाहबलूत की उम्र मुझसे और मेरे पिता से ज़्यादा थी, वे बरसों-बरस से वहीं बने हुए थे पर चैरी का पेड़ ठीक 39 वर्ष का था। मैं जानता था, क्योंकि उसे मैंने ही रोपा था।

जब मैं एक बार बोर्डिंग स्कूल से अवकाश में घर आया था, तो नानी के पास कुछ सप्ताह बिताने के लिए देहरा आया था। केन अंकल ने मुझे चैरी का बीज दिया था और मैंने उसे उसी समय नरम माटी में रोप दिया। फिर मैं उसके बारे में सब भूल गया। कुछ ही महीने बाद मैंने लंबी घास के बीच चैरी का पौधा उगा पाया। मुझे उसके पनपने की उम्मीद नहीं थी पर अगले ही साल वह दो फ़ुट का हो गया था। और फिर किसी बकरी ने उसके पत्ते खा लिए और घास काटने वाली मशीन ने उसके तने को चोट पहुँचा दी, और मुझे पक्का यकीन हो गया था कि वह अब मुरझा जाएगा। पर वह फिर से हरा हो गया और इस बार तेज़ी से फला-फूला। तीन ही सालों के भीतर वह एक मज़बूत, स्वस्थ और लगभग पाँच फ़ुट लंबे पेड़ में बदल गया था।

नानी का घर बिकने के बाद, मैं कुछ साल के लिए देहरा छोड़ कर चला गया—हालात की मार थी, जाना ही पड़ा—पर मैं अपने चैरी के पेड़ को नहीं भूला। मैं अक्सर उसे याद करता और अपनी ओर से उसका हौसला बनाए रखने के लिए उसे मानसिक संदेश भेजा करता। और जब, कई साल पहले, मैं हेमंत में वापिस आया तो मेरा मन बल्लियों उछलने लगा। मेरा पेड़ हल्के गुलाबी रंग से निखरा पड़ा था। (हिमालय में उगने वाली चैरी के पेड़ पर नवंबर में फल आता है।) और बाद में, जब उसका फल पका, तो पेड़ पर कई तरह की छोटी चिड़ियों और बुलबुल का जमावड़ा लगने लगा जो खट्टी लाल चैरी चखने आती थीं।

उस दौरान घर खाली पड़ा था (उसके मालिकों की मर्ज़ी) तो मैंने अपनी एक रात उसी पेड़ के तले बिताई थी। मैं घंटों जाग कर पास ही बहते नाले और रात को बोलने वाले पक्षी का स्वर सुनता रहा। मुझे पेड़ की शाखाओं से झाँकते टिम-टिम करते तारे दिख रहे थे। और उस रात मैंने आकाश, धरती और एक नन्हे चैरी के बीज की ताकत को महसूस किया...

फिर मैं सड़क के किनारे खड़ी घास के पास जा खड़ा हुआ और बाग की चारदीवारी के भीतर से पुराने घर को देखा। उसमें ज़्यादा बदलाव नहीं आया था। नदी के किनारे से लाए गए ठोस ग्रेनाइट से बने घर की मरम्मत के लिए कुछ खास किया भी नहीं जा सकता था। पर उसके पास ही एक नया आउटहाउस दिखा और कुछ पेड़ भी कम हो गए थे। मुझे कटहल के पेड़ को देखकर अच्छा लगा जो अब घर के एक कोने में खड़ा, दीवार को अपना साया दे रहा था। मुझे याद है, नानी कहती थीं, ''जिस घर पर पेड़ का साया पड़ता है, वह भाग्यशाली होता है।'' और इस तरह घर के वर्तमान मालिक को भी पेड़ का आशीर्वाद मिल रहा था।

मैं जहाँ खड़ा था, वहाँ पहले कभी घूमने वाला दरवाज़ा हुआ करता था और जब मैं बच्चा था तो सिर चकराने की हद तक, उस पर चढ़ कर चक्कर लगाया करता था। अब उस दरवाज़े को हटा कर, दीवार खड़ी कर दी गई थी। दीवार के दूसरी ओर हॉलीहॉक के लंबे पौधे उग आए थे।

''तुम क्या देख रहे हो?''

पहले सिर्फ़ आवाज़ सुनाई दी। कुछ ही पल बाद एक नन्हा लड़का दिखा जो हॉलीहॉक के लाल फूलों के बीच से मुझे देख रहा था।

''मैं घर को देख रहा था,'' मैंने कहा।

''क्यों? क्या तुम इसे खरीदना चाहते हो?''

''क्या यह तुम्हारा घर है?''

''मेरे पापा का घर है।''

''और तुम्हारे पापा क्या करते हैं?''

''वे तो बस कर्नल हैं।''

''बस एक कर्नल!''

''हाँ, अब तक उन्हें ब्रिगेडियर हो जाना चाहिए था।''

मैं खिलखिला उठा।

''इसमें हँसने वाली क्या बात है। मम्मी कहती हैं कि उन्हें अब तक ब्रिगेडियर बन जाना चाहिए था,'' वह बोला।

एक जुमला मेरे होंठों की कोर पर आकर ठिठक गया ('शायद यही वजह थी कि वे अब तक एक कर्नल हैं') पर मैं ऐसा कुछ कहना नहीं चाहता था। हम दीवार के दोनों ओर खड़े, एक-दूसरे को ताक रहे थे।

''अच्छा, तुम्हें घर नहीं खरीदना तो इसमें क्या देख रहे हो?'' वह आखिरकार बोला।

''मैं कभी यहाँ रहा करता था।''

''ओह!''

''कई साल हो गए। जब मैं छोटा था—तुमसे भी छोटा...फिर मेरी नानी नहीं रहीं और हमने यह घर बेच दिया।''

वह कुछ देर चुप रहा और बात समझने के बाद बोला, ''अब तुम इसे वापिस खरीदना चाहते हो पर तुम्हारे पास पैसा नहीं है?''

''नहीं, मैं इसे खरीदने की नहीं सोच रहा। मैं तो बस इसे एक बार देखना चाहता था। तुम लोग यहाँ कब से रह रहे हो?''

''हमें तो तीन ही साल हुए हैं,'' वह खरबूजा खाते हुए बाहर आया था। उसके होंठों पर अब भी उसका रस लगा दिखाई दिया। ''क्या तुम घर

को एक बार देखने के लिए भीतर आना चाहोगे?''

''तुम्हारे मम्मी-पापा बुरा तो नहीं मानेंगे?''

''वे तो क्लब गए हुए हैं। वे कुछ नहीं कहेंगे। मुझे अपने दोस्तों को घर में लाने की इजाज़त है।''

''अच्छा, बड़े दोस्त भी आ सकते हैं?''

''तुम कितने साल के हो?''

''थोड़ा बड़ा हूँ पर आज जवाँ महसूस कर रहा हूँ।'' इसी बात को साबित करने के लिए मैंने तय किया कि मैं गेट से जाने की बजाय दीवार फाँद कर अंदर जाऊँगा। मैं दीवार तक तो आ गया पर वहीं थम कर अपनी उखड़ी साँसों को सँभालना पड़ा। मैंने मन-ही-मन कहा, 'अधेड़ आदमी कलाबाज़ी का करतब दिखाने चला था।'

''मैं मदद करता हूँ,'' उस लड़के ने अपना हाथ आगे बढ़ाया।

मैं सरकते हुए फूलों की क्यारी में गिरा और हॉलीहॉक के फूलों की शाख काँप गई।

जब हम घास पारकर आगे बढ़े तो अचानक आम के पेड़ के नीचे पत्थर की बैंच दिखी। यहीं तो नानी आराम करती थीं जब वे गुलाब की झाड़ियों और बोगनवेलिया पर काम करते-करते थक जाती थीं।

''चलो, वहीं बैठते हैं। मैं अंदर नहीं जाना चाहता।''

वह मेरे साथ बैंच पर बैठ गया। यह मार्च का महीना था और आम पर बौर आ गया था। चारों ओर मीठी और प्यारी-सी गंध फैली थी।

हम कुछ देर चुप रहे। मैंने आँखें बंद कीं और यादों में खो सा गया—पियानो की धुन, नानाजी की घड़ी की टिक-टिक, बरामदे में लगातार चहकते पक्षी, पुरानी कार की मरम्मत से निकलने वाली आवाज़ें...

''मैं अक्सर कटहल के पेड़ पर चढ़ जाता था। वैसे मुझे इसका फल पसंद नहीं है,'' मैंने कहा।

''हाँ, ये अचार में अच्छा लगता है।''

''हो सकता है...पर पेड़ पर चढ़ना आसान था। मैं अपना बहुत सारा वक्त यहीं बिताता था।''

''क्या तुम इस पर फिर से चढ़ना चाहते हो? मेरे मम्मी-पापा को बुरा नहीं लगेगा।''

''नहीं, मैं ऐसा नहीं करना चाहता। दीवार पर चढ़ कर देखा था, क्या हाल हो गया मेरा। बस यहीं बैठकर बात करते हैं। मैंने कटहल के पेड़ का नाम इसलिए लिया, क्योंकि यह मेरी मनपसंद जगह थी। क्या तुम्हें वह मोटी शाख दिख रही है जो छत की ओर चली गई है? उसके पास ही कहीं एक छोटे से खोखल में मैं अपना कीमती खज़ाना रखता था।''

''कैसा खज़ाना?''

''ओह, कुछ खास नहीं। बस मेरे जीते हुए कंचे, ऐसी किताब जिसे मैं पढ़ना नहीं चाहता था। कुछ जमा किए हुए पुराने सिक्के वगैरह। चीज़ें तो समय के साथ बदलती रहती थीं। उनमें मेरे नानाजी का एक मैडल भी था, उनका तो नहीं था, क्योंकि वे एक ब्रिटिश थे और आयरन क्रॉस जर्मन पदक था। वह जंग के दौरान बहादुरी के लिए दिया गया था—पहले विश्व युद्ध में—जब नाना जी फ्रांस में लड़े थे। उन्हें वह एक जर्मन सैनिक से मिला था।''

''ज़िंदा या मुर्दा?''

''क्या कहा? ओह, मतलब जर्मन। मैंने तो कभी पूछा ही नहीं। शायद मुर्दा रहा होगा। या हो सकता है कि कैदी रहा हो। मैंने नाना जी से पूछा ही नहीं। कितनी अजीब बात है।''

''और आयरन क्रॉस? क्या वह अब भी तुम्हारे पास है?''

''ना। मैं उसे कटहल के पेड़ में ही छोड़ गया था,'' मैंने उसकी आँखों में देखते हुए कहा।

''तुम पेड़ में ही छोड़ गए थे!''

''हाँ, उस समय बहुत काम था—पैकिंग, दोस्तों से मिलना और फिर उस जहाज़ के बारे में सोचना, जिस पर सवार होकर मुझे जाना था—बस उसकी याद ही नहीं रही।''

वह अपने होंठों पर उँगली लगाए, पेड़ को एकटक ताक रहा था।

''तब तो वह अब भी वहीं होगा। उसी खोखल में मिलेगा,'' वह अचानक बोला।

‘‘चालीस साल हो गए। हो सकता है कि वहीं रखा हो। अगर किसी को मिला न हो तो,’’ मैंने कहा।

‘‘क्या तुम देखना चाहोगे?’’

‘‘मैं तो अब पेड़ों पर नहीं चढ़ सकता।’’

‘‘मैं तो जा सकता हूँ! मैं जाकर देखता हूँ। तुम यहीं मेरा इंतज़ार करो।’’

वह उछलकर उठा और बेदम होकर घास पर दौड़ता चला गया। देखते-ही-देखते वह कटहल के पेड़ की उसी शाख पर जा पहुँचा। सड़क पर धूल के हल्के बगूले उठते दिख रहे थे। हवा में गर्मियों की हल्की गंध थी। आह, काश मैं भी पेड़ पर चढ़ सकता!

‘‘मुझे कुछ मिला है,’’ वह चिल्लाया।

वह नंगे पाँव हाँफ़ता हुआ मेरे पास दौड़ा आया और अपना हाथ फैला कर एक ज़ंग लगा पुराना मैडल सामने चमकाया।

मैंने उसे लेकर अपनी हथेली पर रख लिया।

‘‘क्या यह वही आयरन क्रॉस है?’’ उसने बेताबी से पूछा।

‘‘हाँ, वही है।’’

‘‘अब मैं जान गया कि तुम यहाँ क्यों आए थे? तुम देखना चाहते थे कि कटहल के पेड़ में तुम्हारा सामान रखा है या नहीं?’’

‘‘पता नहीं। कह नहीं सकता कि यहाँ क्यों आया था। पर तुम इस क्रॉस को रखो। तुमने ही तो इसे खोजा है।’’

‘‘नहीं तुम रखो, यह तुम्हारा है।’’

‘‘अगर तुमने खोजा न होता तो यह सौ सालों तक उसी पेड़ में पड़ा रहता।’’

‘‘पर तुम वापिस आए तभी तो यह मिला।’’

‘‘मैं सही दिन और सही समय पर सही इंसान के पास आया,’’ मैंने उठते हुए वह मैडल उसकी हथेली में धर दिया। ‘‘नहीं, मैं इस मैडल के लिए नहीं, अपने खोए हुए बचपन को तलाशने आया था।’’

जाने कैसे वह मेरी बात समझ गया, जबकि उसका खुद का बचपन

अभी सामने था। उसने उसे किसी सयाने की तरह नहीं, उस बचपने की समझ से समझा, जो अब भी उससे दूर नहीं हुई थी। वह मेरे साथ गेट तक आया और मुझे कुछ दूर तक जाते हुए देखता रहा। मैंने मोड़ तक जाने के बाद उसे देख कर हाथ हिलाया और तेज़ कदमों से बस स्टॉप की ओर चल दिया। मेरे कदमों में वसंत और दिल में उल्लास छलक रहा था। सारी दुनिया शांत लग रही थी और अब मैं मसूरी वाले घर में लौटना चाहता था।

उमरिया कटती जाए

प्रेम के बेटे लम्बे-तगड़े हो रहे हैं और जवानी की दहलीज़ तक पहुँच रहे हैं। जब जवानी का भरपूर जोश और हौसला मेरी नज़रों के सामने हो, तब मैं यह कैसे सोच सकता हूँ कि मैं बूढ़ा हो रहा हूँ? उन्हें देखकर मुझे सोमी और रणबीर की याद आ जाती है, जो इतने ही बड़े थे जब देहरा में उनके साथ मेरी जान-पहचान थी। लेकिन रणबीर और सोमी को याद करते ही मुझे मौत याद आ जाती है—क्योंकि रणबीर की भी भरी जवानी में मौत हो गई थी—और मैं एक बारगी प्रेम के बेटों को देखता हूँ और अचानक ही यह दुनिया छोड़ने का खौफ़ मुझ पर हावी हो जाता है और मैं दुआएँ माँगने लगता हूँ कि उनके साथ कुछ समय और बिता सकूँ।

सोमी और रणबीर...मुझे याद है—बारिश होने वाली थी। मुझे नज़र आ रहा था कि बारिश वाले बदलों के साथ फुहारें पहाड़ों को भिगोती चली आ रही थीं, और हवाओं में बारिश की महक पता चल रही थी। लेकिन वापस लौटने की बजाय, मैं आगे कदम बढ़ाता गया पत्तों पर चलते हुए, उस कम चलने वाले रास्ते में उग आए झाड़-झंखाड़ के बीच से जगह बनाते हुए। चलते-चलते जंगल में पहुँच गया। जब मैं पहाड़ी की तलहटी में था तो तेज़ी से बहते पानी का शोर सुनाई दे रहा था और जब तक मैं यह नहीं पता लगा लेता कि पानी की वह आवाज़ कहाँ से आ रही थी, मेरे वापस लौटने का सवाल ही नहीं पैदा होता था।

मुझे कुछ चिकनी चट्टानों पर फिसल कर एक संकरे खड्ड में उतरना पड़ा, तब कहीं मुझे पर्तों वाली चट्टानों के उधड़े किनारों पर टकराती हुई बहती एक धारा मिली। मैंने अपने जूते-मोज़े उतार दिए और धारा के बीच चलने लगा।

जिधर से पानी आ रहा था, उस ओर। उस संकरी जगह के दोनों ओर की चट्टानों के बीच से, फ़र्न और घास के बीच से, जंगली फूलों के बीच से पानी की पतली-पतली धाराएँ फूट रही थीं। और इस संकरे खड्ड पर दोनों ओर खड़ी चढ़ाई वाली ऊँची पहाड़ियों का साया बना रहता था। चट्टानें सपाट थीं, चिकनी सी—कुछ धुएँ जैसी मटमैली और कुछ पीली। वहाँ एक छोटा-सा तालाब-सा था, जिसमें एक झरना गिर रहा था। जहाँ झरना गिर रहा था, उस जगह तालाब गहरा दिख रहा था। मैं वहाँ ज़्यादा देर नहीं ठहरा, क्योंकि साल के पेड़ों पर बारिश की बूँदों की सरसराहट सुनाई देने लगी थी और मुझे उस झरने के बारे में दूसरों को बताने की जल्दी मची थी।

आमतौर पर सोमी तय करता था कि हमें कौन से जोखिम भरे काम में हाथ डालना है और मैं बस कुड़कुड़ाते हुए उनके साथ हो लेता था। लेकिन यह तालाब तो मेरी खोज था और सोनी और रणबीर दोनों ही ने इस बात को माना। तय किया गया कि इस तालाब को 'रस्टी का तालाब' कहा जाएगा।

मुझे लगता कि उस तालाब ने दूसरी किसी भी चीज़ से ज़्यादा हमें एक-दूसरे के करीब लाने का काम किया। हमने अपनी खोज को दूसरों से छुपाकर रखा, अपने निजी तालाब की तरह और किशन के सिवा किसी को कभी वहाँ नहीं ले गए। वही किशन जिसे मैं अपना खर्च चलाने के लिए पढ़ाया करता था, जब मुझे मजबूरी में मिस्टर हैरिसन का घर छोड़ना पड़ा था। रणबीर तैरने में सबसे बढ़िया था। वह चट्टान पर से छलांग लगाता और पानी के अन्दर किसी लम्बी-सी सुनहरी मछली की तरह लहराता चला जाता। सोनी पूरी ताकत लगाकर बुरी तरह हाथ-पैर ज़रूर चलाता था, लेकिन उसके तैरने में हुनर वाली कोई बात नहीं थी। चट्टान से छलांग तो मैं भी लगा लेता था, लेकिन आमतौर पर पेट के बल पानी में छपाका लगता था।

धारा के पानी में छोटी-छोटी रुपहली मछलियाँ थीं। पहले तो हमने उन्हें काँटे और डोर से पकड़ने की कोशिश की, लेकिन वह चारा तो चुग जाती थीं काँटे को मुँह में नहीं लेती थीं। फिर हम एक चादर लेकर आए और उसे धारा के एक सिरे पर तान दिया, लेकिन मछलियाँ उसके आस-पास भी नहीं फटकीं। आखिरकार रणबीर बिना हमें बताए कहीं से डायनामाइट की एक छड़ी

ले आया और उस दोपहर ऊँघते हुए सोमी, किशन और मैं पानी में अचानक बिजली चमकने जैसी तेज़ रौशनी और कानफाड़ धमाके से हड़बड़ाकर उठ बैठे। पहाड़ी की ढलान से पहाड़ जितना मलबा तालाब में आ गिरा था और उसके साथ रणबीर भी। हमने उसे बाहर निकाला और साथ में धमाके से सुन्न पड़ी मछलियाँ भी, लेकिन वह खाने के लिहाज़ से बहुत छोटी थीं और खाने लायक नहीं थीं। धमाके का जो नतीजा निकला, उससे सोमी को दूर की सूझी। उसने सोचा कि क्यों न अपने तालाब को बड़ा किया जाए—एक तरफ़ एक बाँध बना कर। हमने मिलकर इस काम को पूरा कर लिया। लेकिन एक दिन दोपहर को बड़ी तेज़ बारिश आई और धारा में ऐसा पानी का सैलाब आया कि हमारा बाँध टूट गया जिससे खड्ड में बाढ़ आ गई। इस बाढ़ के साथ हमारे कपड़े भी बह गए और हमें रात होने का इंतज़ार करना पड़ा ताकि हम सब अंधेरी गलियों से होकर घर जा सकें। हम सब सारे कपड़े उतार कर नहाते थे, क्योंकि यही तो होती है मर्दों वाली बात।

तालाब में हम जो कुछ किया करते थे उसमें कुश्ती और भैंस की सवारी भी शामिल थी। धारा के साथ-साथ एक सफ़ेद रेत की पट्टी-सी थी जिस पर हम कुश्ती लड़ते और जो एक-दो भैंसें तालाब पर पानी पीने और कीचड़ वाले हिस्से में लोटने आती थीं, हम उन पर सवारी भी करते थे। हम उनकी पीठ पर चढ़ जाते और चिल्लाकर और लातें मार-मार कर उन्हें चलाने की कोशिश करते थे, लेकिन वह आगे बढ़ने का नाम ही नहीं लेती थीं। ज़्यादा-से-ज़्यादा हमें अपनी पीठ पर लिये-लिये कीचड़ में जा बैठती थीं।

लेकिन भैंस देखने से ही बड़ा सुकून मिलता था। ज़मीन से जुड़े इस ठोस जीव को गुनगुनाहट भरे दिन और ठंडक पहुँचाने वाली नर्म-मुलायम मिट्टी पसन्द थी। बाकी सब कुछ भूल कर कीचड़ जैसी मिट्टी में लोटती और घास मुँह में भर कर देर तक जुगाली करती भैंसों को देखने से ज़्यादा सुक़ून और किसी चीज़ में नहीं मिलता। वह हमें सोयी-सोयी आँखों से देखा करतीं और शरीर में जगह-जगह चोंच मारते कौवों को बरदाश्त करतीं। जब हम गर्मी के दिनों की तपती धूप में पसीना बहाते थे, तब क्या वे हर समय कुछ सोचा करती थीं, या फिर बस नर्म और गीली मिट्टी के एहसास का आनन्द लिया करती थीं? नहीं,

सोचना तो उन आलसी जीवों के लिए कुछ ज़्यादा ही कठिन काम होगा, बस गले तक पानी में घुसना ही उनकी ज़िन्दगी का इकलौता मकसद था।

इससे कोई फ़र्क नहीं पड़ता कि हम कितने कीचड़ में सन जाएँ, क्योंकि फिर से साफ़ होने के लिए बस तालाब में एक छलांग लगानी होती थी। बल्कि मिट्टी के गोले बना-बना कर एक-दूसरे पर मारना हमारे लिए एक खेल था, कुछ वैसे ही जैसे बर्फ़ के गोले मारे जाते हैं।

अगर सोमी, रणबीर, किशन और मुझे रात को बिना किसी को पता लगे चुपचाप घर से निकलने का मौका मिलता, तो हम चाँद की रोशनी में तालाब में नहाने चले आते थे। लेकिन रातों को हम बिना शोर मचाए बिलकुल शान्ति से नहाते थे, क्योंकि जंगल में रात के सन्नाटे में कुछ ऐसा होता है जो अपने वश में कर लेता है। मुझे ठीक से याद नहीं है कि हमारा मिलना-जुलना कैसे बन्द हुआ, लेकिन उस वक़्त तो हमें इस बात का पता भी नहीं चला। ऐसा इसलिए हुआ कि हमने कभी ऐसा माना ही नहीं कि हम हमेशा के लिए जुदा हो रहे थे, या फिर कभी तालाब पर नहीं जा पाएँगे। करीब तीन साल बाद सोमी की स्कूल की पढ़ाई पूरी हो गई और अपने परिवार समेत वह कलकत्ता चला गया। पिछली बार जब हमने एक-दूसरे की खोज-खबर ली तब वह कलकत्ता के किसी दवाखाने में काम कर रहा था। तालाब से जुड़ी यादों का ज़िक्र करते हुए उसका जी भर आया, लेकिन वैसी नहीं थी उसकी यादें जैसी मेरी थीं।

सोमी से पहले रणबीर शहर छोड़ गया था और फिर मैं उसे अपने इंग्लैंड से आने के बाद तक नहीं देख सका। तब वह वायु सेना की वर्दी में था—लम्बा और सजीला। बचपन वाले फूले गालों वाले लड़के जैसा तो बिलकुल भी नहीं लग रहा था जो मेरे साथ तालाब में खेला करता था। इस मुलाकात के तीन हफ़्ते बाद मुझे सुनने को मिला कि हवाई जहाज़ के हादसे में उसकी मौत हो गई। प्यारे रणबीर...अब मैं तुम्हें अपने ज़्यादा करीब महसूस करता हूँ...

और तालाब का क्या हुआ?

मैं उसे देखने पहुँचा, पूरे तीस साल बाद। लेकिन तालाब नहीं मिला। मुझे वह खड्ड मिल गया जिसमें वह तालाब था, वह ऊबड़-खाबड़ सतह वाली चट्टानें भी मिल गईं जिनके ऊपर से धारा बहती थी। लेकिन पानी नहीं मिला।

धारा ने अपना रास्ता बदल लिया था, ठीक वैसे ही जैसे हम अलग रास्तों पर चले गए थे।

मैं मायूस होकर लौट पड़ा, दिल में दबा-दबा सा दर्द लिये। तालाब का गायब होना मेरे साथ हुई ज़्यादती थी। यह ज़्यादती वक़्त की थी। लेकिन अभी मैं ज़्यादा दूर नहीं चला था कि मुझे ज़ोर से बहते पानी और बच्चों की आवाज़ें सुनाई दीं। जंगल की झाड़ियों के बीच से जगह बनाता हुआ मैं उस तरफ़ गया, तो मुझे एक दूसरी धारा और तालाब मिल गए जिसमें कोई आधा दर्जन बच्चे पानी में छपाके लगा रहे थे।

उन्होंने मुझे नहीं देखा। मैं पेड़ों के साये में खड़ा उन्हें खेलते देखता रहा। लेकिन मैंने भी वास्तव में उन्हें नहीं देखा। मुझे सोमी और रणबीर और आलसी भैंसें नज़र आ रही थीं। मैं वहाँ कोई घंटे भर तक खड़ा रहा और मेरी आत्मा फिर से हमारे अपने तालाब के कम गहराई वाले हिस्सों में उछल-कूद करती रही। सचमुच, कुछ भी तो नहीं बदला था। वक़्त की फ़ितरत ही ऐसी है।

सपनों में खोया हुआ...

अब यह बात स्वीकार करने का समय आ गया है कि मेरा आधे से ज़्यादा जीवन निठल्लेपन में बीता है। मेरे पुराने स्कूलों को मुझ पर इतना गर्व नहीं होगा और न ही आंटी मेबल को मुझ पर गर्व था।

''तुम अपना अधिकतर वक्त इसी दीवार पर बैठ कर बिता देते हो और कुछ नहीं करते,'' जब मैं सात या आठ साल का था तो अक्सर आंटी मेबल इसी तरह डपटतीं। ''क्या तुम कुछ सोच रहे हो?''

''नहीं, मेबल आंटी।''

''क्या तुम कोई 'सपना' देख रहे हो?''

''मैं तो जागा हुआ हूँ!''

''तो तुम यहाँ क्या भाड़ झोंक रहे हो?''

''कुछ नहीं, मेबल आंटी।''

''ये छोकरा किसी काम का नहीं,'' वे सारी दुनिया को चेतातीं, ''देखना यह सारी ज़िंदगी इसी तरह इस दीवार पर बैठकर बिता देगा और कुछ नहीं करेगा।''

और वे कितनी सच साबित हुईं! कभी-कभी मैं खुद को व्यस्त करते हुए, अपने पुराने टाइपराइटर पर कुछ शब्द टाइप कर लेता हूँ और इसके अलावा मैं अब भी दीवार पर ही बैठा रहता हूँ, सर्दियों की गुनगुनी धूप में मुझे इस तरह बैठना पसंद है, क्या मैं कुछ सोच रहा हूँ? कुछ खास नहीं। कोई सपना देख रहा हूँ? पर उसके लिए तो मेरी बहुत उम्र हो गई। शायद ध्यान कर रहा हूँ। यह भी कुछ दिन चलन में रहा। पर यह सब तो वह भी नहीं है। शायद

मनन कर रहा हूँ, यह कहना सटीक होगा।

क्या मैं इतना पैसेवाला पैदा हुआ था कि कुछ न करते हुए, बस धूप सेंक कर अपनी ज़िंदगी बिता सकूँ? इससे कहीं सुदूर; मेरा जन्म एक संभ्रांत परिवार में हुआ पर जहाँ तक सम्पन्नता की बात है, मैं अपने लिए कुछ ज़्यादा नहीं कर सका। एक आदमी को खाना खाने और किराया चुकाने को पैसा कमाना ही पड़ता है। और दूसरे लोगों का पेट भी भरना पड़ सकता है। तो मुझे मानना होगा कि आलसीपन के लंबे दौर के बीच मेरे भीतर से कुछ समय के लिए रचनात्मकता भी फूटती रही है। तीस सालों तक पूरी वफ़ादारी से अपनी सेवा देने के बाद मेरा टाइपराइटर किसी काम का नहीं रहा; जो इस बात का सुबूत है कि उसका भरपूर इस्तेमाल किया गया है।

दीवारों पर बैठना और कुछ न करना, मेरे लिए सबसे मनपसंद निष्क्रियता रही है। पर ये दीवारें और आलस्य के बीच बीते वे घंटे न होते तो मैं सैंकड़ों कहानियों, निबंधों आदि का एक शब्द भी अपने टाइपराइटर पर टाइप न कर पाता। ऐसा नहीं कि मुझे उन दीवारों से या उन पर बैठने से कोई आइडिया आते थे, पर उन पर बैठ कर ही दुनिया के बारे में मैं एक निजी राय बनाने में कामयाब रहा।

आप इसे रचनात्मक आलस्य कह सकते हैं। अपने आस-पास की दुनिया के लिए मेरा सहज स्वीकार—हवा, पुराने पत्थर की गरमाहट, चट्टान पर बैठी छिपकली, घास के कतरे पर बारिश की बूँदें—जब मैं अपनी ही धुन में खोया बैठा रहता हूँ तो ये सब गहराई से मुझे महसूस होती हैं और सड़क से जाने वाले लोग मुझे देखकर धीरज से मुस्कुराते हैं। वे इधर से गुज़रते हुए, आपस में जुमला उछालते हैं, 'सनकी लेखक़ वे तेज़ी और हड़बड़ाहट में आगे बढ़ते हैं ताकि अपने निजी इंद्रधनुषों के आखिरी छोर पर रखे सोने के कलश को काबू कर सकें।

यह सच है कि मैं कई मायनों में सनकी हूँ और पुरानी दीवारें मेरी उस सनक की गवाह हैं

मेरे पास कोई बगीचे वाली दीवार नहीं है। यह पुराना खस्ताहाल घर पहाड़ी पर, सड़क के ठीक किनारे बना है, जिससे मैं आसानी से हर तरह के

राहगीर और पुकारने वाले की पहुँच में रहता हूँ—कौतूहल से भरे पर्यटक, स्थानीय लोग, कविताएँ लिखने वाली स्कूली लड़कियाँ, मीठी गोलियाँ बेचने वाले, रमते साधु, कबाड़ी और संभावित नोबल पुरस्कार विजेता...

उनसे बचने और अपनी सोच को दिशा देने के लिए, मैं सड़क से थोड़ा ऊपर की ओर निकल जाता हूँ, उसे पार कर, चारदीवारी पर बैठता हूँ, जहाँ से वुडस्टॉक स्पर दिखाई देता है। यह हिस्सा एक झुके हुए शाहबलूत पेड़ की वजह से काफ़ी ढका रहता है इसलिए मैं अपनी तन्हाई का मज़ा ले सकता हूँ। मैं पूरी तरह से बिखरा हुआ और बेचारा लगता हूँ, मैं उन लोगों सा नहीं दिखता जिनसे कोई मिलना या बात करना चाहे!

कई बार आवारा कुत्ते मेरा साथ देने आ जुटते हैं। मैं अपने जीवन के कुछ दौर, एक आवारा कुत्ते की तरह ही बिता चुका हूँ इसलिए मैं सड़क के इन मुसाफ़िरों से गहरी हमदर्दी रखता हूँ। ये आपके किसी भी बढ़िया नस्ल के कुत्ते से कहीं ज़्यादा सयाने होते हैं, वे अपनी खामोश संगत के बीच ही एहसास कराते हैं कि हम दोनों एक जैसी मानसिक तरंगों के बीच हैं। वे सड़क पर खेलते तो हैं पर लगातार भौंक-भौंक कर दिमाग नहीं चाटते।

अपने-आप को दीवार पर छोड़ कर, मैं जल्दी ही कोई कविता या कहानी रचने की तरंग में आ जाता हूँ। मैं उसे कहीं नहीं लिखता—वह काम तो बाद में भी हो सकता है—बस मन-ही-मन उस पर काम कर लेता हूँ, शब्दों को याद कर लेता हूँ और उन्हें अपने लेखन के लिए संजो लेता हूँ।

कभी-कभार कोई कार रुकती है और मेरा जानकार खिड़की से सिर बाहर निकाल कर कहता है, ''मि. बॉन्ड! आज कोई काम नहीं। आपसे जलन होती है! आपको दुनिया में कोई चिंता ही नहीं है!''

मैं पिछले वक्त के पहियों पर सवार होकर लगभग पचास साल पहले पहुँच जाता हूँ, जहाँ आंटी मेबल मुझसे यही सवाल कर रही हैं और मैं एक बार फिर से बच्चा बनकर; बगीचे की दीवार पर निठल्ला बैठा हूँ।

''क्या आप यहीं बैठे-बैठे उकता नहीं जाते?'' सड़क से गुज़रने वाला एक मोटरसाइकिल सवार पूछता है, जिसने कुछ उस तरह की दाढ़ी रखी है जो आजकल टी.वी. के समाचारवाचकों में लोकप्रिय है।

"तुम कर क्या रहे हो?"

"कुछ नहीं, आंटी," मैंने जवाब दिया।

उसने मुझे कड़ी नज़रों से घूरा।

"आप सपना देख रहे हैं। आपने मुझे पहचाना नहीं?"

"हाँ, मेबल आंटी।"

वह बड़ी उदासी से अपना सिर हिलाता है और धूल का बवंडर उड़ाता हुआ आगे निकल जाता है।

"बेचारा बूढ़ा बॉन्ड! सठिया गया है। आज सुबह उसने मुझे आंटी कहा" वह शाम को कॉकटेल पार्टी में अपने दोस्तों को बताता है।

❑❑❑

www.ingramcontent.com/pod-product-compliance
Ingram Content Group UK Ltd.
Pitfield, Milton Keynes, MK11 3LW, UK
UKHW041826200726
13854UKWH00002BA/584

9 789386 534910